AtV

Selim Özdogan wurde 1971 geboren und lebt in Köln.

Er veröffentlichte die Romane »Es ist so einsam im Sattel, seit das Pferd tot ist« (1995), »Nirgendwo&Hormone« (1996), »Mehr« (1999) und »Ein Spiel, das die Götter sich leisten« (2002) sowie »Ein gutes Leben ist die beste Rache« (Stories, 1998) und »Trinkgeld vom Schicksal« (Geschichten, 2003). Im DAV liegt außerdem das Hörbuch »Traumland. Mehr von und mit Selim Özdogan« vor.

»Özdogan treibt seine Geschichten in kürzester Zeit auf höchstes Tempo. Diese Unbekümmertheit und auch Leichtigkeit – ansonsten eher Kennzeichen für Literatur made in USA – waren schon bei Özdogans Debütroman auffällig. Und genau diese Schreibtugenden prägen auch den neuen Roman.

Die Story kommt als Räuberpistole daher, die irgendwo zu dieser Zeit spielt. Angesiedelt zwischen ›Pulp fiction‹, Western und Entwicklungsroman scheint in dieser Kolportage alles möglich zu sein. Natürlich steht am Anfang ein Problem, selbstredend kein kleines. Phillip, Privatdetektiv und Freund des Ich-Erzählers, muß untertauchen, denn Jan, vollgestopft bis unter die Schädeldecke mit Rachegelüsten, weil Phillip seine Freundin bumste, verfolgt ihn. Und im Flucht- und Abenteuerauto sitzen dann der Ich-Erzähler, Phillip und ganz zufällig die durch die Welt ziehende Ruth. Ein Problem, ein Auto, eine Pistole, eine Frau und die Wüste vor ihnen. Das Drama nimmt seinen Lauf auf der Straße, und wir sind mittendrin in einem road-movie.« *ORB, Antenne Brandenburg*

Selim Özdogan

Nirgendwo&Hormone

Roman

Aufbau Taschenbuch Verlag

ISBN 3-7466-1969-6

3. Auflage 2004
Aufbau Taschenbuch Verlag GmbH, Berlin

Einbandgestaltung gold, Fesel/Dieterich
unter Verwendung eines Fotos von Chris Keller
Druck GGP Media, Pößneck
Printed in Germany

www.aufbau-taschenbuch.de

Ich danke allen, deren Worte
ich in diesem Buch benutzt habe.

Wir erzählen alle nie etwas.
Und es sind bei uns allen dieselben Dinge, die wir nie erzählen. Das sind keine Geheimnisse.

Scott Bradfield

Natürlich sind die Straßen auch Wände. Sie fallen nur nicht so auf, weil sie flach rumliegen.

Helmut Krausser

1

Hühnerkacke. Phillip trank seinen zweiten oder dritten Whisky, und außer Hühnerkacke und Noch einen hatte er den ganzen Abend nichts gesagt. Es sah nach einer großen Sache aus, er ließ sich normalerweise nicht so gehen, saß wenigstens aufrecht auf seinem Hocker, aber jetzt lehnte das Kinn fast auf der Theke, und er hätte nur die Zunge auszustrecken brauchen, um den vollen Geschmack des überfüllten Aschenbechers abzubekommen. Noch ein Hühnerkacke. Dabei hatte er in den letzten zwei Wochen drei fette Schecks kassiert, es war ein heißer heller Sommer, es hätte genausogut anders aussehen können. Zehn, zwölf Wodka-Kirsch, sein Spaßgetränk, und er erzählte Witze, daß mir die Tränen in die Augen schossen.

Ich sah, wie er noch eine Filterlose aus der Packung fischte, und hoffte, daß er nur einen schlechten Tag hatte. Er tat mir leid, ich wünschte mir, daß nichts passiert war, und hielt mich an mein zweites Bier. Da kam Paul rein, er hat eine Tankstelle mit Gebrauchtwagenmarkt am Rande der Stadt, wir tranken ab und an zusammen.

– Phillip?

Phillip richtete sich auf und sah Paul an. Paul war um die Fünfzig, er war lang und schlaksig, hatte kurze ergraute Haare und eine lange, knochige Nase. Seine Haut war dunkelbraun und ledrig, er wirkte, als würde er hundertfünfzig Jahre alt werden.

Phillip winkte ab. Keine Lust zu reden.

– Jan war gerade bei mir. Er sucht dich, und wenn der dich findet, prügelt er dich zu Tode. Er ist außer sich.

– Scheiße!

Phillip steckte sich eine neue Kippe an der alten an, dann hielt er Paul die Packung hin, dann mir, wir griffen beide zu. Ich wartete ab, sah, wie Phillips Augen sich verengten, und hatte das Gefühl, daß wir am Anfang einer neuen Sache standen. Ich merkte, wie Phillip sich konzentrierte, er atmete langsam.

– Hast du ein Auto für mich, Paul?

Es klang müde.

– Ja.

– Genug hier. Ich will mal 'ne Weile weg. Jan findet mich, wenn ich hierbleibe. Ich habe so die Schnauze voll, immer nur Ärger.

Er machte eine Pause.

– Da kann man noch nicht mal eine alte Freundin bumsen, ohne daß es gleich Ärger gibt. Ich hab's so satt.

Paul stand der Mund offen. Ich, ich versuchte das Leben immer so zu nehmen, wie es gerade kam.

– Du hast doch nicht etwa mit Maria geschlafen?

– Was für'n Wagen?

– Einen Kombi, rot, gut in Schuß, nur die Beleuchtung vom Armaturenbrett ist hin.

Phillip sah mich fragend an, ich nickte, in seinem Zustand hätte er noch nicht mal auf Schienen geradeaus fahren können.

– Wohin willst du denn? fragte ich.

– In die Wüste. Paul, gib uns doch die Kiste mit den Fotos aus deinem Tresor mit.

Paul fuhr uns mit seinem Pick-up zur Tankstelle. Der Wagen stand auf dem unbeleuchteten Hinterhof, ich ließ mir die Schlüssel geben, und los ging's. Ich freute mich, ich mochte es, so große Autos zu fahren, schnurstracks durch die Wüste, mit einer gleichbleibenden Geschwindigkeit, nachts, links nichts, rechts nichts, hinter dir, vor dir, alles dasselbe Spiel. Man kam vorwärts, ohne daß man es so richtig merkte. Man ließ etwas hinter sich, und das, was vor einem war, sah genauso aus. In dieser dunklen

Leere mit einem riesigen Auto kam ich mir immer vor wie Gott. Das einzige Licht weit und breit. Es war majestätisch, Phillip saß neben mir, eine Halbliterflasche Wild Turkey, die er von Paul mitgenommen hatte, in der Hand und eine Kippe zwischen den Lippen. Wir hatten keine Kassette, und ab und zu gluckste die Flasche, und Phillip machte sich eine neue an. Das waren die herrlichen Geräusche in der Stille dieser Nacht, den Motor hörst du irgendwann gar nicht mehr.

Du kannst aus einer Wüste machen, was immer du willst, eine Wüste betrügt dich nicht, sie ist endlos, sie ist leer, sie liegt offen vor dir, sie ist schön. Phillip liebt sie wegen der Einsamkeit, sagt er. Ich fühle mich nie einsam in der Wüste. Die Wüste ist wie ein Halluzinogen. Wenn nichts da ist, dann erfindest du eben etwas, und du hast Platz für Bilder. Ein subtropisches Klima knallt dich voll mit bunten Bildern, du hast keine Macht, und die Schönheit zwingt dich in die Knie. Das ist mehr für Leute, die auf Opiate stehen. Und wo es kalt ist, da gefällt es mir eh nicht so gut.

Ich fuhr endlos lange geradeaus, gleichmäßig und anmutig, und ich wußte, daß Phillip bald etwas sagen würde. Man durfte ihn nicht drängen. Manche Leute meinten, er wäre wortkarg, aber die wußten einfach nicht mit ihm umzugehen.

– Jesse, ich habe heute nachmittag mit Maria gebumst. Alles hat mich so angekotzt, so gelangweilt, und es war so schön damals, das erste Mal, ich wollte das wiederhaben. Ich wollte die guten Zeiten wiederhaben. Ich hab sie abgefüllt, weil ich wußte, daß sie sonst Jan treu bleiben wird. Ich habe ihr Bacardi unter den Bailey's gemischt ... Ich wollte sie noch mal haben, nackt, noch ein letztes Mal. Ich hätte wahrscheinlich auch ihre Leiche gebumst.

– Du weißt doch, Phillip, die Winde wehen nicht rückwärts, die alten Tage kommen nicht zurück. Sie werden geschluckt von einer immer fetter und träger werdenden Vergangenheit.

– Ich wollte doch nur ein einziges verkacktes Mal! Das ist doch nicht zuviel verlangt. Ich wollte sie ein letztes Mal bumsen, nach acht Jahren. Ich hab nicht verlangt, daß sie sich in mich verliebt, ich wollte nichts Weltbewegendes.

– Doch, du wolltest die alten Tage ...

– Ich wollte nur ein paar schöne Stunden. Hühnerkacke.

Ich verstand nicht genau, woher dieser Einbruch kam, was diesen Frust ausgelöst hatte, vielleicht war da ein Faß übergelaufen, vielleicht hatte er zu lange keinen Sex gehabt. Vielleicht war es aber auch nur die Langeweile, man platzt vor Langeweile, das stimmt, das ist nicht nur ein Spruch.

– So wie die ersten Male war es nie wieder.

Ich sah Lichter im Rückspiegel.

– Scheiße!

– Was?

– Jan.

– Wo?

– Hinter uns.

– Scheiße.

Er war noch ziemlich weit weg, ich schaltete die Scheinwerfer aus und legte den zweiten Gang ein. Dann bog ich von der Straße ab, mitten in die Wüste hinein, das konnte Jan auf die Entfernung niemals erkennen. Ich fuhr gut zwei Kilometer, wendete dann und hielt an. Nach etwa drei Minuten fuhr er auf der Straße an uns vorüber. Ich lächelte. Die Wüste.

– Mist, wo sind wir denn hier?

Eine Frauenstimme aus dem Kofferraum. Phillip war besoffen, okay, aber daß ich sie beim Einsteigen nicht gesehen hatte, wunderte mich. Wir drehten uns um und konnten sie in der Dunkelheit nur schemenhaft erkennen.

– Scheiße, sagte Phillip.

– Wie kommst du denn hierhin? fragte ich.

– Ich wollte bloß ausschlafen, das Auto stand hinter einer Tanke zwischen ein paar anderen, die Tür war offen, und hier lag 'ne Matratze drin.

– Schmeiß sie raus, sagte Phillip.

– Mach mal sachte, Phillip, wir können sie hier nicht rausschmeißen.

– Doch, klar. Man kann sich doch nicht einfach in einen Wagen reinlegen. Damit muß man rechnen. Ich habe keinen Nerv auf Frauen.

Er wollte ihr nur weh tun. So etwas kann man gar nicht ernst meinen.

– Hey, Moment mal, habe ich da vielleicht auch ein Wörtchen mitzureden?

– Nein, das ist Männersache, antwortete Phillip und nahm noch einen Schluck.

– Oh, mein Gott, ich habe es wohl immer mit Idioten zu tun, sagte sie.

Sie hatte eine rauhe Stimme, ein wenig zu kratzig, aber mir gefiel der Klang. Ich mochte sie, ohne ihr Gesicht richtig gesehen zu haben, ohne etwas von ihr zu wissen.

Phillip machte seine Tür auf und kotzte raus, diese Nacht gehörte den Geräuschen, dem Glucksen der Flasche, dem Knistern der Streichhölzer, den tiefen Lungenzügen, der Stimme dieser Frau, und sogar die Kotzgeräusche waren wunderbar. Er würgte nicht lange rum, es kam wie selbstverständlich raus, außerdem schien alles flüssig zu sein. Er hatte wohl schon länger nichts gegessen.

Ich entspannte mich und wartete, bis Phillip fertig war. Er spülte sich den Mund mit einem Schluck Wild Turkey aus, den er im hohen Bogen durch eine Zahnlücke rausspuckte. Phillip, selbst volltrunken lieferte er eine Show. Dann machte er die Tür zu und sagte:

– Schmeißen wir sie raus?

– Ne, Phillip, du legst dich jetzt mal nach hinten und pennst, und ich spreche mit ihr, und morgen sehen wir weiter.

– Ich will keine Frau im Auto haben.

– Du bist besoffen.

– Na und?

– Hört mal ihr beiden, ich mache euch einen Vorschlag. Ihr setzt mich irgendwo ab, wo es Menschen gibt, und das war's dann auch schon.

– Aaach, Jesse, klär du das, sagte Phillip, ich leg mich hin. Ich will morgen in der Wüste aufwachen. Ohne Frau.

Ich gähnte, es mußte fast drei Uhr sein.

– Komm mal mit raus, sagte ich zu ihr.

Wir setzten uns auf die Motorhaube, und Phillip legte sich hinten auf die Matratze. Ich bot ihr eine Zigarette an, und wir rauchten eine Weile schweigend. Es war zu dunkel, um sich in die Augen zu sehen.

– Du pennst in fremden Autos?

– Ich nutze halt Gelegenheiten.

– Ist jemand hinter dir her?

– Nicht, daß ich wüßte.

Das war ja schon mal was, wenn es die Wahrheit war. Ich blickte hoch, jede Menge funkelnde Sterne, ich suchte den großen Wagen. Das ist das einzige Sternbild, das ich kenne. Ich fand ihn nicht. Ich überlegte, was ich tun sollte. Ihre Stimme war schön, wahrscheinlich nicht das, was andere unter schön verstehen, sie hörte sich nach zu viel Zigaretten oder einem Kehlkopfschaden an. Ich hätte gerne ihr Gesicht gesehen, am liebsten bei Sonnenaufgang.

– Was macht ihr eigentlich hier draußen?

– Einen Ausflug.

– Mitten in der Nacht mitten in die Wüste?

– Tagsüber in die Berge kann doch jeder.

Es entstand eine Pause, ich sah wieder nach oben, suchte nach einem Zeichen, wollte, daß mir eine Lösung in den Schoß fiel, es war schon spät.

– Paß auf, machen wir es so … Es ist genug Platz für drei, wir schlafen erst mal alle, und morgen fällt uns schon etwas ein.

– Ich habe einen besseren Vorschlag. Du legst dich zu deinem Freund, und ich fahre den Rest der Nacht, und beim ersten Dorf, das wir nach Morgengrauen erreichen, haue ich ab. Du entscheidest, welche Richtung.

– Wir wollen bloß nirgends hin.

– Dann fahr ich einfach weiter in die Wüste rein.

Ich dachte an Jan, ich war fürchterlich müde, Phillip wollte eigentlich nur weg, ich wollte diese Frau bei Tageslicht sehen, man konnte das jetzt als Vorteil nutzen.

– Okay, fahr die Straße links runter, zurück in die Stadt, und dann halt dich nach Süden. Irgendeine Straße, die nach Süden führt. Kriegst du das hin?

Sie nickte, ich glaubte, ihre Zähne zu sehen, ein Lächeln. Wir fuhren nie nach Süden, es gab da nichts, das wir kannten, wir fuhren seit Jahren immer nur nach Westen, wenn es losging. Da würde Jan nicht drauf kommen.

– Heißt du wirklich Jesse? fragte sie.

– Ja.

– James? lachte sie.

– Ne, Osterberg. Und wie heißt du?

– Ruth.

Sie sagte einfach nur Ruth, keinen Nachnamen, und ich fragte auch nicht danach. Ich legte mich hin, und sie setzte sich ans Steuer.

2

Mit den ersten Sonnenstrahlen machte ich die Augen auf, wir fuhren nach Osten, das hieß, wir waren noch nicht zurück in der Stadt. Ich schaute mir Ruth an, sie sah besser aus, als ich gedacht hatte. Sie hatte dunkle Augen, fast schon schwarz, würde ich sagen, und ihre kurzen Haare waren sonnengebleicht. Sie hatte eine dunkle Hautfarbe und war sehr knochig gebaut. Ihre Schlüsselbeine traten hervor, alle Konturen waren eher hart, nur der Busen wirkte ein wenig zu groß und zu weich für ihren Körper. Eine Zigarette hing zwischen ihren Lippen, und sie lächelte still vor sich hin. Sie trug ein ärmelloses Unterhemd, und ich konnte eine tätowierte Sonne auf ihrer rechten Schulter erkennen. Sie rauchte langsam, gemächlich, sie schien es wirklich zu genießen.

– Ruth, hältst du bitte an der ersten Tanke an, an der wir vorbeikommen, und weckst mich dann wieder?

Sie wirkte nicht erschrocken, wahrscheinlich hatte sie mitbekommen, daß ich die Augen aufgemacht hatte.

– Klar, sagte sie, und ich nickte wieder ein. Sie sah gut aus, und dann diese Sonne, ich hatte ein angenehmes Gefühl.

– Jesse?

Ich machte die Augen auf, und sie lächelte mir mitten ins Gesicht.

– Wir sind da!

Ich richtete mich auf und sah, wie Paul auf den Wagen zugelaufen kam, er wirkte nicht verschlafen, nur seine Haare waren etwas zerzaust. Er riß die Tür auf, schenkte Ruth keinen einzigen Blick und legte gleich los.

– Wo kommt ihr denn jetzt her? Jan ist euch gestern mit einer Schrotflinte hinterhergefahren, und ihr kommt zurück, als hättet ihr nur ein Picknick gemacht. Der knallt euch über den Haufen, ohne mit der Wimper zu zucken.

– Der ist doch krank, ist der doch, sagte Phillip, und ich wußte nicht, ob er im Schlaf sprach oder ob er mitbekommen hatte, worum es ging.

– Wir haben ihn in der Wüste abgehängt. Wir wollten jetzt eh weiter nach Süden. Pack uns ein paar Sandwiches, drei Sechserpacks und zehn Packungen Erdnüsse in eine Tüte, ich tank voll, und wir sind weg. Schreib's an. Achso, und paß demnächst auf, wer deine Autos als Hotel benutzt, sagte ich mit einem Blick auf Ruth.

Paul zuckte die Schultern, fuhr sich durch die Haare und zockelte los.

– Wenn ihr euch verstecken müßt, weiter im Süden wohnt eine Freundin von mir, wir könnten in zwei Tagen da sein, sie hat ein großes Haus.

– Wußtest du, daß wir wegen Vergewaltigung gesucht werden?

Sie sah mir in die Augen, lächelte, ließ sich nicht so schnell abschrecken.

– Ich dachte, es sei nur ein Bankraub.

Mir gefiel die Idee, sie mitzunehmen, aber Phillip würde das gewaltig stinken. Aber, zwei Tage waren nicht die Welt, und was danach kam, würde sich zeigen.

Paul kam mit den Sachen und drückte mir noch eine Kassette in die Hand. Ich hätte ihn küssen können, niemand schafft es, so viele Perlen auf einer Kassette zu versammeln wie Paul, nie ist ein schlechtes Stück drauf. Kassetten, die Paul aufnimmt, sind ein Stück vom Himmel, das er unbemerkt geklaut hat, geballte Schönheit auf neunzig Minuten. Das ist so ein Hobby von ihm, diese Zusammenstellungen. Nur ganz selten verschenkt er ein Exemplar, ich wußte unser Glück zu schätzen. Wir hatten günstige Voraussetzungen, ein Privatdetektiv, der bei Paul gelernt hatte, wie man Autos zusammenschraubt, ein kleiner Dieb, eine Rumtreiberin, eine Kassette und ein Auto.

Ich nickte mit dem Kopf zum Beifahrersitz, Ruth rutschte rüber, ich stieg hinter das Steuer, ließ den Motor an und schob die Kassette rein. Phillip zeigte keine Reaktion, die Sonne war mittlerweile mehr als nur warm, er schwitzte, und es roch nach Alkoholausdünstungen. Ich fuhr los.

Das erste Stück war Sixteen Ways von Green on Red, ich aß ein Sandwich und freute mich, so ins Ungewisse zu fahren. Tagsüber ist die Wüste anders, sie ist erbarmungslos, sie bietet dir keinen Schutz. Du siehst den Staub, die Eidechsen, das Flimmern auf dem Asphalt, die Hitze wird irgendwann unerträglich, aber du bewegst dich, deine Gedanken können sich in alle Richtungen ausbreiten, du hast Platz, du kannst deinen Arm aus dem Fenster hängen lassen, du kannst brüllen, hupen, Schlangenlinien fahren oder auch mal drei, vier Kilometer im Rückwärtsgang zurücklegen, wenn du Lust hast. Alle zwei Stunden kommt dir ein Auto entgegen, du brauchst mit niemandem zu teilen.

Die Menschen sind in solchen Gegenden viel hilfsbereiter, sie wissen, wie sehr sie in Notfällen aufeinander angewiesen sind, sie halten an, wenn sie jemand mit einer Panne am Straßenrand stehen sehen. So erbarmungslos, wie die Wüste ist, sie holt das Beste aus dir raus.

Mein Traum ist es, irgendwann ein Haus in der Wüste zu haben, mittendrin, und nichts Besseres zu tun zu haben, als auf der Veranda zu sitzen und auf den Gong zu schießen, den ich 800 Meter weiter weg aufgestellt habe. Zur Abwechselung würde ich dann meine Zielsicherheit auf verschiedenen Drogen testen.

Ich erzählte Ruth, warum wir vor Jan flohen, und sie erzählte mir, daß sie irgendwann losgezogen war, um ihren Freund zu suchen, der sich auf und davon gemacht hatte, und ihr hatte dieses Leben einfach gefallen. Sie träumte ab und zu immer noch davon, ihren Freund zu finden, aber so wichtig war es ihr wohl nicht mehr. Sie zog halt rum, und ich bewundere so etwas. Es gehört sehr viel Mut dazu, alleine durchs Leben zu ziehen. Ich meine ganz alleine, ohne das geringste Ding, an das man sich halten könnte. Und so allein schien sie zu sein, ohne sich deswegen schlecht zu fühlen.

– Geht dein Freund denn immer Ärger aus dem Weg? fragte sie.

– Nein, eigentlich nie, er tut nur so.

In dem Augenblick wachte Phillip auf, wir hatten alle Fenster runtergekurbelt, die Sonne stand im Zenit, Phillip gähnte laut.

– Scheiße heiß hier, sagte er und als nächstes: Wer ist denn die Frau?

– Phillip, das ist Ruth, Ruth, das ist Phillip.

Sie lächelte, sein Gesicht konnte ich im Rückspiegel nicht erkennen.

– Die war gestern abend im Auto, einfach so, sagte ich.

– Hmm, jaa, gaanz dunkel. Wir wollten sie rausschmeißen, oder nicht?

– Ich hab mich anders entschieden. Sie hat eine Freundin im Süden, bei der wir für 'ne Weile unterkommen können.

– Ist Jan mit einer Schrotflinte losgezogen, oder habe ich das nur geträumt?

– Das hast du nicht geträumt.

Phillip richtete sich auf.

– Der ist doch krank, ist der doch.

Ruth lachte, Phillip warf ihr einen kalten Blick zu, wahrscheinlich hatte sie es ihrer Schönheit zu verdanken, daß er sie nicht auf der Stelle mit einer Bemerkung zu vernichten versuchte. Vielleicht war er aber auch nur zu verkatert.

Phillip raschelte in der Tüte herum und stöhnte dann laut auf.

– Sag bloß, du hast kein Wasser gekauft! Und neunzig Packungen gesalzene Erdnüsse. Wir sind in der Wüste, Mann, du hast sie doch nicht mehr alle. Oh, Scheiße. Manchmal glaube ich, du wirst immer ein Anfänger bleiben.

Ich riet ihm, eine Dose Bier zu trinken. Was sollte ich sonst tun? Es war wirklich eine ausgemachte Dummheit, mit drei Sechserpackungen und ohne Wasser durch die Wüste zu fahren. Das Bier war bestimmt pißwarm und schmeckte nach nichts, und niemand wußte, wann wir an der nächsten Tankstelle vorbeikommen würden.

Wir schwitzten alle, ein feuchter Film lag auf unserer Haut, es gab den braunen Sand und den blauen Himmel ohne eine einzige Wolke. Hellbraun und hellblau und dazu diese knallrote Motorhaube vor den Augen, das waren die Farben, das und diese gleißende, fast schon weiße Sonne. Und die gelbrote Sonne auf Ruths Schulter, die unter ihrem Schweiß funkelte und glänzte. Dann lief Mother's Worry von Divine Horsemen, my house is in a suitcase, und wir wußten nicht, wohin uns das alles führte. Wir hatten Durst, mir tropfte der Schweiß in die Augen, Phillip grummelte vor sich hin, es war wunderbar.

Am Horizont tauchte nach einiger Zeit ein Gebäude auf, da würden wir sicher Wasser bekommen und vielleicht eine anständige Mahlzeit, das Glück war uns hold. Nur noch ein paar Minuten, man konnte ruhig Fehler machen, wenn man das Glück auf seiner Seite hatte.

Wir näherten uns zwei nebeneinanderliegenden Flachbauten, die gut zweihundert Meter von der Straße entfernt waren. Davor waren sieben oder acht teure Schlitten geparkt, mit Ledersitzen, getönten Scheiben und wahrscheinlich auch Klimaanlagen. Keine Zapfsäule weit und breit. Ich verstand nicht, wo wir gelandet waren, ich fuhr auf den Parkplatz, stoppte und schaute die beiden anderen an. Ruth zuckte mit den Schultern, Phillip zeigte auf ein Schild am rechten Haus: Girls, Girls, Girls, vollklimatisierte Zimmer. Dazu eine drei Meter hohe Reklamefigur mit riesigen Brüsten, blonden Haaren und Strapsen. Ich schaute auf das linke Gebäude, über dem Eingang stand Bar. Ein großer Puff und eine kleine Bar mitten in der Wüste. Das einzige Stück Zivilisation im Umkreis von wer weiß wieviel Kilometern war ein Hurenhaus und eine Bar. Keine Tankstelle, kein Gemischtwarenladen, keine Eremitenbehausung, nein, ein Bordell. Das war eine verrückte Welt, und keiner hatte es mir erzählt. Ich schlug vor, in die Bar zu gehen und ein paar Eiswasser zu trinken, wenn wir schon mal hier waren.

Phillip sah Ruth an, fragte, ob er ihr was mitbringen solle. Ich komme mit, war die Antwort, und wir stiegen zusammen aus und gingen durch die große Schwingtür hinein.

Es war dunkel drinnen, und ich konnte zuerst nicht viel erkennen. Aber es gehörte auch nicht viel dazu, um zu bemerken, daß uns alle anstarrten. Gespräche verstummten, es war nur noch ein schnulziger Countrysong aus der Jukebox zu hören. Ich steuerte die Theke an, die beiden folgten mir.

Ich setzte mich auf einen Hocker, langsam gewöhnten sich meine Augen an die spärliche Beleuchtung. An vier Tischen saßen jeweils drei oder vier Männer, die zu sehr nach Geld aussahen, als daß sie etwas anderes als neureich hätten sein können. Sie sahen einfach aus wie Kartoffelbauern, die zu viel Geld gekommen sind. An der Theke saß niemand außer uns dreien.

Dann fiel mein Blick auf die Bedienung. Ich hatte einen fetten, verschwitzten Kerl mit Alkoholikernase erwartet, und was ich sah, war eine junge, wunderschöne Mexikanerin, die auf ihrer braunen Haut, soweit ich das sehen konnte, nur einen weißen Spitzen-BH trug. Man konnte die Ansätze ihrer Brustwarzen erkennen. Sie lächelte ein breites Lächeln, das sogar echt aussah. Sie nickte leicht zum Zeichen, daß sie bereit war, eine Bestellung entgegenzunehmen.

– Drei Eiswasser, sagte ich, sie lächelte noch breiter und ging ans andere Ende der Theke. Sie hatte abgeschnittene Jeans an, so abgeschnitten, daß man die Wölbung ihres kleinen Pos sah und wußte, daß sie keinen Slip trug. Hier konnte ich es sicherlich ein paar Stunden aushalten. Sie bewegte sich unglaublich lasziv, ohne dabei obszön zu wirken.

Mit drei Gläsern auf einem Tablett kam sie zurück. Dieser glatte, straffe Bauch, unter dem sich die Muskeln leicht abzeichneten, unglaublich erotisch. Ich war im Paradies gelandet. Ich stürzte mein Glas in einem Zug runter und bestellte noch ein Eiswasser, sie drehte sich um, und ich sah mir noch mal den Hintern an. Sie merkte es, blieb stehen, blickte mich über die Schulter an. Sie streckte ihren Po raus und warf mir einen Kuß zu. Ich wäre fast vom Hocker gefallen.

Sie stellte das Glas vor mich und lachte. Ich sah Phillip an. Ihm war nichts anzumerken. Er lutschte an einem Eiswürfel, rauchte eine Zigarette und betrachtete die Flaschen auf dem Regal, wahrscheinlich war er blind. Ich drehte mich nach hinten und merkte, wie alle Blicke auf Ruth klebten, den Drecksäcken lief der Geifer aus dem Maul, Ruth sah für sie nach einem kostenlosen Fick aus. Wer verirrt sich als Frau sonst in so eine Bar? Sie schien sich aber nicht unbehaglich zu fühlen, sie strahlte eine Selbstsicherheit aus, als würde sie jeden Tag in so eine Situation geraten. Es muß also etwas anderes gewesen sein, das mich beunruhigte, es muß etwas Feindseliges in der Luft gelegen haben.

Phillip bestellte sich eine Cola, Ruth ein Ginger Ale und ich ein Bitter Lemon und eine Packung Erdnüsse. Phillip schüttelte den Kopf.

– Da sind viele gesunde Proteine drin, sagte ich erklärend, und die Dinger gleichen den Salzverlust aus, wenn man soviel schwitzt.

– Kann man hier auch etwas zu essen bekommen? fragte Phillip die Mexikanerin.

Sie lachte, und zum ersten Mal sagte sie etwas, ihre Stimme erinnerte mich an die Gitarre eines Folksängers.

– Nur Sandwiches und kalte Frikadellen mit Senf.

– Das habe ich mir fast gedacht, Hühnerkacke, so'n Puff.

Er bestellte drei Frikadellen, und Ruth wollte ein Truthahnsandwich. Ich sah der Mexikanerin zu, wie sie mit ihren kleinen, zarten Händen das Sandwich zubereitete. Sie hatte lange, gerade Finger, und ihre Bewegungen waren so anmutig, daß ich sie vom Fleck weg hätte heiraten können. Alles an ihr war so weich und fließend, ihre pechschwarzen Haare glänzten und ergossen sich wie ein breiter Fluß über ihren Kopf. Ich dachte kurz daran, sie zu fragen, ob sie auch nebenan arbeite, aber ich wollte den Zauber nicht zerstören, noch nicht zumindest.

Ein Fettsack stand von seinem Stuhl auf, er hatte fettige Haare und eine Hautfarbe wie ein gewaschenes Schwein, er plumpste auf den Hocker neben Ruth, verzog die Mundwinkel nach oben, sah kurz auf seine goldene Uhr und legte dann los:

– Kann ich Sie vielleicht zu einem Drink einladen? Diese jungen Habenichtse sind doch kein Umgang für eine Dame wie Sie.

– Nein, danke.

– Dann eben Champagner.

Das ganze Lokal schaute uns jetzt zu, die Jukebox war verstummt, ein paar Gäste hielten die Daumen hoch und grinsten. Der Dicke bestellte eine Flasche und zwei Gläser, und ich fragte mich, warum er nicht einfach nach nebenan ging und 'ne Nutte bumste. Das wäre ihn sicherlich billiger gekommen, aber das konnte er ja noch nicht wissen.

– Nein, danke, wiederholte Ruth.

Er legte ihr eine Hand auf den Oberschenkel. Sie ergriff die Hand unsanft und befreite sich.

– Warum gehst du nicht rüber und reagierst dich erst mal ab? fragte Phillip.

– Halt du dich da raus. Wenn es darum ginge, könnte ich gleich zu Hause bleiben und über meine Alte steigen. Du weißt eben nicht, wie man eine Dame behandelt.

Die Zuschauer hielten die Luft an, würde ich sagen.

Der Fettsack legte wieder seine Hand auf ihren Oberschenkel, ein bißchen höher dieses Mal. Ich hörte Phillip neben mir tief einatmen, ich wäre gerne noch einige Zeit geblieben und hätte diese wunderschöne Mexikanerin bewundert, aber es sah nicht danach aus. Ruth fegte die Hand beiseite und sah dem Schwein fest in die Augen, Phillip atmete langsam und konzentriert aus. Ich versuchte, das Beste daraus zu machen, ich holte ein paar Scheine aus meiner Hosentasche und reichte sie dem Dicken, indem ich mich etwas rüberbeugte.

– Hier, ich spendier dir 'ne Nummer.

Er roch nach einer Mischung aus Schweiß, Whisky und teurem Rasierwasser. Ich konnte die geplatzten Äderchen auf seiner Nase erkennen. Die Gläser und der Champagner standen auf der Theke, mein Engel hielt sich etwas abseits.

– Hab dich nicht so, sagte der Fette zu Ruth und legte seinen Arm um ihre Schulter, ich kann dir viel mehr bieten, als solche armseligen Tagediebe. Sieh sie dir doch an. Verweichlichte Großstadtkinder!

– Laß mich LOS!

Ruth zappelte, sie wirkte aber immer noch, als habe sie die Situation im Griff. Er hielt sie noch fester. Ruth spuckte ihm ins Gesicht. Wut verzerrte seine Fratze. Ehe er etwas sagen konnte, stand Phillip auf und stellte sich hinter den Dicken.

– Du sollst sie in Ruhe lassen.

Er wischte die Spucke mit dem Handrücken weg und drehte sich zu Phillip um, in einer Art, wie ich sie bisher nur in Schwarzweißfilmen gesehen habe. Jetzt lockerte sich die Spannung der Zuschauer wahrscheinlich, jetzt schien die Keilerei zu kommen, auf die sie gewartet hatten.

– Paß auf, mein Lieber, wo ich hinschlage, wächst kein Gras mehr.

Eine Zehntelsekunde später lag er rücklings auf dem Boden, Blut schoß aus seiner Nase, und er konnte von Glück reden, wenn nichts gebrochen war. Ich warf der Mexikanerin einen letzten Blick zu. Wie gerne hätte ich sie zum Abschied geküßt, aber es mußte schnell gehen, wir waren in einer schlechten Position. Phillip packte Ruth am Arm, und wir liefen raus zum Auto. Meine Scheine blieben auf der Theke liegen. Sie rannten uns hinterher, aber keiner schien als erster in seinen Wagen steigen zu wollen.

Phillip fuhr gut zehn Minuten Vollgas, mehr als hundertvierzig brachte der Wagen nicht, es wäre ihnen ein leichtes gewesen, uns mit ihren 350-PS-Dingern einzuholen, andererseits saß ich mit dem Rücken zur Fahrtrichtung und hatte Phillips Pistole in der Hand. Treffen konnte man aus voller Fahrt kaum, aber es würde reichen, sie abzuschrecken.

Niemand folgte uns, und Phillip knurrte:

Ich hab doch gleich gesagt, wir sollten sie rausschmeißen.

3

Wir saßen unter einem riesigen Ventilator in einem Restaurant in einer Kleinstadt, einer Kleinstadt, wie es sie zu Tausenden gibt. Eine Hauptstraße mit ein paar Läden und Restaurants und genug Doppelmoral, um die Rebellion der Teenager zu brechen. Wer hier nicht früh genug rauskam, dem verbogen sie das Rückgrat.

Ich aß Chili con Carne, Ruth eine Pizza und Phillip eine doppelte Portion Spaghetti. Es war mittlerweile später Nachmittag, wir waren froh, so billig aus der Sache rausgekommen zu sein, und selbst Phillip lächelte über beide Ohren. Bereitwillig erzählte er Ruth, daß er Privatdetektiv sei und daß das der langweiligste Beruf auf der Welt wäre, weil man immer nur Ehepartner beschattete, die mutmaßlich fremdgingen.

– Ich bin Spezialist für Ehebruch, sagte er und mußte selber lachen. Wir hatten uns beide besinnungslos besoffen auf der Hochzeitsfeier von Maria und Jan vor einem Jahr.

Ruth lachte auch, als wir ihr die Sache erklärten. Dann wollte sie wissen, was ich denn so machte. Ich sah Phillip an, er zuckte mit den Schultern. Ich konnte mich zuerst nicht richtig entschließen, aber das Essen schmeckte gut, wir tranken eiskaltes Bier dazu, Ruth sah so süß aus, als sie mich erwartungsvoll anblickte, daß ich mir sagte: Scheiß drauf. Ich lehnte mich zurück. Manchmal macht es Spaß, einfach nur noch zu sprechen.

– Mir ist das gute Wetter zum Verhängnis geworden. Da kann man einfach keiner Arbeit nachgehen. Es war gutes Wetter, als ich zum ersten Mal die Schule schwänzte, es war gutes Wetter, als ich zum ersten Mal Bier trank. Die Sonne schien, als ich mich entschloß, die Schule zu schmeißen, die Sonne schien, als ich mich zum ersten Mal verliebte. Es war traumhaftes Wetter, als ich später in der Fabrik kündigte. Mich hat dieses tolle Wetter scheitern lassen, mich hat das gute Wetter zum Dieb gemacht. Mir blieb nichts anderes übrig.

– Oh, oh, sagte sie, da bin ich aber mit zwei komischen Vögeln zusammen, der eine sieht aus wie ein Boxer und ist Privatdetektiv, der andere hat lange Haare und ist ein Dieb. Ihr wollt mich doch nicht auf den Arm nehmen?

Ich hob die rechte Hand und schwor feierlich, dann trank ich noch einen Schluck Bier und sah sie an.

– Und du, wovon lebst du?

– Ach, wenn's mir irgendwo gefällt, bleibe ich ein paar Monate da, kellnere ein wenig, oder ... Oder ich tanze Striptease, das wird immer gut bezahlt.

Genau wie ich gedacht hatte: von Bindungen keine Spur.

– Ich habe da 'ne Möglichkeit, wie du dich am Sprit beteiligen kannst, wenn du noch weiter mitfahren möchtest, feixte ich.

– Au ja, sagte sie, als hätte ich gerade eine gute Idee gehabt, und ich verschluckte mich fast an meinem Essen.

– Nur Bargeld und sonst gar nix, sagte Phillip, und damit hatte sie zumindest sein Einverständnis, daß wir auch weiterhin zusammen fuhren.

Wir blieben noch ein wenig sitzen, alberten rum, machten Witze über die anderen Leute im Restaurant, wobei sich Phillips Gehässigkeit und sein Sarkasmus kaum noch überbieten ließen. Wir waren fast raus aus der Wüste, wir entschlossen uns, zu dritt im Auto zu übernachten. Phillip zahlte, und wir schlenderten in Richtung Wagen, als Ruth vorschlug, noch ein paar Kleinigkeiten einzukaufen. Ich ließ die beiden losziehen und sagte, ich müsse noch mal kurz in die Bibliothek. Phillip schüttelte den Kopf, und Ruth sah mich nur verständnislos an.

– Ich erklär es dir nachher, sagte ich.

Zwanzig Minuten später saßen wir im Wagen, Phillip fuhr, und Ruth und ich machten es uns hinten bequem. Auf dem Beifahrersitz lag der Karton mit den vierundzwanzig Kuemmerlingen, den ich unterwegs noch geklaut hatte. Ruth lehnte ihren Kopf an meine Schulter, ich streichelte ihre Sonne, Phillip rauchte, und ich konnte sehen, daß er entspannt war. Es war ein gutes Gefühl, wir waren fast so etwas wie eine Familie, der Motor schnurrte behaglich, die ganze Gegend war in ein weiches, oranges Licht getaucht, alles glitt sanft dahin, Ruths Haut war weich und roch gut, obwohl wir den ganzen Tag geschwitzt hatten wie die Schweine. Phillip hatte sein T-Shirt ausgezogen und ich bewunderte zum hundertsten Male das Spiel der Muskeln und Sehnen unter seiner Haut. Bei der kleinsten Bewegung warfen die Muskeln immer neue Schatten, je tiefer die Sonne sank, desto großartiger wurde dieses Schauspiel, seine Haut schien eine dünne Leinwand zu sein, die nur dafür geschaffen war, diese Konturen und Definitionen zu präsentieren. Ich sah Ruth aus den Augenwinkeln an, und auch sie war fasziniert.

Als nur noch ein Drittel der Sonne zu sehen war, hielten wir an einer schönen Stelle, es gab bereits wieder Vegetation, und wir schafften es tatsächlich, genug Holz für ein Feuer zu sammeln. Es loderte und prasselte, und wir saßen drum herum und ließen es uns gutgehen. Jeder eine Dose Bier in der Hand, die meiste Zeit eine Zigarette im Mund, und Ruth hatte noch ein paar getrocknete Pilze, die wir uns teilten. Es war der Traum von einem Abend, ich sah ins Feuer, dachte an all die schönen Momente, die ich gehabt hatte, durchlebte sich noch mal in allen Einzelheiten. Man will das Schöne immer wieder erleben, man hält sich an Erinnerungen fest, man verdammt diese Sekunden manchmal, weil sie so kurz waren.

Phillip stand irgendwann auf und ging zum Auto, ich hatte ein sanftes Glücksgefühl, mein Lächeln schien für die Ewigkeit bestimmt zu sein, und das Holz knackte.

– Was hast du in der Bibliothek gemacht?

– Das ist so ein Hobby von mir, in fremden Städten gehe ich in die Bibliothek und reiße aus einem guten Dutzend Krimis die letzten beiden Seiten raus.

– Wieso?

– Ich mag die Vorstellung, daß diese Krimileser sich ärgern, zuerst. Dann überlegen sie angestrengt, wer es gewesen sein könnte und was er sich dabei gedacht hat. Ihre Phantasie kommt in Gang, und wenn sie gerade dabei sind, etwas herauszufinden, finden sie vielleicht mehr raus, als sie wollten. Ich laufe in der Gegend herum und spiele ein paar Minuten lang eine wichtige Rolle im Leben dieser Leute, ohne daß ich sie kenne. Ich fühle mich dann ein bißchen wie ein Rockstar.

– Du bist verrückt, sagte sie, und ihr Gesicht verriet mehr Mißbilligung, als Belustigung. Auch gut, dachte ich, dann erzähle ich ihr eben nicht mehr, daß ich die Finger von Mickey Spillane und Jim Thompson lasse, und das nur, weil Phillip die beiden verehrt.

Phillip kam mit dem Karton Kuemmerlingen zurück, und jeder nahm sich ein Fläschchen, wir schraubten den Verschluß ab, klemmten den Flaschenhals zwischen die Zähne und warfen den Kopf zurück. Ruth machte es uns nach, als habe sie ihr Leben lang nichts anderes getan. Doch dann schüttelte sie sich und machte: Baaah, das ist ja eklig.

Phillip lachte und meinte:

– Wie sagt mein Freund Jesse immer? Man braucht einen Sinn für Dekadenz und traurige Melodien, um Kuemmerling zu mögen.

– Dekadenz?

– Ja, sagte ich, es gibt das Zeug auch in Halbliterflaschen, aber das macht nicht soviel Spaß wie dieser Verpackungsmüll. Ich warf die Flasche über die linke Schulter und behauptete einfach, das bringe Glück. Phillip und ich tranken den nächsten. Es war toll, jedesmal eine neue Flasche aufzumachen. Kuemmerling trinken hatte mit einem Ritual zu tun, Kuemmerlinge sind wie erstklassige Punkrocksongs, kurz, schnell, gut. Nur schmecken Kuemmerlinge eher wie Balladen, aber das ist ja gerade das Schöne.

Ruth knackte noch eine Dose Bier, Phillip und ich tranken in regelmäßigen Abständen mit in den Nacken geworfenen Köpfen, ich legte etwas Holz nach, fabrizierte ein großes Feuer und fragte Ruth:

– Wie wär's mit 'nem Strip?

Es herrschte sowieso eine lockere Atmosphäre seit dem Essen, hinzu kam, daß diese Pilze uns die Welt lieben ließen. Ich wollte mich nur an Ruths Schönheit erfreuen, ich wollte diesem Tag noch den allerletzten Schliff geben, auch auf die Gefahr hin, daß ich ihn verhunzte. Ich dachte nicht an Sex, ehrlich nicht, Ruth sah nur so gut aus, daß ich mehr davon sehen wollte.

Sie zögerte kurz, dachte nach, ich schickte ein Gebet an einen sehr hellen Stern, Ruth griff sich einen Kuemmerling, trank ihn und ging zum Auto. Sie spulte, bis sie den Shoopsong hatte. Den hatte Paul wohl mehr aus Witz aufgenommen, es war das letzte Lied auf der Kassette. Ruth drehte voll auf, ließ die Heckklappe hochschnellen, damit wir den vollen Sound abbekamen, sagte: Vergewaltigen gilt nicht, und legte los.

Ich hätte nie gedacht, daß sie ihren etwas eckigen Körper so geschmeidig bewegen konnte, ihr Becken schnellte vor und zurück, sie verstand etwas davon. Sie hielt sich an einer imaginären Stange fest, ging in die Knie, und ihr Hintern hüpfte auf und ab. Dann drehte sie sich mit dem Rücken zu uns und ließ die Hüften kreisen. Die Erinnerung an die Frau aus der Bar verblaßte neben ihr, da hatten wir die weltbeste Stripteasetänzerin bei uns, und ich hatte mir an dieser Mexikanerin die Augen ausgeguckt. Das Naheliegende ist oft am weitesten weg.

Sie zog ihr Hemd über den Kopf, man konnte ihre Rippen erkennen, als sie die Arme nach oben streckte, und auch die einzelnen Wirbel zeichneten sich ab. Sie hat wirklich Untergewicht, dachte ich, aber in dem Augenblick fing sie schon an, sich umzudrehen, und dieser Busen: groß und fest. Nicht wirklich üppig, vielleicht sogar noch unter dem Durchschnitt, aber er wirkte an diesem Körper eben anders. Das Feuer spiegelte sich auf ihrer Haut, die Schatten sprangen auf und ab, während sie sich langsam die Jeans aufknöpfte.

Ganz kurz sah ich zu Phillip rüber. Er lächelte.

Sie hatte einen einfachen, schwarzen Baumwollslip an, die Hüftknochen traten leicht hervor, und der Weg von ihrem Bauchnabel bis zum Slip schien unendlich lang zu sein. Ihre langen, dünnen Oberarme faszinierten mich auch. Ruth war wie verwandelt, sie schien sich in Trance zu tanzen, es gab nur noch die Musik, und die bewegte ihren Körper, und ich, ich hatte noch nicht einmal eine Erektion.

Der Slip fiel nicht, sie stand aufrecht da, als das Lied zu Ende war, und Phillip und ich klatschten, pfiffen, trampelten mit den Füßen auf den Boden und johlten los. Wir veranstalteten einen Höllenlärm, aber in einem stillen Einverständnis kam keinem das Wort Zugabe über die Lippen. Da konnte man nichts mehr hinzugeben. Es hätte Blech sein können, aber in diesem Moment hatten wir Glück und Schönheit. Ruth verbeugte sich, und das war besser als alles andere, das war ein Bild, das ich nie mehr vergaß. Ruth vor dem Feuer, nur mit einem Slip bekleidet, wie sie sich verbeugt und ihre Brustwarzen Richtung Boden zeigen. Das waren zwei wundervolle Sekunden.

Sie zog ihr Hemd wieder an, schnappte sich noch eine Dose Bier und setzte sich neben mich.

– Na?

– Du warst klasse, sagte ich.

– Zu irgendwas mußte das doch gut sein, daß wir dich nicht rausgeschmissen haben, meinte Phillip.

– Du hast einen unwiderstehlichen Charme, Phillip, sagte Ruth, um ihn zu ärgern. Aber Phillip zeigte keine Reaktion. Er zündete sich eine Zigarette an, legte sich auf den Rücken und sah nach oben. Ich hatte einen leisen Verdacht, mit der Zeit bekommt man raus, wieviel Ecken die Welt hat, mit der Zeit hört man am Atemrhythmus eines Freundes, was in ihm vorgeht. Mit der Zeit werden die Sachen aber auch immer verwickelter, bis sie irgendwann aussehen wie Dreadlocks – bis man gar nicht mehr durchblickt.

Ruth drückte mit ihrem Daumen auf die Bierdose, dellte sie ein und aus, ein und aus. Unter normalen Umständen ein nervtötendes Geräusch, aber im Augenblick beruhigte es mich.

Ich dachte an nichts Böses, starrte tief ins Feuer und trank. Phillip verschränkte die Arme unter dem Kopf, ich wurde langsam besoffen, meine Blase drückte, ich stand auf und ging ein, zwei Minuten in die Nacht hinein. Ich dachte an meinen Vater, der heute abend mit hundertprozentiger Sicherheit wieder sturzbesoffen vor dem Fernseher saß. Ich dachte an seine traurigen Augen. Ich wollte mir einfach nur selber einen kleinen Dämpfer verpassen, ich wollte einen Fuß auf dem Boden behalten. Ich bin bei weitem nicht der Typ, der sich in Verzweiflung suhlt, nur befürchte ich manchmal, daß ich für die guten Momente mal bezahlen muß.

Ich war gerade fertig mit Pinkeln, hatte den letzten Knopf zugemacht, als ich eine Hand auf meiner Schulter spürte. Ich zuckte zusammen, ich hatte niemanden kommen hören.

– Entschuldige, ich wollte dich nicht erschrecken. … Glaubst du, daß dieser Jan uns noch folgt?

– Kann sehr gut sein, aber warum fragst du nicht Phillip? Es ist eine Sache zwischen ihm und Jan.

– Ich habe den Eindruck, er mag mich nicht besonders. Irgendwie fand ich es unheimlich, mit ihm alleine am Feuer zu sitzen. So … so kalt.

– Phillip mag dich, ganz bestimmt, das sage ich nicht nur so.

Ich nahm ihre Hand, und wir gingen zurück, ich war müde, ich wollte nur noch ein oder zwei trinken und mich dann hinlegen. Phillip schlief schon, oder er tat nur so, ich war mittlerweile zu bedröhnt, um das feststellen zu können. Ich warf eine Decke über ihn, genehmigte mir drei Kuemmerling nacheinander, und dann legten Ruth und ich uns ins Auto.

4

Ruth war eine Drifterin, man sah ihr an, daß sie es liebte, von Ort zu Ort zu ziehen, es schien bei ihr keine Flucht oder ein innerer Drang zu sein, sie ließ sich treiben, und ich merkte ihr nicht an, ob irgend etwas an ihr nagte, wie einsam sie sich vielleicht fühlte, ob sie auf der Suche nach etwas anderem war. Sie lächelte jedesmal, wenn sie sich ans Steuer setzte, sie klemmte sich eine Zigarette zwischen die Zähne und fuhr, nein, sie bewegte sich viel eher mit dem Auto, sie bewegte sich vorwärts wie jemand, dem man im schwerelosen Raum einen Schubs gegeben hat und der es genießt, daß die Kraft nie versiegt. Ich sah ihr gerne beim Fahren zu.

Manchmal kraulte ich ihren Nacken, wenn ich auf dem Beifahrersitz saß, während sie ihren nackten Fuß auf dem Gaspedal hatte. Wenn wir zusammen hinten waren, legte ich schon mal meinen Kopf in ihren Schoß oder hielt sie im Arm. Ich war nicht verliebt in sie, und das erleichterte die Sache. Ruth war sehr freigebig mit Nettigkeiten, wahrscheinlich wird man so, wenn man viel Zeit mit sich selber verbringt. Wahrscheinlich verschwendet man dann sehr viel weniger Zeit. Manchmal streichelte sie kurz über Phillips stoppelige Wangen, und zweimal gab sie ihm einen Kuß darauf. Er lachte beide Male, mehr erfreut als verlegen. Es schien irgendwie sowohl Phillip als auch mir klar zu sein, daß Männer zur Zeit in ihrem Leben keine besondere Rolle spielten. Ruth schien uns damals ein wenig die weibliche Variante unseres Traumes vom Cowboy zu sein, der alleine in den Sonnenuntergang reitet.

Wir hatten viel Spaß miteinander. Auch Phillip fühlte sich eindeutig wohl, und wenn ich mal auf irgendeiner Raststätte alleine zur Toilette ging, lachten die beiden meistens so sehr, wenn ich zurückkam, daß ich glaubte, den Witz des Tages verpaßt zu haben.

Ellen war anders als Ruth. Sie hatte blonde Haare bis zu den Schultern, eine etwas zu lange Nase, und das, was Ruth an Gewicht fehlte, hatte sie zuviel. Man kann nicht sagen, daß sie pummelig war, sie hatte eben sehr runde und weiche Formen, sie trug nie Hosen, wahrscheinlich glaubte sie, etwas verbergen zu müssen. Mir gefielen ihre blaugrünen Augen, obwohl sie eine gewisse Traurigkeit ausstrahlten, und ihre Zähne – ihre Zähne waren einfach perfekt, die Eckzähne standen leicht hervor, und das, das sah wunderschön aus, wenn sie lächelte.

Als Ruth uns als ihre Freunde vorstellte und fragte, ob wir ein paar Tage bleiben könnten, schien Ellen begeistert zu sein. Sie lebte allein in einem großen Haus, das sie von ihrem Vater geerbt hatte, und arbeitete halbtags als Telefonistin bei einem großen Unternehmen. Sie hatte keine Haustiere, weit und breit war kein Mann in Sicht, und Freunde hatte sie anscheinend auch kaum. Ab und zu, wenn ihre Augen einfach ins Leere blickten, konnte man ihr ansehen, wie einsam sie sein mußte. Und zwar auf eine ganz andere Art und Weise als Ruth. Ruths Einsamkeit hatte etwas Stolzes, etwas Lebendiges an sich, während Ellen wohl das Leben fehlte. Sie wirkte gequält.

Es kann sein, daß ich mich da irre, aber das glaube ich nicht. Als ich noch klein war, sagte mein Vater immer zu mir, ich solle mir vorstellen, die Leute könnten nicht reden. Sie hätten keine Sprache, um ihre Gefühle auszudrücken, außerdem würden sie oft schweigen oder nicht sagen, was sie meinten. Das beste wäre, man stellte sich vor, sie könnten überhaupt nicht sprechen. Dann mußte man auf andere Sachen achten: wie sie sich bewegten, wie sie Luft holten, was sie mit ihren Händen anstellten. Worte lügen, sagte mein Vater, und ich verstand mit der Zeit, was er meinte, und ich versuchte zu lernen. So glaubte ich erkennen zu können, daß Ellen die Welt durch einen Schleier aus Trauer betrachtete. Selbst wenn wir in ausgelassener Stimmung waren und uns stundenlang über den belanglosesten Scheiß kranklachten, saß sie in dieser eigentümlichen Haltung da.

Wir hatten alle unsere Vorlieben. Ruth legte am liebsten die Füße hoch oder wippte auf irgend etwas herum. Phillip fläzte sich auf der Couch, ich bevorzugte es, mit hinter dem Kopf verschränkten Armen auf dem Boden zu liegen. Und Ellen, Ellen lehnte fast immer mit dem Rücken gegen etwas, hatte die Knie angezogen und ihre Arme darum geschlungen.

Aber die Zeit, die wir in ihrem Haus verbrachten, war nichtsdestotrotz königlich. So ziemlich das erste, was wir taten, war, in den Supermarkt zu fahren und groß einzukaufen. Alles, was unsere Herzen so begehrten. Phillip hatte Geld, wir hatten den ganzen Tag zwei schöne Frauen vor Augen, wir wußten nicht, was die nächste Zeit uns bringen würde, es schien einfach ein logischer Schluß zu sein, daß wir den halben Supermarkt leerkauften. Putenfilets, Hühner, Seelachs, Garnelen, Artischocken, Champignons, Broccoli, Zucchini, Tomaten, Sojabohnenkeimlinge, Bambussprossen, Honigmelonen, Orangen, Bananen, Schinken, Käse, Kaffee, Müsli, Pudding, Gewürze, wir nahmen einfach alles mit, und in der Spirituosenabteilung stellten wir eine Mannschaft zusammen, die jede Weltmeisterschaft gewonnen hätte. Bailey's, Batida und Malibu, Campari, Cointreau, Wodka, Tequila und den guten Appleton. Dazu noch zwei Kästen Budweiser und reichlich Cola. Wenn Jan uns noch auf den Fersen war, konnte es sein, daß das ganze gute Zeug zum Teufel ging, das war klar, aber der Kaufrausch ließ sich nicht stoppen. Ich freute mich unbändig auf die nächsten Tage.

Ruth und Ellen schliefen in Ellens Doppelbett, Phillip und ich im Gästezimmer in getrennten Betten. Ich wachte morgens meistens als erster auf, duschte, ging runter in die Küche, preßte Orangen, kochte Kaffee und deckte den Tisch. Die anderen trudelten nach und nach ein, wir legten Musik auf und ließen es uns gutgehen. Phillip war immer ein bißchen muffelig am Morgen, aber das lag nur daran, daß er abends am meisten trank.

Nach dem Frühstück fuhr Ellen in ihrem grünen Käfer zur Arbeit, und nach zwei oder drei Tagen hatte sie es sich angewöhnt, Phillip und mich zum Abschied zu küssen. Mit Ruth tauschte sie sowieso die ganze Zeit über Zärtlichkeiten aus, und manchmal fragte ich mich, ob das nicht über das normale Maß hinaus ging. Und dann die Sache mit dem Doppelbett, ich verstand das überhaupt nicht, aber ich konnte ja schlecht nachfragen.

Nachdem Ellen weg war, fläzte ich mich vor den Fernseher, blätterte in Frauenzeitschriften oder schoß im Garten mit einer Luftpistole auf rohe Eier. Ruth machte auch nichts anderes, nur daß sie die Eier öfter verfehlte als ich. Phillip benutzte die Nachmittage dazu, die köstlichsten Leckereien hervorzuzaubern. Wenn die Leute irgendwann keinen Bedarf mehr haben würden an drittklassigen Privatdetektiven oder halbwegs passablen Automechanikern, so konnte er immer noch Koch werden. Ruth lachte, wenn er hinter dem Herd stand, eine Schürze umgebunden, den Löffel in der Hand, und sie behauptete, so einen Mann wolle sie mal heiraten. Auch wenn Phillip immer einen Saustall hinterließ und sich für das Spülen und Aufräumen nicht verantwortlich fühlte.

Es war alles rosarot und sorglos. Es passierte zwar schon mal, daß mir die Nachmittage zu lang wurden, aber dann half ich einfach Phillip ein wenig oder genehmigte mir zwei, drei Überbrückungsbierchen. Phillip las, wenn er nicht kochte, in *Unter dem Vulkan* von Malcolm Lowry, oder er joggte oder machte Liegestütze oder Klimmzüge oder so was. Diese Sportgeschichte erschien mir immer ein wenig hirnrissig. Er hielt seinen Körper gut in Form, damit der Alkohol ihn nicht hinwegraffte, anstatt einfach mal weniger zu trinken. Auf der anderen Seite bewundere ich so etwas: der Versuch, einfach alle Widersprüche in sich zu vereinigen.

Ruth konnte stundenlang auf dem Schaukelstuhl auf der Veranda wippen und nichts tun. Ihr wurde anscheinend nie langweilig. Sie entwickelte kein Bedürfnis zu reden oder etwas zu tun. Sie saß da, und das war alles.

Das war also die Situation, wenn Ellen nach Hause kam. Wir setzten uns dann an den Tisch, schlugen uns die Bäuche voll und benebelten unsere Sinne. Wir drehten die Musik laut, erzählten Witze, lachten, Phillip legte jeden Abend zweimal Ace of Spades auf und war immer wieder erstaunt, daß Ellen diese Platte besaß.

Einmal gingen wir raus und schossen alle nacheinander auf die rohen Eier. Ellen war schon reichlich angeschickert. Sie klatschte jedesmal in die Hände, wenn ich ein Ei zerschoß und fiel mir um den Hals. Wir hatten an dem Abend alle mehr als sonst getrunken, ich war der einzige, der noch traf, was aber einfach nur daran lag, daß ich ein sehr guter Schütze bin.

Und weil ich so gut war, gingen uns dann auch die Eier aus, und wir hockten uns ins Gras. Alle waren ganz schön redselig, ich konzentrierte mich und versuchte mir alles zu merken, was erzählt wurde. Kann sein, daß wir so etwas wie Vertrauen zueinander entwickelt hatten, wahrscheinlich lag es aber eher am Alkohol, daß jeder ein, zwei kleine Geheimnisse preisgab.

Ruth erzählte von ihrem Freund:

– Er heißt Tom, ich habe ihn kennengelernt, als ich noch zur Schule ging, er war älter und jobbte an einer Tankstelle, er war ziemlich abgedreht, hatte seinen Verstärker und seine Gitarre neben einer der Zapfsäulen stehen und spielte den ganzen Tag darauf herum. Er schien sich aus nichts was zu machen, noch nicht mal seine Gitarre schien ihm wichtig, er vertrieb sich nur die Zeit. Ich fand ihn romantisch, ich war gerade siebzehn, er ging an der Schule vorbei, als wir Mathe hatten. Ich kannte ihn nur vom Sehen, ich saß direkt am offenen Fenster, ganz unten, wißt ihr, er winkte mir. Ich winkte zurück, und er kam ans Fenster. Laß uns gehen, sagte er, und ich sagte: Meine Mutter hat mich vor bösen Männern gewarnt. Die sollen einen grün und blau schlagen. Er sagte, er sei keiner von denen, und ich stieg aus dem Fenster und ging mit ihm. Ich weiß nicht, was damals in mich gefahren ist, aber es war das Beste, was ich je getan habe. Wir gingen zu ihm, und er entjungferte mich. Er war toll im Bett. ... Wir zogen in eine andere Stadt. ... Wir haben uns geliebt. ... Manchmal verschwand er tagelang, aber er kam auch immer zurück. Bis auf das eine Mal. Ich habe einen Monat auf ihn gewartet. Vielleicht ist er tot, ich habe nie wieder von ihm gehört. Und ich habe nie wieder einen Mann so geliebt.

Ihre Stimme war gegen Ende leise geworden, aber Ruth sah nicht so aus, als würde sie gleich losheulen. Sie sah so aus, als habe sie sich damit abgefunden, ihn nie wieder zu sehen.

– Hast du es schon mal mit einem Privatdetektiv versucht? fragte Phillip

– Ich würde ihn gerne noch mal wiedersehen, aber ich kann nicht sagen, was das geben würde.

Ich sah zu Ellen rüber, ich wollte sie nur kurz ansehen, ihre Schönheit im Mondlicht bewundern, ein Bild mitnehmen, aber was ich sah, stimmte mich traurig. Sie saß wieder mit angezogenen Beinen da, zwei Tränenspuren glänzten auf ihren Wangen.

Ich wäre so gerne derjenige gewesen, der sie ständig zum Lachen bringt, der Zauberer, der sie zersägt und neu zusammensetzt. Das war kein Helfersyndrom, ich hatte nur ein weiches Gefühl für diese Frau, die so lieb, so sanft schien, daß es mir weh tat zu sehen, wie sie litt.

Ich setzte mich neben sie und strich ihr übers Haar, flüsterte ihr ein paar Worte ins Ohr. Jetzt sah auch Ruth, was los war, hockte sich vor Ellen und gab ihr einen langen Kuß auf die Lippen. Phillip stand auf und sagte, er hole noch etwas zu trinken.

Ich folgte ihm in die Küche. Er setzte die Whiskyflasche an und trank gut und gerne ein Viertel in einem Zug. Ich war verwirrt. Ellen weinte und Phillip irgendwie auch. Der Tag hatte angefangen wie jeder andere auch, wir hatten alle ein wenig mehr getrunken, ein wenig mehr Spaß gehabt als sonst, und jetzt schien das Ganze umzukippen. Ich überlegte, wann wir verdammt noch mal die Weichen falsch gestellt hatten. Ich wollte lachende Leute sehen. Ich legte meine Hand auf Phillips Unterarm, ich kannte ihn schon lange, es war halbwegs vorauszusehen gewesen.

– Ich glaube, ich habe mich verliebt.

– Ich weiß …

– Ich kann heute trinken, was ich will, ich werde nicht richtig besoffen.

– Trinken schwächt nur den Verstand, nicht die Gefühle, Alter, deshalb kannst du ja auch am nächsten Morgen immer sagen, ob der Abend gut war oder nicht, selbst, wenn du einen Filmriß hattest. Was bleibt, ist immer das Gefühl.

– Ich will mich nicht …

– Du hast nur Angst …

– Nein, Jesse, ich habe nur keine Lust, das alles noch mal mitzumachen. Am Ende verläßt sie dich, und du gehst auf die Bretter. Das ist es mir nicht wert. Ich mag dieses Spiel nicht, es hat keine Regeln, und du weißt schon vorher, wie es ausgeht.

Phillip war nicht der Typ, der sich vom Fleck weg verliebt. Überhaupt, so lange wir uns kannten, hatte ich Phillip nur einmal verliebt erlebt. Er machte sich aus den meisten Mädchen nichts, sobald es ihm zu kompliziert wurde, ließ er es einfach sein. Und das dauerte meistens keine sechs Wochen.

Die Phase seiner kurzen Verliebtheit war jetzt fast zwei Jahre her. Es war klar gewesen, daß so etwas passieren mußte, daß auch er sich, einem seltsamen Gesetz gehorchend, irgendwann mal verlieben mußte. Natürlich in die falsche Frau. In eine, die ihn nach sechs Monaten verließ.

Ich würde nicht behaupten, daß er nicht mehr derselbe ist, aber seitdem hatte jede seiner Eroberungen etwas Verzweifeltes an sich. Von der Krönung dieser Geschichten, der Sache mit Maria, mal ganz abgesehen.

Er hatte Angie damals vergrault, das hatte ich ihm auch gesagt, aber er wollte es nicht wahrhaben. Es gibt keine Abkürzungen in diesem Leben. Jeder findet es für sich selbst heraus, oder eben nicht. Du kannst immer eher deine Gefühle mit jemandem teilen als deine Erkenntnisse.

Es hatte keinen Sinn zu diskutieren, vor allem nicht bei diesem Thema, aber es war ja auch sein Ding, er konnte machen, was er wollte. Ich bekam diese Bitterkeit sowieso nicht aus ihm raus.

– Laß uns noch mal so 'ne Kiste machen wie vor 'nem Jahr, sagte Phillip, uns geht eh die Knete langsam aus.

Du kannst deine Schwächen nicht vergessen, indem du an deine Stärken denkst. Hatte mein Vater mal gesagt. Ich überlegte kurz.

– Du willst auf jeden Fall weg hier?

– Ja!

– Was sagen wir den beiden?

– Daß wir Tom suchen.

– Du hast es echt drauf angelegt, nicht wahr?

– Vielleicht macht es sie glücklich.

– Das mag ich an dir nicht, du spielst den Märtyrer. Geh raus, nimm sie in den Arm, küß sie. Ist doch scheißegal, was morgen ist.

– Eigentlich müßtest du dein Leben mit der Einstellung schon längst in eine Müllhalde verwandelt haben. Ich weiß gar nicht, wieso du so gut klarkommst.

– Ich mache eben die Augen nicht zu, wenn ich etwas Schönes sehe.

– Laß uns wieder rausgehen. Und morgen verschwinden wir.

– Übermorgen.

Eine Weile saßen wir dann zu viert schweigend im Garten, jeder hing irgendwelchen melancholischen Gedanken nach, ich fühlte mich auf einmal soweit weg. Ich sah Ruth an, wie sie in Ellens Schoß lag und sich die Haare kraulen ließ. Ich überlegte mir, wie sie zu Phillip passen würde. Ich fragte mich, ob sie erkannte, wie hilflos Phillip in manchen Sachen war, ob sie bemerkt hatte, was mit ihm los war.

Ellen fing an zu sprechen, weich, traurig, melodiös, es klang fast wie gesungen. Sie erzählte vom Tod ihres Vaters vor Jahren, wie schwer es gewesen war, wie gut sie sich mit ihrem Vater verstanden hatte. Sie erzählte, ohne zu jammern, einfach so, wie man eine Geschichte zum besten gibt, und ich meinte rauszuhören, daß es da noch etwas Größeres geben mußte, das an ihr nagte.

Ich dachte an meinen eigenen Vater und an den Respekt, den ich vor ihm gehabt hatte, wieviel ich von ihm gelernt hatte, wieviel ich ihm zu verdanken hatte, und wie betrunken er ständig war, seit meine Mutter uns verlassen hatte. Ich war damals zwölf Jahre alt gewesen, und seitdem hatte er sich nicht mehr um mich gekümmert. Nie hatte er mir erzählt, warum meine Mutter fortgegangen war. Aber die ganze Zeit wußte ich, daß er mich liebte.

Ruth, ich, vielleicht auch Ellen, wir suchten alle etwas, das wir wahrscheinlich nicht finden wollten, aber Phillip lief nur davon. Möglicherweise hatte er etwas gefunden und hatte jetzt Angst davor.

Ruth und Phillip gingen schlafen, Ellen saß reglos da, und auch ich wollte noch ein wenig auf meinem Platz bleiben und noch ein letztes Glas Campari trinken. Ich fühlte mich nicht besonders gut, ich hätte gerne geweint, einfach so, aus keinem besonderen Anlaß, vielleicht Weltschmerz oder so. Alle schienen an diesem Leben zu leiden, ohne daß es einen richtigen Grund dafür gab. Man kann sich dafür nicht rechtfertigen, man nimmt nur die eine oder andere Position ein, man kann nichts dafür, es gibt nur Vorwände, man kann nicht auf den Grund dieser Sachen dringen.

– Komm, erzähl doch noch was, Ellen.

– Was denn?

– Irgendwas. Laß dir was einfallen.

Ich wollte einfach nur ihre Stimme hören, ich wollte mich noch berieseln lassen von unwichtigen Worten, ich wollte ein bißchen Ablenkung, ich wollte wissen, daß noch jemand neben mir saß. Ich wollte nicht mehr gewinnen in dieser Nacht, ich wollte ein Unentschieden rausholen.

– Früher habe ich meinem kleinen Cousin Räubergeschichten zum Einschlafen erzählt, frei erfunden. Ich weiß gar nicht, ob ich das noch kann.

Sie machte sich eine Zigarette an, und mir fiel auf, daß sie ganz anders rauchte als zum Beispiel Ruth. Sie genoß diese Scheißdinger nicht richtig, sie schien sie zu brauchen.

5

Es war einmal ein Räuber, der mochte gebratene Hähnchen für sein Leben gern. Er lebte im Wald und hatte eine große Pistole. Den ganzen Tag lag er im Unterholz auf der Lauer, und wenn jemand des Weges kam, sprang er aus seinem Versteck und bedrohte den Passanten mit seiner Waffe. Der Räuber stahl ausschließlich Goldstücke, nur wenn er Hunger hatte, nahm er auch mal etwas zu essen. Aber am liebsten aß er, wie gesagt, gebratene Hähnchen. Er konnte sie nicht selber braten, dazu war er zu ungeduldig, und so ging er zweimal die Woche in die Stadt und aß gebratene Hähnchen. Er mochte sie knackig braun und gut gewürzt. Der Räuber hätte eigentlich ein schönes Leben gehabt, wenn er nicht ständig Angst gehabt hätte, daß ihm jemand die Goldstücke klaut. Er legte sie abends immer unter sein Kopfkissen, aber das war ihm noch nicht sicher genug. Deshalb hatte er ein Auge offen beim Schlafen, um sehen zu können, wenn jemand kam. Die erste Hälfte der Nacht hielt er das linke Auge offen und die zweite Hälfte das rechte.

Natürlich träumte der Räuber auch, und wenn er träumte, sah er mit einem Auge den Traum und mit dem anderen Auge sah er sein Schlafzimmer. So konnte er nie ganz genau sehen, was in seinem Traum passierte.

Obwohl er vor dem Zu-Bett-Gehen Fenster und Türen fest verriegelte und ein Auge wachsam war, hatte er immer Angst, und oft tastete er während der Nacht nach den Goldstücken unter seinem Kopfkissen.

Morgens zog er sich dann an und steckte sich die Goldstücke

vorne in die Hosentasche, wo sie ihm niemand klauen konnte, und er hatte keine Angst mehr. Er versteckte sich in einem Gebüsch und versuchte seine Goldstücke zu vermehren. Er hatte schon ziemlich viele beisammen, sie beulten seine Tasche aus und klimperten beim Gehen. Deshalb war er auch Räuber geworden, obwohl er sehr viel lieber ein Dieb gewesen wäre. Er konnte sich mit den Goldstücken in der Hosentasche nirgendwo anschleichen.

So lebte der Räuber also, er häufte immer mehr Goldstücke an und aß zwei Hähnchen pro Woche, manchmal auch drei. Von Hähnchen bekam er nie genug, wenn er nur an Hähnchen dachte, lief ihm das Wasser im Munde zusammen. Aber er konnte nicht zu oft in die Stadt gehen, weil es passieren konnte, daß ihn jemand erkannte.

Nun war aber ein kleiner Junge in der Stadt, der wußte, wer der Mann war, der zweimal die Woche kam. Er spionierte dem Räuber nach und fand heraus, wo er wohnte. Er fand natürlich auch heraus, daß der Räuber abends Fenster und Türen verriegelte, seine Goldstücke unter dem Kopfkissen versteckte und daß er mit einem offenen Auge schlief.

Tagelang überlegte der Junge, wie er dem Räuber die Goldstücke rauben könnte. Es war nicht so schwer, ins Schlafzimmer zu gelangen, er war wendig und konnte mühelos aufs Dach hinaufklettern und dann den Kamin hinunter. Aber der Räuber würde ihn ja mit seinem offenen Auge entdecken. Er überlegte, wie er es anstellen sollte, daß der Räuber beide Augen schloß.

Ellen machte eine Pause und lächelte mich an. Ich strahlte, ich fand das toll, das war mehr, als ich erhofft hatte. Sie trank einen Schluck von meinem Campari und zündete sich noch eine Zigarette an. Ich fragte mich, ob sie das Ende der Geschichte schon kannte oder ob sie es gerade erfand. Du bist süß, sagte sie, und eine warme Welle durchlief meinen Körper.

Ich sagte nichts, ich wartete geduldig, bis sie aufgeraucht hatte und weitererzählte.

Da hatte der kleine Junge eine Idee. Er kaufte sich ein großes Hähnchen, würzte es lecker, und abends, nachdem der Räuber sich hingelegt hatte, machte er ein Feuer hinter dem Haus und briet darauf das Hähnchen. Nach einer Weile stiegen dem Räuber die Düfte von einem Brathähnchen in die Nase, das Wasser lief ihm im Munde zusammen.

Er sagte sich, daß es nicht möglich war, daß jemand draußen im Wald um diese Uhrzeit ein Hähnchen briet. Also mußte er diesen Geruch nur geträumt haben. Mit seinem geschlossenen Auge konzentrierte er sich auf seinen Traum, aber er konnte kein Hähnchen darin entdecken. Der Duft wurde immer stärker, der Räuber bekam einen unbändigen Hunger, aber nirgends in diesem Traum war sein Leibgericht zu sehen. Das wunderte ihn sehr, denn irgendwoher mußte dieser Geruch ja kommen.

Ich werde mal ganz kurz auch das andere Auge zumachen, damit ich in meinem Traum besser sehen kann, sagte er sich und schloß für zwei Sekunden auch das andere Auge. Aber wiederum konnte er kein Brathähnchen erkennen. Dann schloß er das offene Auge noch einmal, dieses Mal etwas länger, und dann noch einmal, und ehe man sich versah, hatte der Räuber beide Augen fest geschlossen und suchte vergeblich das Hähnchen in seinem Traum.

Da stieg der Junge ganz leise aufs Dach und ließ sich durch den Kamin hinab. Er nahm ein dünnes Seil aus der Hosentasche und legte es neben das Kopfkissen. Dann zog er es mit beiden Händen unter dem Kissen her, so daß hinterher fast alle Goldstücke neben dem Kopfkissen lagen. Er steckte den ganzen Reichtum vorsichtig in seinen Geldbeutel und verschwand genauso, wie er gekommen war.

So lebte der Junge reich und und glücklich bis ans Ende seiner Tage und mußte nie einen einzigen Tag in seinem Leben arbeiten.

– Wunderbar.

– Danke.

Es dämmerte bereits, ich fühlte mich leicht, meine Melancholie war weggeblasen. Ich dachte noch mal an Ruths Strip. Zwei Brustwarzen, die Richtung Boden zeigen. Und jetzt diese Geschichte, ich hatte die besten Momente der letzten Tage schönen Frauen zu verdanken. Ellen und ich standen auf, sie wirkte heiter, gelöst, wir wollten beide schlafen, ich ließ den Rest Campari stehen.

6

Zwei Tage später saß ich wieder mit Phillip im Kombi, wir hatten erklärt, daß wir mal nach Tom Ausschau halten wollten. Ruth sagte, sie würde warten, und Ellen hatte sowieso keine andere Wahl, als dort zu bleiben. Phillip hatte sich alle möglichen Sachen über Tom aufgeschrieben, und er hatte ein paar für eine Erpressung geeignete Fotos aus der Kiste gekramt. Gegen Mittag waren wir einfach drauflos gefahren, ohne einen festen Plan, wir hatten Pauls Kassette reingeschoben, I could have lied zehnmal hintereinander gehört, und wir steuerten erst mal die Nachbarstadt an, um uns die nächsten Züge zu überlegen.

– Was wird jetzt aus der Sache mit Jan? fragte ich Phillip.

– Keine Ahnung, ob er sich wieder beruhigt hat, er wird uns finden, wenn er wirklich will. Früher oder später. Er ist ein sehr guter Detektiv. Ich habe aber sowieso keine Lust umzukehren, ich würde gerne irgendwo neu anfangen.

Es stand außer Frage, daß ich mitkommen würde, manchmal sah es so aus, als liefe ich Phillip hinterher, aber wir blieben halt zusammen, und er traf die Entscheidungen. Ich war meistens mit einer großen Sorglosigkeit gesegnet, ich war flexibel und anpassungsfähig. Und ich war niemals stur, wenn es um meinen Freund ging. Es gab keinen Grund, mich gegen seine Entscheidungen zu sträuben, ich hoffte nur, daß er eines Tages dahinterkommen würde, daß die meisten Veränderungen keinen großen Unterschied machten.

– Man kann nicht neu anfangen Phillip, du steckst immer mittendrin. Manchmal merkst du, daß du in den Ruinen deiner alten

Lieblingskneipen sitzt, und es steht immer noch ein Bier auf dem Tisch. Und der Deckel ist noch nicht bezahlt.

– Ich will woanders hin, in eine Stadt, wo mich niemand kennt, wo ich ein unbeschriebenes Blatt bin, ich will in Ruhe einem Job nachgehen, meine Bücher lesen und abends etwas trinken.

– Kennst das doch: No pain, no gain.

– Das heißt anders: Keine Menschen, kein Schweiß, kein Schmerz.

Wenn Phillip den Auftrag bekam, jemanden zu beschatten, den er für ein Schwein hielt, der in Geld schwamm oder korrupt war, oder alles zugleich, suchte er unabhängig von dem Auftrag noch andere Schwachstellen, und bei diesen Leuten schien die größte Schwachstelle immer ihr Sexualleben zu sein. Es passierte ihm ein-, zweimal pro Jahr, daß er so auf diese Menschen stieß, die Verkehr mit Minderjährigen oder ähnliches hatten, und dann machte er eine schöne Fotoserie, an der jeder Voyeur seine helle Freude gehabt hätte. Phillip fühlte sich seinen Auftraggebern nie verpflichtet, er tat, was er für richtig hielt, und sackte die Fotos ein. Nach zwei bis drei Jahren saßen die Schweine auf dickeren Ärschen und höheren Posten, wenn Phillips Klienten es nicht vorher geschafft hatten, sie zu Fall zu bringen. Dann kam mein Einsatz, da Phillip in seinem Beruf zu Seriosität verpflichtet war und es sich nicht leisten konnte, erwischt zu werden. Wir hatten das Ganze erst einmal gemacht, letztes Jahr, und es war prima gelaufen. Wir hatten nicht vor, es als regelmäßige Einnahmequelle zu nutzen, dazu war das Risiko zu groß. Wir hatten es im Augenblick auch nicht wirklich nötig, aber ich glaube, daß Phillip einfach nur ein Erfolgserlebnis brauchte. Oder Ablenkung. Ich mochte diese Kiste sowieso, weil sie aus den kleinen Gaunereien, die ich normalerweise veranstaltete, herausragte.

Ich sandte ein Foto an einen hohen Kommunalpolitiker mit Ehefrau und drei Kindern, auf dem man erkennen konnte, wie er

Analverkehr mit einem Jungen von etwa fünfzehn Jahren hatte. Ich sandte es per Einschreiben in sein Büro. Phillip versicherte mir, daß der Mann seine Briefe immer selber öffnete, und wenn Phillip das sagte, dann stimmte es.

Phillip machte ein paar Anrufe, um Toms letzten offiziellen Aufenthaltsort festzustellen. Er kannte ein paar Leute, die ohne Schwierigkeiten in fast jedes Computersystem eindringen konnten, er kannte überhaupt eine Menge Leute, die ihm die Arbeit erleichterten.

Wir saßen bei einem Chinesen und tüftelten die nächsten Schritte über Hühnerfleisch mit Chop-Suey aus. Phillip sagte, er werde Tom wohl finden, es sehe nicht so aus, als ob er sich verstecke.

– Teilen wir uns das Ganze, sagte er, du fährst ins nächste Dorf, quartierst dich zwei Tage ein, dann schickst du der Schweinebacke unseren Preis.

Er nannte eine Summe, die den Mann nicht arm machen würde, mit der wir beide aber gut ein halbes Jahr hinkämen.

– Gleichzeitig schicke ich von einem ganz anderen Dorf noch ein Foto plus Negativ, damit er nicht weiß, von wo aus wir operieren, falls er auf dumme Gedanken kommen sollte. Dann fährst du hoch zu ihm, und ich schaue mich an der Westküste nach Tom um, der scheint sich das letzte Jahr dort herumgetrieben zu haben. In zehn Tage treffen wir uns dann wieder hier.

– Das heißt, daß ich dieses Mal fast alles alleine mache.

– Ich liefere die Fotos und stehe für dich gerade, außerdem versuche ich rauszukriegen, was Jan macht.

– Gut. In zehn Tagen. Und dann?

– Dann hast du höchstwahrscheinlich die Kohle, und wie es aussieht, habe ich Tom bis dahin gefunden, und wenn er will, bringe ich ihn mit.

– Und dann? fragte ich wieder, denn das war der eigentlich interessante Teil. Nicht, daß ich unbedingt wissen wollte, was die

Zukunft uns bringen würde, ich wollte nur wissen, was Phillip sich gedacht hatte.

– Ja, dann suche ich mir wirklich eine andere Stadt, glaube ich. Wir teilen uns das Geld, und ich beende das Kapitel.

Ich sah ihm in die Augen.

– Ich versuche, sie zu vergessen. … Eine Beziehung ist immer so was wie Selbstmord.

– Und du glaubst, es fällt dir leichter, wenn sie mit Tom zusammen ist?

– Weiß nicht, Jesse, keine Ahnung, sagte er genervt.

Er trank seinen zehnten oder zwölften Reisschnaps, mir brannte der Magen noch von dem ersten, und vor dem Essen hatten wir bereits Mekong-Whisky getrunken, nur einen, aber der reichte auch, das Zeug roch wie Klebstoff und knallte wie Strohrum. Nach drei weiteren Schnäpsen sagte Phillip:

– Jesse, da ist immer so eine dicke Schicht Sehnsucht, die wie eine bleierne Decke auf mir liegt und es mir schwer macht, mich zu bewegen. Manchmal glaube ich, mein Blut ist so dickflüssig wie Pudding und schafft am Tag noch nicht mal eine Runde durch meinen Körper. Ich bewege mich, aber nichts kommt in Schwung. All diese Träume und Wünsche erdrücken mich, es sind so viele, und ich habe keine Chance, mir irgend etwas davon zu erfüllen. Nicht in diesem Leben. Ich versuche einfach nur, dem Schmerz, der Gefahr und dem Tod nahe zu sein, das sind die einzigen Dinge, die ich wirklich spüren kann. Wie sagt Geoffrey Firmin: Aber dies ist das Schlimmste: zu fühlen, wie die Seele stirbt. Zu fühlen, daß du unter einem unglaublichen Gewicht erdrückt wirst, bis du fast nichts mehr fühlen kannst.

Es tat mir weh, das zu hören, obwohl ich genau wußte, daß das nur die halbe Wahrheit war. Er konnte sehr wohl andere Dinge spüren, er war ja immerhin verliebt. Aber andere Sachen lähmten ihn entsetzlich, und da steckte irgendwo auch noch diese Sehnsucht, die ihn lebendig hielt. Er war nicht wirklich der harte Kerl, dessen Leiden nichts aufwiegen kann. Das ist sowieso keiner von uns. Es gibt keinen Grund zu leben, aber damit steht man nicht alleine da, sondern nur mit der Verbitterung darüber, daß es so ist.

Phillip war besoffen, und es machte ihm zu schaffen, daß er verliebt war, die Sonne war gerade untergegangen, ich streichelte über seine kurzen Haare, Verzweiflung und Alkohol sind noch nie eine gute Mischung gewesen. Ruth ist vielleicht die richtige Frau für ihn, dachte ich, und auf einmal machte es *Klick*, und ich wußte, daß die beiden zusammenkommen würden, es war so etwas wie eine höhere Eingebung, ich hatte keinerlei Zweifel mehr. Ruth und Phillip, das war es, auch wenn es letztendlich scheitern würde, die beiden würden sich finden.

Als ich später darüber nachdachte, wurde mir klar, daß das keine höhere Eingebung gewesen war. Es war mehr so etwas wie ein Puzzle, das man unbewußt zusammenbastelt und das an die Oberfläche gelangt, sobald man das letzte Stück eingefügt hat.

– Da hat ja nichts drauf hingewiesen, daß mir so etwas noch mal passieren würde, sagte Phillip, kein Vorzeichen, kein Omen, kein Traum, nix.

Ich mußte lachen.

– Das ist wie im richtigen Leben, sagte ich, alles ohne Ansage.

Er wußte genau, daß ich ihn nicht auslachte.

Später saßen wir zusammen auf dem Doppelbett eines Motelzimmers, das wir genommen hatten, weil es das billigste war. Unterwegs hatte ich mir einen Erdnußriegel gekauft und dabei eine Viertelliterflasche Tequila für Phillip mitgehen lassen. Der saß nun da, nippte an der Flasche und war so besoffen, daß er unzusammenhängendes Zeug von sich gab.

– Das ist Jungfrauenpisse, sagte er und hielt den braunen Tequila hoch, allerbeste Jungfrauenpisse, gewonnen dadurch, daß man ihnen am ersten Tag nach ihrer Menstruation literweise Bier zu trinken gibt.

Er lallte gewaltig, das erlebte man bei ihm selten, so besoffen hatte ich ihn wahrscheinlich noch nie gesehen. Ich hatte ihn immer bewundert für seine Fähigkeit, in jedem Zustand artikuliert zu sprechen. Es schien ihm angeboren zu sein, selbst als wir mit vierzehn, fünfzehn die ersten Male getrunken hatten, hatte er keinerlei Probleme mit der Aussprache gehabt.

– Aber der Name dieses Landes ist Hölle. Ich bin ein großer Forscher ... der Zufall lenkt die Tragödie ... wie wenn du versuchst, eine Kippe an der nächsten anzuzünden, ein zweites Leben am ersten zu entfachen. Hühnerkacke, das erste ist zu kurz, und das zweite schmeckt dann nicht ...

Er blickte kurz hoch, sah mir ins Gesicht, seine Augen waren glasig und gerötet, er wirkte blaß, es dauerte eine ganze Weile, bis er Blickkontakt hergestellt hatte. Dann nahm er sich zusammen und sagte mit halbwegs klarer Stimme:

– Jesse, als ich klein war, so fünf oder sechs, hatte mein Opa einen Brunnen. Er war sehr tief. Ich mochte es, Steine reinzuwerfen, große Steine. Man konnte langsam bis drei zählen, dann ging es platsch. Das war so schön. So viele Sommernachmittage habe ich am Brunnen gestanden und Stunde um Stunde auf dieses Geräusch gehört. Immer größere Steine, und eines Tages, eines Tages nahm ich nur ganz große. Es war so schön. Nur meine Arme wurden müde, ich bekam keine großen Steine mehr hoch ...

Bei den letzten Worten überschlug sich seine Stimme.

– Ich konnte keine Steine mehr in den Brunnen werfen, meine Arme waren schwach geworden, es machte nicht mehr platsch. Es war so traurig.

Er fing an zu weinen. Wir kannten uns schon lange, und in den letzten zehn Jahren hatte ich ihn nicht weinen sehen. Ich wußte, daß die Geschichte erfunden war, aber Phillip war jenseits aller

Grenzen betrunken und heulte. Ich legte meine Hand auf seinen Unterarm. Ich hasse so was. Ich weiß, daß der andere sich beschissen fühlt, ich würde gerne helfen, lieber als alles andere, aber es bleibt immer bei völlig hilflosen Gesten. Ich kann keinen Ratschlag geben, ich kann nicht für den anderen weinen, ich kann nur dabeisein und hoffen, daß das einen Unterschied macht.

Es dauerte zwanzig Minuten, gegen Ende wurde es etwas schwächer, und kurz nachdem er aufgehört hatte, schlief er ein. Das war wohl gemeint, wenn man sagte, sich in den Schlaf weinen. Ich legte ihm drei Aspirin und eine Flasche Wasser zurecht. Ich trank den Rest Tequila, es quälte mich, Phillip so zu sehen. Dann legte ich mich auch hin.

Zweimal wachte ich auf. Beim ersten Mal hörte ich Kotzgeräusche aus dem Bad, drehte mich um und schlief weiter. Beim zweiten Mal hatte ich einen Traum, ich kann mich an kaum etwas erinnern, außer an das Ende. Da küßte Ellen mich unendlich sanft auf die Wange. Ich wachte auf, und ein so starkes, warmes Gefühl durchflutete meinen Körper, daß ich als erstes dachte: Das muß Ellen gespürt haben, das war so ein kraftvolles Gefühl, sie muß es im gleichen Moment gespürt haben. Ich schlief glückselig wieder ein.

Die Sonne brannte ins Zimmer, als ich endgültig aufwachte, es schien schon fast Mittag zu sein, Phillip schwitzte neben mir, es roch unangenehm. Ich machte das Fenster auf und ging duschen. Dann sah ich, daß kein Aspirin mehr auf dem Nachttisch lag und auch die Flasche Wasser leer war, es würde wohl kein schlimmes Aufwachen werden. Ich entschloß mich, einen Spaziergang zu machen und irgendwo etwas essen zu gehen, es konnte noch eine ganze Weile dauern, bis Phillip aufstand.

Ich fand ein kleines, helles Café, wo nicht die gesamte Kundschaft aus verhinderten Künstlern oder Bohemiens oder sonst irgendwie schrecklich wichtigen Leuten bestand. Das hier war keine Kleinstadt, hier kriegten sie einen nicht klein. Was leider nur zur Folge hatte, daß sich jeder, der zwanzigundnochwas Jahre alt war, für den Nabel der Welt hielt. Aber hier servierten sie Frühstück bis drei Uhr, die anderen beiden Gäste sahen aus wie Arbeitslose, die den Rest ihres Lebens nur noch trinken und Domino spielen wollten, und ich konnte in Ruhe Rührei mit Schinken essen und zwei Kaffee trinken. Ich rauchte hinterher eine Zigarette und dachte daran, wie ich eine Zeitlang auch meinem Vater die Aspirin bereitgelegt hatte. Irgendwann hatte ich es aufgegeben, er trank lieber Schnaps gegen den Kater. Ich hielt mich noch ein paar Minuten am Hintern der Kellnerin auf, aber er sagte mir nicht wirklich zu. Ich zahlte und schlenderte durch diesen wundervollen Sonnenschein zum Motel zurück.

Phillip saß auf dem Bett, das Radio lief, und er nuckelte an einer Flasche Mineralwasser. Er versuchte ein kleines Lächeln, als ich reinkam.

– Ich muß wohl geweint haben gestern?

– Ja, hast du.

– Ich glaube, ich war noch nie so besoffen.

– Kann jedem mal passieren. Wie fühlst du dich?

– Auf jeden Fall besser als gestern nacht. Wir müssen bald los, es gibt Arbeit.

Dann stöhnte er.

– Das gibt es gar nicht, du wachst nach so einer Nacht auf, und du müßtest auf dem Zahnfleisch kriechen, aber du bist geil wie ein Stier, der gerade eine Testosteronspritze bekommen hat.

7

Ich trampte ins nächste etwas größere Dorf, nahm mir ein Zimmer mit Frühstück, kaufte mir einen Haufen Zeitschriften, eine Busfahrkarte und versuchte, mir die Zeit zu vertreiben. Ich blätterte in diesen drögen Zeitschriften, erfuhr wer, wo etwas Unwichtiges gesagt hatte, welche Platten zur Zeit angesagt waren, welchen Film man nicht verpassen durfte und die neuesten Theorien über gemischtgeschlechtliche Beziehungen. Das war genau die Sache, die mich noch am ehesten faszinierte, auf drei Seiten Text versuchten sie, mir eine Theorie zu verkaufen, mich zu belehren, wie ich mit meinem Partner glücklich werden konnte, und die Tips, die sie einem mit auf den Weg gaben, waren meistens unglaublich bahnbrechend und revolutionär. Man sollte aufeinander eingehen, sich Zeit für die Sorgen und Ängste des anderen nehmen, einen netten Umgangston bewahren, Kompromisse eingehen und ähnliche Sachen, auf die kein Mensch alleine kommen konnte. Große Philosophen, diese Schreiberlinge. Ich amüsierte mich bei den ersten paar Artikeln, aber dann wurde ich ihrer überdrüssig.

Ich versuchte mir vorzustellen, was Phillip gerade machte. Bestimmt hielt er auf seinem Weg an einer dieser Glücksspielstädte und verlor ein bißchen Geld beim Black Jack oder Backgammon. Bestimmt freute er sich, wenn Knives auf der Kassette kam: I gonna get drunk, come back and fuck you up.

Ich dachte an Paul, der mir so alt und so zäh erschien. Ich versuchte, mich an den heiseren, kräftigen Klang seiner Stimme zu erinnern, wenn er sang, wie die Adern an seinem Hals fingerdick hervortraten und wie mir Schauer über den Rücken liefen, wenn er eins meiner Lieblingslieder anstimmte.

Ich kramte Erinnerungen hervor, weil mir langweilig wurde, schrecklich langweilig, ich dachte an Ruths Busen, Ellens Zähne, wenn sie lächelte, und mir fiel auf, daß ich sie nicht aus vollem Bauch hatte lachen hören.

Dieses Alleinsein kam jetzt so plötzlich, daß ich nichts mit mir anzufangen wußte, außer mit Sachen zu spielen, die in meinem Gedächtnis haftengeblieben waren. Aber so konnte man keine zwei Tage totschlagen, die Zeit wurde unendlich lang. Ich dachte an Ruth, wie sie auf der Veranda geschaukelt hatte. Sie konnte mit so etwas bestimmt umgehen. Ich, ich starrte auf meine Fingernägel, untersuchte sie ganz genau, dann versuchte ich, einen Brief an meinen Vater zu schreiben, aber ich ließ es nach drei Zeilen bleiben, ich fing Fliegen in einer Streichholzschachtel, versuchte zum ersten Mal in meinem Leben, einen Song zu schreiben, ich fing ein Buch an, das Phillip mir mitgegeben hatte, aber es langweilte mich. Dann ging langsam die Sonne unter, das war erst der erste Tag, ich saß am Fenster, starrte raus, rauchte, und was soll's?, ich konnte nichts anderes tun, ich stand auf, ging zu einem Krämerladen und kaufte mir ein Sechserpack von diesem angeblich krebserregenden Bier.

Am zweiten Tag war es nicht viel anders, nur daß ich zum Postamt ging und mir schon vor Sonnenuntergang ein Sechserpack kaufte, und sechs Kuemmerling dazu, den ganzen nächsten Tag hatte ich auch noch vor mir, der Bus fuhr erst abends, und es ging Richtung Norden, in die Berge. Das waren keine allzu tollen Aussichten, ich verfolgte ein Krimihörspiel im Radio und wünschte, ich hätte die Möglichkeit, Schießübungen zu machen. Aber ich durfte nicht noch mehr auffallen in diesem Kaff, wo über die Hälfte der Bewohner Rentner waren und mich auf der Straße sowieso mit schrägen Blicken ansahen. Da ist ein Fremder in unserer Stadt. Ich fühlte mich ein bißchen wie eine

Berühmtheit, die man sich nicht traut anzusprechen. Mir fiel auf, daß ich bestimmt die längsten Haare hier hatte, und ich mußte mitten auf der Straße lächeln.

Den letzten Tag verbrachte ich dann in diesem schäbigen Busbahnhof, wo es nach Pisse und Diesel stank, ich warf ein Geldstück nach dem anderen in den Videospielautomaten. Es dauerte Stunden, bis ich kapierte, mit welchem Knopf man trat und mit welchem man schlug, wie man sich schützte und eine Rolle in der Luft machte. Es dauerte wiederum Stunden, bis ich das erste Mal gewann, ich kämpfte mit einer zierlichen Chinesin gegen einen Bär von einem Russen, und ich schlug ihn k.o. Dann kam so ein grünes Monster, verpaßte mir Stromschläge, und ich ging auf die Bretter. Das war auch ein Scheißspiel, Stromschläge, das war doch unfair, das zielte weit unter die Gürtellinie. Ein echtes Scheißspiel, aber ein anderes hatten sie nicht, und nach mehreren Stunden und zahlreichen Münzen, die ich dem Verkäufer des Krämerladens aus der Kasse gestohlen hatte, gewann ich gegen den Endgegner, und zwanzig Sekunden lang kam ich mir vor wie ein Held. Dann schaute ich auf die Uhr, noch eine Stunde. Das Ende war in Sicht, ich setzte mich auf eine Bank, und ich genoß noch mal den Sonnenuntergang, der den ganzen Himmel in Blut färbte, ich genoß es wirklich, bald würde ich im Bus sitzen, außerdem hatte ich eben diesem Kerl mit der Mütze auf dem Kopf, diesem Imperator oder sonstwas, die Fresse eingeschlagen, und einmal in den Bergen würde ich erst mit einem Haufen Geld in der Tasche runterkommen. Man mußte nur wissen abzuwarten, die Umstände änderten sich von selbst, man brauchte etwas Geduld und nicht zuviel Freiheit. Freiheit konnte einem ganz schön auf die Eier gehen.

Dann saß ich schon im Bus, ich hatte einen Fensterplatz, und der Sitz neben mir war noch frei. Was konnte mir Besseres passieren? Ich liebe dieses gleichmäßige, tiefe, kraftvolle Brummen der dicken Dieselmotoren. Eine große, etwas schwerfällige Energie, die sich unaufhaltsam vorwärts bewegt. Bei einem Auto kann man den Motor aufheulen lassen, mit quietschenden Reifen anfahren, ein Auto kann zum Zeichen deiner Wut werden, deiner Unabhängigkeit, deiner Rastlosigkeit, aber so ein Bus niemals. Er kann nicht so schnell beschleunigen, er steht für eine Beständigkeit, für eine nicht zu stoppende, langsame Bewegung, die ihr Ziel immer erreicht, der Bus ist so etwas wie ein gutmütiger Bodybuilder, bei dem man sich beschützt fühlt und der aussieht, als könne er keiner Fliege die Flügel ausreißen. Das Auto ist ein wild gewordener Jüngling unter Speed. Natürlich gibt es auch andere Autos, aber die sind meistens unerschwinglich.

Ich liebe ebenso die Freiheit beim Busfahren. Man muß sich um nichts kümmern, sich kein Straßenschild ansehen, nicht auf Geschwindigkeitsbegrenzungen achten, nicht auf die Tankanzeige, gar nichts. Ich konnte zum Fenster raussehen und die Landschaft an mir vorüberziehen lassen, während die Gedanken weich und wendig eine Richtung in meinem Kopf suchten.

Das war also mein Land, diese Hügel am Horizont, diese weiten unfruchtbaren Strecken, karge Felsen, das dürre Gras am Straßenrand, diese endlose Linie grauen Asphalts mit weißen Streifen in der Mitte. Jahrhunderte lagen hinter mir, Jahrhunderte lagen vor mir, und immer wieder erblickte man mitten im Nichts Häuser, in denen auch noch Licht brannte, manchmal stand sogar ein Auto davor, und es war eine Antenne auf dem Dach. Ich dachte oft über die Menschen nach, die in solchen Häusern wohnten, ohne daß ich dadurch irgendwie schlauer geworden wäre. All diese Menschen, all diese Leben. Wer waren sie, warum lebten sie dort so einsam, waren sie glücklich? Was mußten das für Menschen sein? Man weiß, es gibt sie, aber man lernt nie einen von ihnen kennen, oder kennt auch nur jemand, der einen kennt. Und nie, nie halte ich an, steige aus, klopfe an die Tür und stelle mich höflich vor. Und ich weiß, ich könnte es. Ich spare es mir für den Tag auf, an dem ich wirklich anfange, mich derart zu langweilen, daß ich mir eine Lobotomie wünsche.

Ach, es war ein schönes Leben.

Nach zwei Stunden hielt der Bus in einer Kleinstadt, und es stiegen noch ein paar Leute zu, es war merklich kühler geworden, und mir ging auf, daß ich es so ganz ohne Jacke in den Bergen schwer haben würde. Manchmal war ich derart unbedarft, daß ich nur noch darüber lachen konnte.

Eine Frau setzte sich neben mich, rothaarig, nicht besonders gut aussehend, aber mit einer gewissen Ausstrahlung. Sie lächelte mich an, sie hatte Sommersprossen, ziemlich viele Falten um die Augen und auch ein paar am Hals. Trotzdem wirkte sie sehr jugendlich. Ich konnte mich nicht entscheiden, ob sie jung und verlebt war oder alt mit einem für das Alter untypischen Elan. Auf gar keinen Fall wirkte sie verbraucht, ihre Haut war zwar matt und trocken, aber man sah, daß sie genug Leben für zwei in sich hatte. Sie brauchte ziemlich lange, bis sie eine bequeme Sitzposition gefunden hatte, und ich wußte noch nicht, ob mich das schon stören sollte. Irgendwann im Laufe der Nacht wollte ich in Ruhe schlafen.

Sie zog eine Packung Chesterfield aus der Tasche ihres Flanellhemdes und bot mir eine an. Ich fischte mir eine raus, und sie gab mir Feuer, erst danach nahm sie sich selber eine und zündete sie an.

– Ich heiße Brenda, und du?

– Jesse.

Ich fragte mich, ob sie mich jetzt mit Worten zukleistern würde.

– Schöne Nacht, nicht wahr?

– Ja, sehr schön.

– Darf ich fragen, woher du kommst?

– Und wohin ich gehe, kommt wahrscheinlich danach, wer ich bin, was ich mache, Familienstand, Kinder, Sternzeichen, lauter so Zeug, ja?

Sie lachte los, sie legte ihre Hand kurz auf mein Knie, sie strahlte.

– Ne, ne, ich wollte dir nicht auf die Nerven gehen, ich dachte nur, wir könnten uns die Zeit ein bißchen vertreiben und nett zueinander sein, schließlich sitzen wir hier unweigerlich die nächsten zwölf Stunden nebeneinander.

Das war mir sympathisch, und wir kamen ins Gespräch. Sie erzählte ein bißchen von sich, ich ein bißchen von mir, dabei rauchten wir ihre Chesterfield, und ich sah mir die Falten um ihre Augen genauer an. Ende zwanzig schätze ich und fragte sie dann. Sie war achtunddreißig. Mein Staunen hielt sich in Grenzen, so was passiert einem immer wieder mal.

– Du bist ja nicht gerade ein Charmeur, sagte sie, eine Frau fragt man doch nicht nach ihrem Alter.

– Quatsch, man kann alles fragen, was man will.

Sie war der Typ, zu dem man schnell Vertrauen entwickelt, offenherzig, ohne dabei oberflächlich zu sein, geradeaus, ehrlich. Ich hatte nur noch Glück mit Frauen, das war eine Strähne, ich war ein König. Hoffentlich hielt das ein paar Wochen an, da machte auch alles andere gleich viel mehr Spaß.

So redeten wir den besseren Teil der Nacht, sie war Französischlehrerin an einer Sprachenschule, und ich war der Besitzer eines Plattenladens, der gerade Urlaub machte. Man muß sich schon etwas einfallen lassen, wenn man keinen gesellschaftlich anerkannten Beruf hat, und sie sah mir auch gar nicht nach einer Lehrerin aus.

Sie verstand es, einem sehr persönliche Sachen zu erzählen, ohne daß es peinlich wirkte, und es mag so gegen drei Uhr morgens gewesen sein, daß auf einmal von Sex die Rede war. Sie schwärmte von diesem Typen, mit dem sie ein Jahr zusammengelebt hatte.

– Er war sexuell gesehen das Beste, was mir je passiert ist. Ich bin viel rumgekommen, aber so wie er hat mich noch nie jemand gestreichelt und zur Ekstase getrieben. Er war halt nur ein wenig seltsam, er baute seinen Gitarrenverstärker neben meinem

Kühlschrank auf, und den lieben langen Tag klimperte er auf seiner Gitarre herum, ohne daß es ihm sonderlich wichtig schien.

– Der hieß nicht zufällig Tom?

– Doch! Woher …?

– Ich bin halt auch viel rumgekommen.

Ich war müde, ich hatte einen Ständer, es fiel mir schwer, mich zu konzentrieren, und ich bekam einen Lachanfall. Nachdem ich mich beruhigt hatte, fragte ich sie, ob sie wisse, wo er nun sei. Irgendwo an der Westküste, war die Antwort. Das war eine kleine Welt, und mit der Zeit fiel es mir immer schwerer, an Zufälle zu glauben. Ich erklärte Brenda, daß ich die Frau kannte, mit der Tom vorher zusammen gewesen war.

– Komisch, er hat mir nie von ihr erzählt, sagte sie, und ich deutete das als schlechtes Zeichen. Es sah nicht gut aus für Ruth, und ich wurde langsam neugierig, was für ein Typ dieser Tom wohl sein mochte. Das war doch der Traum eines jeden Mannes, von allen Frauen für seine Qualitäten im Bett gelobt zu werden.

Meine Erektion ließ nicht nach, vielleicht lag es an der Müdigkeit, die mich kirre machte, außerdem dachte ich an Tom und malte mir aus, wie er Frauen wilde Orgasmusschreie entlockte. Meine Fantasie war schmutziger als die Hände eines Automechanikers.

Brenda bemerkte die Beule, sah mich an und lächelte verständnisvoll. Sie nahm es so, daß ich meilenweit davon entfernt war, mich zu schämen. Wir redeten noch eine ganze Weile, und wir kamen dabei dauernd auf dieses Sexthema. Ich kann nicht sagen, wer immer davon anfing, vielleicht war ich es, weil mich das Ganze so aufregte, vielleicht war sie es aber auch, um mich zu necken, oder auch beide zugleich. Ich erzählte ihr sogar von meinem ersten Mal in einem Motelzimmer. Meine ausgeprägteste Erinnerung daran ist, daß ich auf dem Rücken lag und mich über den gelben Ventilator wunderte.

Die anderen Fahrgäste schliefen, oder dösten zumindest, wir

waren um diese Uhrzeit die einzigen, die sich flüsternd unterhielten, was diesen Sex, der in der Luft lag, nur noch verstärkte.

Sie sah irgendwann lange auf die Ausbuchtung, die einfach nicht verschwinden wollte, dann blickte sie mir fragend in die Augen. Ich zuckte mit den Schultern. Sie knöpfte meine Hose auf und nahm ihn in die Hand. Es dauerte zwei, höchstens drei Minuten, dann hatte ich Flecken auf der Hose, und sie brauchte ein Taschentuch. Ich sah kurz aus dem Fenster, ein graublauer Streifen am Horizont, es dämmerte, ein neuer Morgen.

Nachdem ich meinen Schwanz wieder in der Hose und die Flecken notdürftig weggewischt hatte, nahm Brenda meine Hand und führte sie unter ihren Slip.

– So was läßt mich nicht kalt, flüsterte sie.

Kann sein, daß sie sehr erregt war, kann aber auch sein, daß meine Finger alles richtig machten, sie brauchte noch nicht einmal so lange wie ich, bis ihre Beine zuckten und sie leise aufstöhnte.

Wenn man nachts nicht schläft, werden Träume wahr, schoß es mir durch den Kopf.

Ich sah noch mal nach draußen, weil mir im nachhinein aufging, daß mich eben etwas irritiert hatte. Schnee. Draußen lag Schnee, endlos weiß und weit.

– Erzähl mir mehr von diesem Tom.

– Wieso, bist du etwa neidisch?

Sie beugte sich rüber und drückte mir einen Kuß auf die Lippen.

– Ich würde einfach gerne mehr über ihn wissen.

– Schon wie wir uns kennengelernt haben ... Eines Abends in einer Bar. Ich saß da und wartete auf eine Freundin, als er kam und sich einfach neben mich setzte. Wir sahen uns eine Weile an. Er lächelte so süß. Weißt du, nicht so großkotzig oder selbstherrlich. Er lächelte mich einfach nur an. Wir kamen ins Gespräch, und nach einer halben Stunde fragte er: Gehn wir? Er hatte irgend etwas, daß ich nicht nein sagen konnte. So fing es an ...

Sie schüttelte den Kopf.

– Er ist mir das ganze Jahr über fremd geblieben. Er scheint keinerlei Ehrgeiz zu haben, alle paar Wochen machte er eine zwei-, dreitägige Sauftour, und ansonsten trank er nur ein paar Bier am Tag. Er konnte sehr aufmerksam und feinfühlig sein, ich habe mich immer wieder darüber gewundert. Tagelang benahm er sich gleichgültig, dann auf einmal las er mir jeden Wunsch von den Augen ab, er wußte dann genau, was ich brauchte, ohne daß ich ein Wort gesagt hätte.

– Wieso habt ihr euch dann getrennt?

– Ich habe diese Gleichgültigkeit nicht ertragen, ich habe ihn rausgeworfen. Außerdem wollte er nicht arbeiten.

Bumsen ist eben doch nicht das ganze Leben, dachte ich, und es wurde immer heller, der Schnee schien fast zu leuchten.

– Eigentlich wollte ich leiden, glaube ich, es gab keinen Grund. Ich wäre damit klargekommen, wenn ich gewollt hätte, wir hätten glücklich werden können.

Es entstand eine Pause, ich sah mir noch einmal diese Falten an, sie wirkten unglaublich tief in dem neuen Licht. Es ging eine Faszination von dieser Frau aus, sie wirkte lebenserfahren, reif. Man ist immer fasziniert von den Sachen, die man selber nicht hat. Ich konnte mir vorstellen, daß sie in ein paar Jahren aussah wie meine Oma, aber noch besser konnte ich mir vorstellen, daß sie immer besser aussehen würde mit der Zeit.

– Was machst du wirklich, Jesse?

– Hab ich doch schon gesagt.

– Ich meine die Wahrheit.

– Das ist die Wahrheit.

Sie sah mich an, sie war nicht davon überzeugt, daß ich die Wahrheit gesagt hatte. Sie hatte dünne Lippen, das einzige, was mir an ihr nicht gefiel. Außerdem war ich ein guter Lügner, ich hätte jeden Lügendetektor überlistet. Pokerte sie nur hoch, oder was?

Ich schlief ein, die letzte Stunde der Busfahrt verbrachte ich in einem unruhigen, seichten Schlaf, der mich mehr Kraft zu kosten schien als das Wachbleiben. Ich machte erst am Busbahnhof die Augen auf, Brenda rauchte gerade die letzte Zigarette. Mein Mund fühlte sich trocken an, mein Kopf schwer, ich hätte sie gerne geküßt, aber mit dieser ledrigen Zunge konnte ich das unmöglich genießen. Brenda drückte mir eine Flasche Kakao in die Hand, weiß Gott, wo sie die hergezaubert hatte. Langsam trank ich, jeden Tropfen genießend, das Zeug war etwas zu süß, aber wer wollte sich schon beschweren?

Draußen stand ich dann da und wunderte mich, warum die Haare auf meinen Armen so steil aufgerichtet waren. Ich war noch halb besoffen von diesem Schlaf, dann spürte ich eine Gänsehaut bis hoch zu meinem Hals, verdammt, es war kalt. Ich stand im Schnee, meinen Rucksack auf den Schultern, keine Socken an, eine Jeans, ein T-Shirt und keine Jacke. Brenda lachte, als ich ihr erzählte, ich hätte meine Jacke zu Hause vergessen.

– Die schenk ich dir, sagte sie und gab mir eine gefütterte Cordjacke aus ihrem Koffer. Sie selbst hatte ein schwarzes Ding an, das ihr bis zu den Knien reichte.

– Wo wohnst du hier? fragte sie.

– Im Interconti, wenn ich mich richtig erinnere.

– Du kannst mit zu mir kommen. Hast du Geld für ein Taxi?

– Nein, sagte ich, obwohl es dicke gereicht hätte, ich wußte auch nicht, was das sollte.

– Ich auch nicht, dann gehen wir zu Fuß, es dauert höchstens eine Viertelstunde.

Zehn Minuten später standen wir vor ihrer Haustür, nur spürte ich meine Zehen nicht mehr, und meine Augen waren schon immer empfindlich gegen Kälte gewesen, sie tränten.

8

Ihre Hände waren mir im Bus nicht weiter aufgefallen, aber während wir uns gegenübersaßen, Getreidekaffee tranken und Müsli aßen, sah ich immer wieder auf ihre Hände. Das waren die Hände einer alten Frau, mit dünnen knochigen Fingern und unzähligen ausgeprägten Falten. Wo normale Menschen fünf oder sechs tiefe Falten hatten, waren es bei ihr mindestens zwanzig, dazu unzählige kleine Furchen und Risse, Narben, alles lief kreuz und quer, und die Herzlinie wirkte wie ein ausgetrocknetes Flußbett. Mit diesen Händen hatte sie mich angefaßt, die waren mindestens hundertundfünfzig Jahre alt, als würde sie die Hände ihrer Großmutter weiterbenutzen. Ich bewunderte ihre Hände, sie sahen nach Arbeit und Erfahrung aus, nach Stürzen, die man mit den Ballen abgefangen hat.

Sie merkte, wie ich unverwandt starrte, und hielt beide Hände hoch.

– Die habe ich von meiner Mutter, die sehen so aus, seit ich neunzehn bin, da hilft keine Creme, kein Fett, ist halt Veranlagung.

– Ich finde sie wunderbar.

Sie beugte sich rüber und küßte mich mit spitzen Lippen auf die Wange. Ich nahm noch einen Löffel von meinem Müsli und überlegte, was ich als nächstes tun sollte. Brenda hatte mir mehr oder weniger einen Platz zum Schlafen angeboten, aber das barg natürlich die Gefahr, daß sie herausbekam oder zumindest eine Ahnung dafür entwickelte, was ich hier vorhatte. Außerdem wollte ich mein Glück nicht überstrapazieren, wir hatten ein paar Stunden gehabt, und das reichte eigentlich, man muß nicht immer nach mehr brüllen und sich an etwas klammern, das wie eine Zukunft mit langen Beinen aussieht. Vielleicht hätte man mehr rausholen können, aber das Gefühl habe ich immer, das bedeutet gar nichts. Sobald man schrie, verzog sich der Zauber. Ich hätte sie gerne näher kennengelernt, ich hätte sie auch gerne gebumst, das gebe ich zu, aber das war eine Straßenbekanntschaft, sollte eine bleiben, gerade das machte die Sache so reizvoll. Man wußte nie, wieviel Zeit man mit dem anderen hatte, und steckte alles rein, solange es andauerte, es herrschten andere Regeln, alles ging schneller, und ich wollte die Regeln jetzt nicht ändern.

– Woran denkst du, Jesse?

– Ich denke, ich gehe nach dem Frühstück. Es war schön.

Sie sah mir tief in die Augen, nagte an ihrer Unterlippe, dann nickte sie.

– Es ist deine Entscheidung.

Sie stand auf und stellte sich neben mich, sie fuhr mir durch die Haare, streichelte meine Wange, ich hatte schon wieder eine Erektion. Sie streichelte mir über den Schritt und nahm dann meine Hand. Ich ließ mich von ihr zur Schlafzimmertür führen, dort küßten wir uns, schon wieder ging ein Traum in Erfüllung, bestimmt zehn Minuten lang. Dann machte ich mich los, hielt ihre Hände fest und versuchte mich an einer entschuldigenden Geste. Ich mochte es, auch nein sagen zu können, das gab mir das Gefühl, über den Dingen zu stehen und nicht von einer Geschichte in die nächste zu schlittern, es gab mir das Gefühl, frei zu sein und nicht ein mickriger Sklave des Schicksals. Ich ließ sie los und sagte kein Wort mehr, ich ging zur Tür. Ich blieb vor dem Haken, an dem die Cordjacke hing, stehen. Geschenkt? Nahm ich sie mit, kam ich mir blöd vor, ließ ich sie hier, sah es aus wie eine Beleidigung. Ich drehte mich um und sah Brenda fragend an. Sie lächelte und nickte.

– Laß dich nicht erwischen, Jesse, was auch immer du tust.

Ich nahm die Jacke und ging.

Dieses »Laß dich nicht erwischen« machte mir Sorgen, ich hatte Herzklopfen, als ich im nächsten Kaufhaus ein paar dicke Wollsocken einsteckte. Diese Warnung hatte mich gereizt, ich mußte mich der Gefahr stellen, um zu sehen, was passierte.

Oft war ich in der Lage, die Sachen, die ich klaute, bezahlen zu können, darum ging es nicht. Ich hatte da mehrere einfache Theorien. Eine ging so:

Die Welt ist ein einziges Chaos, sie ist aus Chaos entstanden, und sie wird in Chaos vergehen. Die Natur hält in diesem Chaos immer ein dynamisches Gleichgewicht, paßt sich an veränderte Umstände an. Nur hat der Mensch diese idiotische Sehnsucht nach Beständigkeit, Statik und Sicherheit, und so doktert er sein ganzes Leben an dem Chaos herum, um den Anschein einer Ordnung zu erwecken. Aber es gibt keine Ordnung, und es gibt keine Sicherheit. Es gibt die Gesetze der Diffusion, der Permutation, der Osmose, der stetigen Veränderung und des stetigen Austauschs. Und genau in diesem Chaos nehme ich Sachen und verteile sie anders, gebe mich der Illusion einer anderen Welt hin. Alles ist da, es kommt nur darauf an, wie man es zusammenstellt, wie bei einem riesigen Puzzle, wo alle Teile aneinander passen, oder wie bei einem Kochrezept, wo alle möglichen Kombinationen der Zutaten gut schmecken.

Nichts gehört wirklich mir, ich nehme, was ich finde, und bringe es in eine bestimmte Reihenfolge, ich setze es neu zusammen. Es hilft einem, sich wie ein kleiner Gott zu fühlen, und das ist es doch, was jeder braucht, um zu einem bißchen Zufriedenheit zu gelangen.

Ich nahm mir ein Zimmer in einem Motel, da kann man leichter anonym bleiben, aber das war wahrscheinlich eine überflüssige Vorsichtsmaßnahme. Eigentlich mußte das Ganze so einfach wie ein Sonntagsspaziergang werden. Unser Mann konnte sich bei so einer Geschichte nicht trauen, zur Polizei zu gehen, es stand ihm nur die Möglichkeit offen, privat jemanden anzuheuern, Detektive oder sogar Söldner, aber die Summe war zu klein, um jemanden dafür umlegen zu lassen, und mit zwei oder drei bezahlten Dummköpfen würde ich wohl fertig werden. Trotzdem ist es besser, sich vorzusehen, vor allem wenn man so kurzsichtig durchs Leben läuft wie ich.

Die nächsten zwei Tage beobachtete ich Hubert, den Mann mit der dicken Kohle, der hoffentlich nach den Fotos die Hosen gestrichen voll hatte. Er sah aus, wie sie meistens aussehen, dick, Schweinsnase, graumelierte Haare, riesige Geheimratsecken, graue Zweireiher, schwarze Schuhe und ein Gesicht, das mich bestenfalls an zwei Wochen alten Haferflockenbrei erinnerte. Auf die Sekunde genau verließ er morgens das Haus, setzte sich in seinen Benz und fuhr zu seinem Büro. Er küßte seine Frau zum Abschied im Türrahmen auf die Wange und tätschelte seinem Kleinsten den Kopf. Er kam pünktlich aus seinem Büro und fuhr nach Hause, zu seinem Fernseher und den fetten Mahlzeiten.

Am dritten Tag rief ich abends aus einer Telefonzelle an, und er nahm den Hörer nach dem dritten Klingeln ab.

– Hubert.

– Guten Abend, sind Sie mit unseren Forderungen einverstanden?

– …

– Ich habe die Negative, ich kann sie auch gerne an die Presse verkaufen, das bringt womöglich mehr Geld.

– Wo können wir uns treffen?

– Sehen Sie morgen früh in der Garage nach. Ich schiebe eine Nachricht unter dem Tor durch.

Ich legte auf.

Ich verstand etwas von diesem Handwerk, ich hatte mich vorher nicht nur vergewissert, daß es einen Schlitz gab, durch den man einen Zettel hindurchschieben konnte, ich hatte es schon längst besorgt. Er konnte die ganze Nacht am Fenster sitzen und auf mich warten, oder auch warten lassen. Das war natürlich ein ganz billiger Trick, aber die fallen auch am wenigsten auf.

Ich hatte mit einem japanischen Kuli auf das Briefpapier eines Hotels in Neu-Delhi geschrieben. Beides hatte ich von Phillip, und falls es soweit kommen sollte, daß man mich an meiner Handschrift erkannte, dann war sowieso alles zu spät. Zeitungen kaufen und sich mit Uhu, Papier und Schere einen Erpresserbrief basteln, das gab es nur im Fernsehen und im Kindergarten, das war alles Firlefanz.

Ich beschattete Hubert die verbleibenden Tage bis zur Geldübergabe so gut und so unauffällig ich konnte. Wahrscheinlich war ich ein Dilettant gegen Phillip. In drei Tagen verlor ich ihn neunmal aus den Augen, aber immerhin bekam ich mit, daß er Geld von der Bank abhob, und das nicht zu knapp, das war ja schon mal ein gutes Zeichen. Außerdem war ich mir sicher, daß er nichts merkte. Und selbst wenn, der Plan war raffiniert. Bildete ich mir ein.

Ich hatte seine Mittagspause als Zeitpunkt dafür gewählt, reich zu werden. Da konnte er am unauffälligsten verschwinden. Hubert aß öfter alleine in teuren Restaurants, und einmal hatte ich ihn dabei beobachtet, wie er in ein Schwulenkino ging. Seine Pause dauerte exakt anderthalb Stunden, das war mehr als genug Zeit.

Seine korrekte Art und diese minutiöse Pünktlichkeit wunderten mich. Ob das alles nur Fassade war, oder war es tatsächlich möglich, sein Leben nach der Uhrzeit zu richten? Ich stellte mir vor, wie er sich zwei Minuten lang die Zähne putzte, viereinhalb Minuten für ein Brötchen, dreißig Sekunden zum Pinkeln, fünfzehn Minuten Liebesakt mit seiner Frau, inklusive Vorspiel, und auf die Sekunde genau abgespritzt. Ich war jetzt schon froh, daß ich die aus einem Kaufhaus gestohlene Digitaluhr nach diesem Job in den nächsten Mülleimer werfen konnte. Mein

Leben wurde gerade mal von den Jahreszeiten beeinflußt, und es stimmt auch, daß ich im Dunkeln eher zu trüben Gedanken neigte, aber das Ding an meinem Handgelenk war die erste Uhr, die ich besaß.

Am Tag des großen Geldes ging Hubert wie gewohnt aus dem Haus und fuhr zum Büro. Es lag Schnee auf den Straßen, ich blickte dem Wagen eine ganze Weile nach, doch niemand schien ihm zu folgen. Hubert wirkte auch nicht nervös oder zittrig, ich konnte keine Veränderung an ihm erkennen. Solchen Leuten wird das Lügen wahrscheinlich zur Gewohnheit. Ich selber war ziemlich fickrig, ich hatte ein Ziehen im linken kleinen Finger, das mich immer befällt, wenn ich unruhig bin und Angst habe.

Um mich abzulenken, ging ich zuerst in die Bibliothek, dann in eine Spielhalle, ich fuhr etwas Motorrad, steuerte einen Igel durch die Landschaft, flipperte, boxte, spielte Basketball, aber ich war nicht ganz bei der Sache, ich versuchte nur Zeit totzuschlagen.

Eigentlich kann mir nichts passieren, redete ich mir ein, aber so ein Zittern kommt nicht vom Kopf. Wieder und wieder spielte ich die Situation durch, dachte an jede Möglichkeit, die mich scheitern lassen würde. Schlimmstenfalls käme ich ohne Geld aus der Sache heraus, aber ich sah keinen Weg, wie man mich erwischen konnte. Je mehr ich darüber nachdachte, desto klarer wurde mir, daß die Wahrscheinlichkeit, leer auszugehen, gar nicht so klein war. Ein zweiter Versuch würde schwerer werden, ich war lange nicht so schlau, wie ich mir gerne einbildete. Ich wünschte, ich hätte Phillip erreichen können, ich mußte mit jemandem reden, mit jemandem, der mir gut zusprach. Ich überlegte, bei Ellen anzurufen, aber das war natürlich eine Scheißidee, dann mußte ich gleich alles erklären. Brenda? Brenda war Vergangenheit, an der man sich nicht festhalten konnte, Brenda war eine schöne Erinnerung, mehr nicht. Ich fühlte mich so allein, ich mußte mit jemandem reden.

Es muß zu dem Zeitpunkt, an dem ich mir diese Gedanken machte, gewesen sein, daß meine Mutter Phillip über den Weg lief, stellten wir nachher zusammen fest. Aber damals konnte ich das natürlich nicht ahnen.

Kurz vor der Mittagspause stand ich vor diesem Bürogebäude und jetzt, wo diese elende Warterei vorbei war, fühlte ich mich ruhiger, mein Blut pochte schön warm und gleichmäßig, ich hatte meinen Atem unter Kontrolle, ich atmete tief in den Bauch rein, stimmte meine Nerven, bereitete mich vor.

Hubert kam raus und ging zielstrebig Richtung U-Bahnstation, wie ich es beschrieben hatte, er schien die Anweisungen zu befolgen. Ich nahm mir ein Taxi zu der Haltestelle, wo er umsteigen sollte, umsteigen in die Bahn, die zu der riesigen Universität dieser Stadt fuhr und zu dieser Zeit immer total überfüllt war mit Studenten. Mit überfüllt meine ich, daß es so zuging wie in der U-Bahn in Tokio, es fehlten nur noch die Beamten, die die Leute in die Bahn reindrückten. Außerdem fiel ich unter den Studenten kaum auf, obwohl man sich die Bücher, die ich gelesen habe, an vier Händen abzählen kann.

Ich entdeckte Hubert am Bahnsteig und stellte mich hinter ihn, mein Herz schlug jetzt schneller, ich konnte sein Rasierwasser riechen, und ich war mittlerweile sicher, daß das Ganze eine dumme Idee gewesen war. Am liebsten wäre ich sofort zurückgefahren und hätte Phillip später erzählt, daß ich es vermasselt hatte, es erschien mir zu schwer, fast unmöglich. Ich war ein guter Dieb, aber das macht noch keinen mittelmäßigen Erpresser. Letztes Mal war es viel einfacher gewesen, das hatten Phillip und ich zu zweit erledigt. Ich war wirklich versucht, einfach zu gehen. Ich hatte Angst.

Die Bahn kam und hielt, wir drückten uns rein, es war noch enger, als ich gedacht hatte. Alles hatte modische Wollmützen auf dem Kopf, schicke Handschuhe, Hirschleder würde ich sagen, und einer hatte sie ganz besonders modern aus der Hintertasche seiner Jeans heraushängen. Kurz wurde meine Aufmerksamkeit abgelenkt. Selber schuld, die Handschuhe verschwanden in der Innentasche der Cordjacke. Ich hatte eine unüberwindbare Abneigung gegen Studenten, eigentlich gegen das Bildungssystem überhaupt, deshalb hatte ich ja auch die Schule geschmissen. Deshalb und weil ich die Sonne mochte. In der Schule hatten sie Lehrpläne, als könne man planen, was man im Leben lernt, als würde jemals etwas plangemäß laufen. Alle wichtigen Sachen passieren aus heiterem Himmel, und im Endeffekt kriegt jeder, was er braucht.

Meine Gedanken schweiften ab, ich hatte einen Plan, und er sollte klappen, lief das nicht meiner Theorie zuwider? Andererseits handelte es sich nur um Geld, das war nichts sonderlich Wichtiges, nur wichtige Dinge geschahen planlos. Ich durfte diese Sache nicht zu ernst nehmen, es war ja auch kein wirklich ausgeklügelter Plan, es war ein dilettantischer Versuch, bei dem man jede Menge Glück brauchte. Ich glaube, die meiste Zeit meines Lebens verbringe ich damit, nach bequemen Deutungen zu suchen.

Wir fuhren wieder überirdisch, noch drei Haltestellen bis zur Universität, Hubert konnte bestimmt meinen Atem in seinem Nacken spüren, er fühlte sich sichtlich unwohl, seine Nase bekam einen fettigen Glanz, und sein Rasierwasser weigerte sich, den Angstschweiß weiterhin zu übertünchen. Ich schloß die Augen. *Es kommt die Zeit, in der das Wünschen wieder hilft*, summte ich im Geist, *es kommt die Zeit*. Noch zwei Haltestellen. Die Bahn fuhr mit einem Ruck an. *Es kommt die Zeit.* Ich machte die Augen auf, und im selben Augenblick hörte man das Bimmeln der Bahn, und der Fahrer ging voll in die Eisen, alles wurde durcheinandergewirbelt, *in der das Wünschen wieder hilft,* es war wie bei einem ausverkauften Konzert, bei dem man in den vorderen Reihen steht und sich nach jeder Bewegung der Masse an einem ganz anderen Platz wiederfindet. Mal mehr links, mal mehr rechts, mal ist man auch in der ersten Reihe, wo man nie hingewollt hat, *in der das Wünschen wieder hilft.*

Die Bahn fuhr wieder an, ich schwitzte jetzt auch, immer noch zwei Stationen, Hubert stand jetzt hinter mir, mein Herz raste in einem Sportwagen durch die Wüste, uneinholbar auf gerader Strecke.

Ich glaube an Mantras, wenn ich mir etwas wünsche, wirklich wünsche, sage ich mir eine Art Mantra immer wieder vor, aber heute war es wahrscheinlich schon zu spät, ich hätte früher damit anfangen müssen, viel früher. Ich glaube an die Macht der Worte, doch man muß ihr Zeit lassen. *Es kommt die Zeit, in der das Wünschen wieder hilft.*

Endlich strömten alle aus der Bahn, ich ging in einem sicheren Abstand hinter Hubert her, es war schweinekalt, ich hatte das Gefühl, mein verschwitztes T-Shirt würde an meinem Rücken festfrieren. Hubert schien sich hier auszukennen, er steuerte geradewegs auf das botanische Institut zu. Ich zitterte am ganzen Körper.

Am Schließfach Nummer fünfundfünfzig vor der Bibliothek des botanischen Instituts blieb Hubert stehen. Im Gebäude war es wärmer, aber das Zittern hörte nicht auf. Ich versuchte, tief Luft zu holen, die allerhintersten Winkel meiner Lunge mit Sauerstoff zu versorgen, und redete meinem Herzen gut zu, einen Gang runterzuschalten. Ich konnte einen Supermarkt oder einen Elektroladen mit unglaublicher Gefühlskälte leerräumen, aber für so etwas hier war ich einfach nicht geschaffen. Scheiß drauf, scheiß auf's Geld, nimm es nicht so ernst, sagte ich mir, du bist halt kein Erpresser, du bist nur der König der Diebe. Ein Dachdecker kann schließlich auch keine Fliesen verlegen.

Hubert griff sich in die Innentasche und wurde augenblicklich leichenblaß. Mein Herz machte eine Vollbremsung, *es kommt die Zeit, in der das Wünschen wieder hilft,* ich hatte seine Brieftasche, aber ich hatte ja schließlich nicht auf offener Straße das Ding zücken und nachsehen können, ob der Herr dumm genug gewesen war, sein ganzes Geld da hineinzustecken. Und wenn es nicht dort gewesen wäre, hätte er das Geld ins Schließfach gelegt, und ich hätte die Negative gegen den Schlüssel getauscht. Eine Methode, bei der man erkannt werden konnte. Jetzt bestand nur noch die Möglichkeit, daß er besser betrog als ich, daß er schon vorher gemerkt hatte, daß seine Brieftasche fehlte, daß er sowieso das Geld woanders versteckt hatte und gekonnt schauspielerte. Aber ich hatte die Negative und noch einen Tag Zeit. Hubert sah aus wie kurz vor dem Kreislaufkollaps, Schweiß tropfte ihm vom Kinn. Ich steckte meine immer noch zitternden Hände in die Taschen und ging auf die Toilette.

Jede Menge Papier mit Zahlen darauf, bunte Scheinchen, die man gegen belanglosen Besitz tauschen konnte, Knete, aus der man sich eine Bühne bauen konnte, um berühmt zu werden, Schlüssel zu unwichtigen Toren, ein Stück Sorglosigkeit. Geld nahm der Bäcker immer lieber als Glück, aber mein Glück war sowieso unbezahlbar.

9

Einer der größten Fehler, die man machen kann, ist es, sein ganzes Geld an einem Ort aufzubewahren. Wenn es weg ist, ist alles weg. Ich versteckte ein Viertel des Geldes im Motel, ein Viertel steckte ich in die Hosentasche, ein Viertel schickte ich an Ellen, und ein Viertel zahlte ich auf Pauls Konto ein. Es waren alles kleine, gebrauchte Scheine, und ich hatte nicht das Gefühl, daß sie mich jetzt noch kriegen würden.

Ich hatte mir eine Busfahrkarte für den nächsten Abend gekauft und ging in eine Kneipe, die so aussah, als würden sie vernünftige Musik spielen. Es war mittlerweile früher Abend, ich hatte geduscht, frische Klamotten an, ich war noch nicht völlig entspannt, aber das konnte ja mit jedem Bier nur besser werden. Es lief die Bug von Dinosaur Jr., das war wunderbar, ich war der erste Gast, ich bestellte Erdnüsse und Bier, setzte mich auf einen Hocker an der Theke. Die Bedienung war eine Frau um die Dreißig, und mir wurde bewußt, daß ich sehr gerne mit jemandem gesprochen hätte. Ich war frei, ich konnte reden, aber ich ließ es bleiben. Ich schüttete die Erdnüsse aus der Tüte auf die Theke, aß und trank. Nach dem ersten Bier war mir klar, daß ich heute nicht viel vertragen würde, die Anspannung hatte mich wohl geschwächt. Ich bestellte noch mal das gleiche, und dann noch mal, und dann rauchte ich erst mal eine Zigarette. Es waren jetzt noch ein paar andere Gäste da, ich fühlte mich nach dem dritten Bier wie sonst nach sechs, das sah nach Absturz aus. Ich konnte mich nicht entscheiden, jemanden anzusprechen, wahrscheinlich war ich doch nicht besoffen genug. Eine schöne Frau kam rein, setzte sich auf den freien Hocker neben mir und bestellte Bier und Tequila, ich nahm als nächstes Wodka-Lemon. Ich sah ihr ins Gesicht, wollte sie anlächeln, doch als sie mich ansah, schaute ich weg. Ich hatte nach diesem Tag nicht die Kraft, nett zu sein, ich mußte heute abend besoffen sein, um lächeln zu können. Ich kippte meinen Drink und bestellte noch einen und noch einen und noch einen. Jetzt konnte ich lächeln, aber die Frau war mir mittlerweile scheißegal. Ich stand auf und wankte auf Toilette, es lief immer noch Dinosaur Jr., da war ein Brei von Gitarren in meinem Kopf, angenehmes Gefühl. Ich pinkelte, den Kopf gegen die Kacheln gelehnt, ich hatte unbändige Lust, mich unter den Tisch zu saufen, zu schütten, bis ich vollkommen dicht war, diesen Tag besinnungslos zu beenden.

Zwei weitere Wodka-Lemon später dreht sich alles, Dinosaur Jr. oder Sonic Youth, wer kann das schon sagen? Brenda steht vor mir und redet irgendwas, ich nicke und bestelle noch zwei, einen für sie, einen für mich. Sie schweigt, also bin ich dran mit reden, ich erzähle von meinem Vater und wie ich mal einen Tritt von Stahlkappenschuhen mit den Eiern abgefangen habe. Seitdem bin ich impotent, sage ich, aber Brenda lacht nicht. Ich zünde mir eine Zigarette an, das Bild wird unscharf, das ist gar nicht Brenda, oder doch? Ich trinke, nein das ist nicht Brenda, die hier ist jung und hat die Haare nur gefärbt.

Ob ich mit in die Disco will? Na klar, läuft da gute Musik? Viel Gitarren, tanzbar? Ja, warte, ich bestelle mir nur noch einen und zahle meinen Deckel.

Ich bin total besoffen, ich begleiche irgendeine Summe, nehme das letzte Glas mit raus, trinke auf der Straße mit beiden Füßen im Schnee, jede Menge Flocken kommen runter, nein, die Frau ist tatsächlich nicht Brenda.

Wir sind in der Disco, Nebel und Stroboskoplichter, ich stolpere andauernd, die Frau hängt an meinem Hals, schiebt mir ihre Zunge in den Rachen. Schade, daß ich noch nicht kotzen muß, ich würde sie von oben bis unten vollgöbeln. Ich trinke jetzt Gin-Tonic, es läuft Rage against the machine, ich stürme auf die Tanzfläche, verdammt, welcher Song von denen ist das? Headbangen, ich verliere das Gleichgewicht, falle hin, spiele auf dem Rücken liegend ein Gitarrensolo, das sind jetzt Suicidal Tendencies, oder? Scheißegal, ich spiele das Solo, jemand springt mir aufs Schienbein, ich stehe auf, noch ein Gin-Tonic. Wo ist die Frau?

Da, sie schiebt mir wieder ihre Zunge rein, noch drei, vier Drinks, und ich übergebe mich, das wird ein Heidenspaß. Ich bin reich. Ich fahre unter ihren Pullover und greife mir ihre Brüste, sie stöhnt auf, was findet sie bloß an mir? Noch ein gutes Lied, Klasse Musik hier, ich stecke meine Hand in ihre Hose, umklammere ihre Pobacke, was will sie bloß?

Wir sind auf der Toilette, Damen oder Herren, keine Ahnung, ihre Hose in den Kniekehlen, mein Schwanz hängt raus, armselig, schlaff, das gibt heute nichts mehr, sie steht mit dem Rücken zu mir, vorgebeugt, ich stecke ihr zwei Finger rein, da rumort es in meinem Magen, ich kotze auf ihren Arsch, sie dreht sich um, schlägt mir ins Gesicht, die Restflüssigkeit mit Erdnußbrocken geht in und neben die Schüssel. Sie versucht, sich sauber zu machen, ich gehe an die Bar, alles dreht sich, ich fühle mich schwach, ich werde müde, wo ist bloß der lokale Drogendealer? Ich brauche was zum Aufputschen. Scheißegal, ich trinke ein Bier und zwei Tequila hinterher, da ist wieder die Frau, sie kommt auf mich zu, ich sehe doppelt, ich sehe gar nichts ...

Ich schlage die Augen auf, meine Zunge ist ein verdurstender Sumoringer in meinem Mund, dick und trocken. Mein Magen möchte Säure ablassen, mein Kopf schmerzt unvorstellbar, ich will mich nicht bewegen, ich will weiterschlafen, schlafen, bis die Schmerzen verschwinden. Ganz ruhig liegenbleiben, das ist mein Motelzimmer. Wie bin ich hierhergekommen? Mein Gedächtnis reicht nur bis kurz nach dem Tequila. Ich stöbere rum, suche nach Anhaltspunkten. Nichts.

Ich stehe auf, meine Blase platzt fast, bei der Bewegung verzehnfachen sich die Kopfschmerzen, und mein Mageninhalt mag auch nicht geschüttelt werden. Ich bin nackt, fällt mir auf, und dann plätschert mein Strahl in die Kloschüssel. Gerade als ich fertig bin, muß ich würgen, es kommt nur klare Flüssigkeit. Ich wasche mir den Mund aus und trinke Wasser vom Hahn. So schlecht habe ich mich noch nie gefühlt.

Meine Klamotten liegen wild verstreut auf dem Boden, die Unterhose fehlt. Ich hebe meine Jeans auf und sehe nach dem Geld. Das meiste ist noch da. Wenn ich den Rest gestern ausgegeben habe, war das der teuerste Abend meines Lebens. Ich habe keine Kopfschmerztablette, nichts Vernünftiges zu trinken und kann nicht vor die Tür gehen, nicht in meinem Zustand.

Auf dem Nachttisch liegen ein Schlüssel und ein Zettel. Das ist der Schlüssel zu meinem Zimmer, den Schlüssel zur Straße hast du ja schon. Kuß, Sylvie. Ich kann mich an nichts erinnern. Ich sehe im Versteck nach dem Rest des Geldes. Alles noch da.

Ich lege mich hin und schließe die Augen, atme ruhig. Alles, was ich will, ist schlafen, doch der Schlaf kommt nicht. Ich bin müde, kaputt, alles schmerzt, ich fühle mich schwach, ich biete dem Schlaf alles, was er braucht, ich führe ihn in Versuchung, locke ihn mit süßen Versprechungen, doch er kommt nicht, hockt sich in eine Ecke und zieht eine Schnute.

Untätig liege ich herum, unfähig, mich zu erinnern, zu bewegen, über irgend etwas nachzudenken. Ich schalte den Fernseher ein, Berieselung. Es ist zwölf Uhr, längst Zeit zum Auschecken, aber ich will so gerne schlummern. Stunde um Stunde liege ich da, ein Uhr, zwei Uhr, diese verschissenen grünen Digitalziffern am Kopfende vom Bett. Ab und zu döse ich ein paar Minuten weg, drei Uhr, immer noch keine Besserung.

Schließlich stehe ich auf, ziehe mich an und gehe zum Kiosk.

Die Schweine haben natürlich keine Schmerztabletten, die Apotheke liegt am Arsch der Welt, da kann ich jetzt nicht hin. Ich kaufe zwei Flaschen Saft und eine Dose Bier.

Zurück auf dem Zimmer trinke ich zuerst den Saft, und dann knacke ich die Dose Bier und süffel sie langsam, Schlückchen für Schlückchen. So ein Kater ist nur 'ne Entzugserscheinung, sagt Phillip immer, die Leber arbeitet zu schnell, und auf den radikalen Alkoholabbau reagiert der Körper mit Schmerzen. Das ist wahrscheinlich aus medizinischer Sicht Schwachsinn, und es ist auch das erste Mal, daß ich das ausprobiere, und ich muß sagen, es klappt hervorragend. Die Kopfschmerzen werden betäubt, das flaue Gefühl im Magen schwindet dahin, und ich werde angenehm schläfrig. Ich ziehe mich aus und lege mich wieder hin. Sekunden später bin ich eingeschlafen.

Gegen sechs wachte ich auf, duschte, zog mich an, wobei ich dann auch feststellte, daß meine Unterhose unauffindbar war. Der Abend war ein Loch, ein Abgrund, ein Abenteuer, in dem ich die Hauptrolle spielte, das ich aber nicht erlebt hatte. Ich mußte lachen. Es hatten mich keine Bullen geweckt, mein Geld war noch da, ich hatte mich anscheinend nicht in die Scheiße geritten, alles war bestens. Ich packte den Schlüssel und den Zettel als Andenken ein, bezahlte das Zimmer und machte mich auf den Weg zum Busbahnhof.

Von dort rief ich bei Ellen an, Ruth ging an den Apparat.

– Hallo?

– Hallo Ruth, wie geht's?

– Mit wem spreche ich bitte?

– Mit mir hoffe ich.

– Oh, hi Jesse, alles klar bei euch?

– Ja, alles wunderbar, wir sind übermorgen oder den Tag danach zurück, wenn es gutgeht.

– Habt ihr Tom gefunden?

– Laß dich überraschen.

Darauf war ich vorbereitet gewesen.

– Hör mal, sagte ich, morgen müßte ein Brief per Einschreiben an Ellen kommen. Sie möchte das bitte quittieren und den Umschlag für mich aufbewahren.

Mein Kopf schmerzte immer noch, ich fühlte mich benommen, ich war froh, als ich im Bus saß und das Brummen endlich hörte. Sie spielten Abschiedslieder über die Anlage, das fand ich eine witzige Idee. Draußen standen Leute und winkten, als wir anfuhren, und jemand sang: Ich komme wieder eines Tages, ich komme in deine Arme, ich werde irgendwo da draußen sein, ich hoffe, ich finde ein paar Freunde.

Es lag daran, daß ich mich so schwach fühlte, würde ich sagen, Tränen schossen mir in die Augen, ich war gerührt. Es lag nicht an dem Lied, es war ein mickriger Popsong, es lag daran, daß ich gerade so empfänglich war für so etwas. Ich würde hoffentlich nie in diese Stadt zurückkehren, ich würde am liebsten nie mehr Schnee sehen in meinem Leben, ich ließ niemanden zurück. Brenda. Brenda und Sylvie, wer auch immer das war. Brenda würde ich irgendwann in diesem Leben einmal wiedersehen, davon war ich überzeugt. Gute Leute sehen sich immer wieder. Sylvie, es wollte mir nicht einfallen, wer das gewesen sein könnte. Es war nicht die Frau, die ich vollgekotzt hatte, da war ich mir sicher, die hätte mir nie ihren Zimmerschlüssel gegeben. Außerdem hieß sie Clara, oder so ähnlich.

Wer schrieb, den Schlüssel zur Straße hast du ja schon? Wer schrieb das mit schwarzer Tusche auf ein kariertes Papier in einer Handschrift, als habe er Kalligraphie studiert? Ich fand keinen noch so winzigen Anhaltspunkt. Wenn ich wenigstens gewußt hätte, wann ich ins Bett gekommen war, nur wann, nicht wie, dann hätte ich genau gewußt, wie groß das Loch war, wieviel Stunden mir fehlten, wieviel Zeit ich mir geklaut hatte.

Das Geräusch des Busses stimmte mich wieder schläfrig, zum

Glück. Ich freute mich auf die Aussicht, einzuschlafen und am nächsten Morgen in einer anderen Stadt aufzuwachen. Wahrscheinlich mit steifen Gliedern, aber genauso wahrscheinlich ohne Kopfschmerzen. Wieder woanders sein, ohne daß man richtig gemerkt hätte, wie es passiert. Im Schlaf. Morgen wieder an einem Busbahnhof aufwachen, den immergleichen Geruch von billigen Imbißständen, Diesel, vollgepinkelten dunklen Ecken und wochenalten Kotzlacheresten, um die sich niemand kümmerte, in der Nase. Eine Melodie im Kopf, irgend etwas Zuckersüßes, zum Beispiel Sugar Mountain von Neil Young. Die erste Zigarette zwischen den Lippen und bestenfalls noch ein Mantra für den Tag. Glücklich schlief ich ein. Im Schlaf bist du nirgendwo, und morgen wachst du woanders wieder auf. Nun, was ist wunderbar?

10

Ich aß gerade die zweite Portion gebackene Krabben und trank Wasser, als ich den Kombi sah. Ich konnte auf die Entfernung nur erkennen, daß zwei Personen drin saßen, und ich konnte erkennen, daß der Fahrer viel zu schnell vorwärts in die Parklücke schoß. Der rechte Vorderreifen knallte gegen den Bordstein und platzte mit einem lauten BUMM. Ich trank einen Schluck und harrte der Dinge, die da kommen mochten.

Die Türen gingen auf, Phillip stieg auf der Beifahrerseite aus und auf der anderen Seite jemand, der eine Flasche in der Hand hielt. Von weitem sahen die beiden sich sehr ähnlich, fast wie Zwillinge, sie teilten sich den Rest aus der Flasche und kamen rein, beide noch halbwegs sicher auf den Beinen. Phillip steuerte auf mich zu, der andere folgte ihm. Sie setzten sich an den Tisch, Phillip grinste.

– Tom, das ist Jesse, Jesse, das ist Tom.

Wir nickten uns zu. Tom hatte schwarze Haare, eine hageres Gesicht mit leicht eingefallenen Wangen, Koteletten. Er wirkte zwar mager, hatte aber kräftige, tätowierte Oberarme. Er schien sehr fröhlich zu sein. Ich hatte auch gute Laune, ich hatte den Schnee hinter mir, gebackene Krabben aß ich für mein Leben gern, ich schwitzte endlich mal wieder vor Hitze und nicht vor Angst, und es sah mal wieder so aus, als würde alles gut werden.

– Ihr Glücksritter habt gerade den Reifen platt gemacht, sagte ich.

– Kannst du Blinde sehend machen? fragte Tom, und die

beiden lachten los. Es roch nach Wodka, genug Wodka, um bei jedem kleinen Witz in Heiterkeit auszubrechen.

– Wie ist es gelaufen? fragte Phillip, und ich sagte, ich hätte die Kohle. Mir brannte die Frage auf der Zunge, wieso die beiden so gut gelaunt waren und nachmittags um halb vier besoffen Auto fuhren. Und warum schienen sie sich so gut zu verstehen?

Tom und Phillip bestellten Frühlingsrollen und Whisky, ich beschloß, mich zurückzuhalten, irgendwer mußte ja später den Reifen wechseln und fahren, außerdem war mir nicht nach trinken. Die beiden prosteten sich zu und sagten: Auf Alex.

Ich habe öfter im Leben das Gefühl, im falschen Film gelandet zu sein, meinen Text vergessen zu haben und obendrein gar kein Schauspieler zu sein. Auf Alex, wer auch immer das sein mochte.

Phillip hatte sich noch gut im Griff, bei Tom konnte ich das nicht beurteilen. Auf jeden Fall sah Phillip mein ratloses Gesicht und gab eine Erklärung ab.

– Ich habe Tom vor ein paar Tagen gefunden, er hatte gerade seine Gitarre versetzt und seine Wohnung verloren, da fand er es eine gute Idee, einfach mitzufahren. Naja, und heute vormittag halten wir an einer Raste, und da ist dieser Alex, der sich gerade die Kante gibt. Wir kommen ins Gespräch, ein Bier gibt das andere, und dann steigen wir um auf Wodka. War ein seltsamer Typ, haben viel Spaß gehabt.

– Der war so besoffen, fiel Tom ein, der hat am Ende in einen offenen Kofferraum gepinkelt und sich totgelacht. Er habe die dicksten Eier, hat er gebrüllt. Diese Tante kam angerannt, und noch bevor sie sich über ihre bepißten Koffer aufregen konnte, fällt er ihr um den Hals und knutscht sie von oben bis unten ab, hehe.

Die beiden prusteten wieder los, und ich verschluckte mich an den Krabben.

– Und weißt du, was das tollste ist? sagte Phillip, er hat uns hoch und heilig versprochen, ein Buch über uns zu schreiben.

Die Frühlingsrollen kamen, die beiden begannen zu essen und bestellten noch zwei doppelte Whisky. Was sie konnten, konnte ich auch, ich hatte auch eine kleine Geschichte auf Lager.

– Meine gute alte Freundin Brenda hat dich rausgeschmissen, hat sie mir erzählt, sagte ich zu Tom und hoffte, daß es nicht zu hart rüberkam. Er aß seelenruhig weiter, grinste, nahm noch einen Schluck und sagte:

– Ich wäre sowieso bald gegangen. Es gibt soviel Schwestern und Flaschen auf der Welt, da kann man sich nicht immer an einer aufhalten. Ich bin ein Sammler, hehe. Ich sammle schöne Erlebnisse mit Frauen und Alkohol. Und schöne Melodien. Das Schöne an meiner Art zu suchen ist: Man muß sich nicht anstrengen. Es kommt. Es kommt immer, hehe.

Er lachte so ein seltsames, helles Lachen, nicht aus dem Bauch heraus, aber er freute sich schon richtig. Ein Lachen, das man von Leuten hört, die zu lange fröhlich machende Drogen genommen haben.

Wenigstens Phillip wußte jetzt nicht, wo es lang ging, ich würde es ihm später erklären, im Augenblick machten diese Verwirrspielchen Spaß. Tom war mir sympathisch, er schien eine unglaublich leichte Art zu besitzen.

– Und deine Gitarre hast du versetzt?

– Ja, ich hatte kein Geld mehr. Ich denke, ich kaufe mir bald eine neue. Ich spiele gern. Gitarren sind ein bißchen wie Frauen, wenn du sie streichelst, geben sie die schönsten Töne von sich. Nur, durch eine Frau kann ich nicht sprechen. Aber mit meiner Gitarre, weißt du, da kann ich alle hören lassen, was ich gerade fühle. Ich habe soviel Gitarre gespielt, ich kann meine Seele in die Töne stecken, ich kann zuckersüße Rückkopplungen zustande kriegen, wenn ich verliebt bin, ein breiter flauschiger Teppich aus Rückkopplungen mit einer zarten Melodie darauf, ein Grillenzirpen, eine Harfensaite, ein Ton auf einer Geige, alles. Oder Rückkopplungen wie Geysire, heiß, laut, gefährlich. Ich rede wieder zuviel. Gitarre zu spielen, ist gar nicht so wichtig. Nichts ist besonders wichtig, das ist das einzige, was ich im Laufe der Jahre gelernt habe, hehehe.

Dauernd dieses Lachen.

Er kippte den Rest des Drinks und bestellte noch einen, ein verschmitztes Lächeln um die Lippen, ich kann seinen Gesichtsausdruck nicht richtig beschreiben, so eine Art Euphorie, die aus der Resignation erwachsen ist. Er wirkte wie ein Pessimist, der so weit geht, daß seine Einstellung sich ins Gegenteil verkehrt, eine Blume, die auf der Müllhalde gedeiht. Ich konnte Ruth und Brenda halbwegs verstehen. Ich bekam langsam doch Lust zu trinken, wenn ich die beiden so sah.

Vier Doppelte später entschieden wir uns weiterzutrinken, den Vorderreifen einfach mal Vorderreifen sein zu lassen, uns in einem billigen Hotel einzuquartieren und morgen mittag loszufahren. Tom schlug vor, die Zeche zu prellen und woanders weiterzumachen. Phillip sagte, wir hätten soviel Geld, das sei nicht nötig.

– Wir kommen doch nie wieder in diese Stadt zurück, ich war hier noch nie, ich werde nie wieder hier sein. Ich prelle die Zeche, geht ihr schon mal raus.

Das war mir natürlich sympathisch, bestimmt kannte er einen guten Trick, wir konnten uns bei Gelegenheit mal austauschen.

Ich schlenderte mit Phillip in der Abendsonne die Hauptstraße hinunter, ich wollte ihn gerade fragen, wie er sich bei dem Ganzen fühlte, was er über Ruth dachte, und ob er immer noch in eine andere Stadt ziehen wollte. Da kam Tom von hinten angerannt und brüllte: Weg hier.

Ich drehte mich um, ich sah zwei asiatische Kellner gut zwanzig Meter hinter Tom rennen, und dann spurtete ich los. Es ist ein dummes Vorurteil, aber bei diesen Asiaten habe ich immer Angst, sie könnten sich als Bruce Lee entpuppen oder zumindest Weltmeister im Thaiboxen sein.

Ich hatte den Eindruck, daß wir langsam waren. Tom lief vorne weg, Phillip dahinter, ich als letzter, aber wir waren alle drei, wie gesagt, nicht besonders schnell. Aber wer ist das schon nach soviel Alkohol? Die Kellner holten auf, die Schritte waren jetzt deutlich zu hören, meine Lunge schmerzte, es herrschte Dürre in meinem Mund, ich hatte schon wieder Angst, und ich verfluchte Tom. Das war einer der originellsten Tricks, einfach in einem unbeobachteten Moment aus der Tür zu stürmen, das klappte jedes Mal. Das ist sowieso eine gängige Variante des Lebens: Sich die größten Schwierigkeiten immer dann selber einbrocken, wenn gerade alles perfekt läuft.

Ich holte auf, lief jetzt neben Phillip, der uns zurief, wir sollten uns an der nächsten Kreuzung trennen. Tom lief nach rechts, Phillip und ich, wir beide liefen weiter geradeaus, weil jeder dachte, der andere würde nach links ausscheren.

Schweiß tropfte mir in die Augen, ich war wütend, einer der Kellner verfolgte Tom, der andere lief uns hinterher. Bei der nächsten Gabelung trennten Phillip und ich uns, und der drahtige Kerl entschied sich für Phillip. Ich konnte Luft holen. Eine halbe Sekunde überlegte ich, den Kellner zu rufen und einfach diese Rechnung zu bezahlen mit einem dicken Trinkgeld dazu, aber aufgeben mochte ich nicht, jetzt hatten wir das schon einmal angefangen, jetzt wurde es auch zu Ende gebracht. Es ging um die Ehre. Ich lächelte. Was war das nur für eine billige Ehre?

Ich setzte mich auf den Bürgersteig, Füße in der Gosse, Kopf zum Himmel erhoben steckte ich mir eine Zigarette an und wischte mir mit meinem T-Shirt den Schweiß aus dem Gesicht. Mein Herz bumperte, die Sonne goß ein Meer von Rot- und Orangetönen zwischen den Häuserdächern aus, ich war naß, meine Haut glänzte, der Alkohol hämmerte in meinem Schädel, und mein Kreislauf mochte mich nicht. Ich freute mich, Ellen wiederzusehen, ich träumte davon, drei Tage lang nichts anderes zu tun, als mit einer Magarita in der Hand auf der Veranda zu schaukeln und gute Musik zu hören. Gigantic, sang ich leise vor mich hin, gigantic, our big, big love.

Nach der Zigarette ging mir auf, daß ich nicht wußte, wo ich Phillip und Tom wiedertreffen konnte, und daß das Auto noch vor dem Restaurant stand. Man möchte so fröhlich sein, doch die Zeiten, sie sind nicht so. Ich sah einen vertrockneten Regenwurm im Rinnstein, ich überlegte, wie er wohl dahin gekommen war und wann es hier wohl das letzte Mal geregnet hatte. Früher, als meine Mutter noch da war und ich Phillip noch nicht kannte, wohnten wir woanders, ich weiß nicht wo, aber es regnete sehr oft im Winter. Bei jedem Schauer kamen diese Regenwürmer hervor.

Es kommt immer darauf an, wie man sich die Welt erklärt. Ich war noch sehr klein, ich dachte, die Regenwürmer mögen Wasser, deshalb gehen sie bei Regen spazieren. Ich sammelte sie nach Regengüssen zu Dutzenden auf und warf sie in den See, weil sie das Wasser doch so gerne mochten. Ich hielt mich für einen großen Freund der Regenwürmer.

Irgendwann entdeckte ich natürlich meinen Irrtum, und seitdem weiß ich, daß nur zählt, wie man die Dinge sieht, und ich habe manchmal Angst, daß ich mit allem, was ich tue, gerade wieder einem Irrtum erliege, daß alles doch ganz anders ist, daß mein Blick auf die Oberfläche nichts bedeutet, mag ich noch so glücklich damit sein.

Was soll's, dachte ich, selbst wenn es so ist, immerhin hast du dir dann eine gewisse Naivität bewahrt, das ist nicht so einfach auf dieser Welt. Es kommt darauf an, von wo man auf die Medaille blickt. Sogar einem Frohsinnssong wie Blitzkrieg Bop kann man einen traurigen Beigeschmack abgewinnen, alles läßt sich biegen, und das ist nicht nur eine Bequemlichkeit von mir. Das ist eine Fähigkeit, die vielen abgeht. Ich schmunzelte und stand auf.

Ich ging ziellos durch die Straßen, darauf bedacht, dem Restaurant nicht zu nahe zu kommen, und ich verließ mich auf meinen Instinkt, um die Kneipe zu finden, in die Phillip wohl gehen würde. Es gab jede Menge enge Gassen, verwinkelt, hervorragend geeignet zum Verlaufen, eigentlich war es eine schöne Stadt, wenn man hier nicht wohnen mußte.

Faust hieß die Kneipe, in die ich dann reinging, Faust, das würde Phillip gefallen, dachte ich noch, und dann sah ich ihn auch schon an der Theke sitzen. Er hob sein Glas und deutete auf den leeren Hocker neben sich. Ich stieg drauf, ein bißchen so, wie man ein Pferd besteigt, aber was sollte das auch anderes werden als ein Ritt, ein Ritt ins Besäufnis, ins Nirwana, ein Ritt zu der Schaltstelle, wo die nächsten Abzweigungen eingestellt wurden, ein Ritt in die Mitte der Nacht, in deren Schutz wir den Reifen wechseln konnten.

Ich bestellte Cidre, das ist das beste Getränk, um einen bestimmten Alkoholpegel zu halten und trotzdem viel zu trinken. Phillip ließ sich Zeit, zwei, drei Minuten saßen wir so da, dann legte er los.

– Easy come, easy go. Es war ganz einfach, Tom zu finden, keiner, der ihn je gesehen hat, vergißt ihn wieder. Vor allem die Frauen und Gitarrenhändler. Und die Pfandleiher. Aber ich weiß beim besten Willen nicht, wo wir ihn hier wieder aufgabeln sollen. Hoffentlich kommt er zum Auto. ... Achja, ich habe Paul angerufen, Jan sucht uns noch. Wundert mich fast, daß er uns noch nicht gefunden hat. ... Warst du vorsichtig?

Ich dachte an Brenda und sagte ja. Laß dich nicht erwischen, Jesse, hämmerte es in meinen Zellen.

– Und noch was Jesse ... Ich habe deine Mutter getroffen.

Es war, als habe er mich einen Abgrund hinuntergestoßen, das war eine Sache, die ich schon über Jahre hinweg erfolgreich verdrängte. Ich dachte so gut wie nie an sie, und wenn, dann nur an die schönen Sachen. Oder warum sie meinen Vater wohl verlassen hatte. Aber ich dachte nie darüber nach, was sie jetzt wohl tat. Ich sah, was mein Vater den ganzen Tag machte, und wollte nicht wissen, wie sie die Zeit tötete. Ich fiel den Abgrund runter, kein Boden kam, ich blickte in eine finstere Ecke und konnte nichts erkennen.

– Sie hat mich auf der Straße erkannt. Sie sagte: Du bist doch Phillip Ford. Ich habe ein Ja gestammelt, und ich sage dir, Jesse, ihr standen die Tränen in den Augen. Sie hat mich gefragt, wie es dir geht, was du so machst, sie wollte wissen, ob ich mich noch erinnern kann, wie gut mir ihre Kekse schmeckten. Sie hat soviel gefragt, sie war so gerührt. Ich habe ihr einfach erzählt, daß es dir gutgeht, daß du noch mit deinem Vater zusammen wohnst und daß du Kaufmann bist. Weißt du, was sie da gesagt hat? Sie hat gesagt: Ich dachte immer, aus Jesse Osterberg wird mal ein Dieb und aus dir ein schlechter Detektiv.

– Und sie, was macht sie?

– Sie ist Kellnerin, hat sie gesagt, aber sie scheint ganz gut zu verdienen. Du sollst sie mal besuchen kommen, wenn du möchtest.

Noch immer war dieser Winkel meiner Seele finster, ich wußte nicht, was ich davon halten sollte, ich hatte sie dreizehn Jahre nicht mehr gesehen, sie mußte jetzt Mitte Vierzig sein, vielleicht drüber. Kellnerin, das war auch kein Job in dem Alter, ich hatte keine Lust, mir noch ein verkorkstes Leben anzusehen. Es reichte mir mitzukriegen, wieviele Eigenschaften ich von meinem Vater hatte. Es reichte mir zu wissen, daß ich ganz klar von seinen Genen und seiner Erziehung, bis ich zwölf wurde, geprägt war. Es reichte zu merken, daß ich oft die gleichen Fehler machte, die ich an ihm bemängelte, ich wollte nicht noch einen Spiegel, aus dem mir eine Fratze entgegenstarrte.

Natürlich reizte mich die Sache trotzdem. Es kommt, was kommt, dachte ich und beschloß, das Ganze erst mal auf sich beruhen zu lassen. Wenn man angestrengt über etwas nachdenkt, führt das sowieso zu nichts.

Nach der Sperrstunde machten wir uns auf den Weg zum Wagen, Phillip hatte seine letzten Drinks mehr verschüttet als getrunken, dafür war ich bei Cidre geblieben, so ein Reifenwechsel würde höchstens zehn Minuten dauern. Es war nicht anzunehmen, daß die Kellner wußten, daß das Auto uns gehörte, es war einfach nicht anzunehmen, man mußte auch Glück im Unglück haben, das war so etwas wie ein Gesetz, redete ich mir aus Furcht vor der Todeskralle oder dem Schwanenschlag ein.

Tom saß auf der Motorhaube und spielte ein wenig Luftgitarre, er grinste breit, als er uns sah, und zuckte mit den Schultern.

– Entschuldigt Jungs, daß ich euch da mit reinziehen mußte, aber ist ja noch mal gutgegangen anscheinend, hehe. Ich hatte nur ein wenig Bedenken, weil ich dachte, die können vielleicht Karate. So'n Boxer sieht immer schlecht aus gegen einen Karateka.

– Du boxt? fragte Phillip.

– Nö, ich dachte, du boxt, ich lasse mich sowieso nicht erwischen. Hehe.

Ein unverschämt breites Grinsen, dreist, aber nicht gehässig, eher liebenswert. Er spielte ein paar Takte aus Cinnamon Girl, wobei die Töne aus seinem Mund kamen, dann sprang er leichtfüßig von der Motorhaube, und wir machten uns daran, den Reifen zu wechseln. Das dauerte zu dritt keine fünf Minuten, obwohl Phillip natürlich keine große Hilfe war, das war sein Leben, und das hieß soviel wie: Jede Nacht besoffen. Für jeden Tag, an dem er nichts trank, klopfte er sich auf die Schulter und sagte: Siehste, ich bin doch kein Alkoholiker. Wenn er zwei Tage nichts trank, kam es ihm vor wie eine Woche, aber er war wirklich kein Alkoholiker, glaube ich. Er trank fast nur abends, und er wurde nicht nervös, wenn es nichts zu trinken gab. Manchmal passierte es ihm sogar, daß er ein, zwei Monate lang nicht trank, weil er die Lust daran verloren hatte.

Ich hatte die ganze Zeit fürchterliche Paranoia, die Bullen könnten vorbeikommen, so etwas passiert immer im ungünstigsten Augenblick, und dann erklär mal, warum du dir gerade diese Stunde der Nacht zum Reifenwechseln ausgesucht hast und warum du keine Autopapiere hast und warum alle eine Fahne haben, versuch das mal jemandem in Uniform zu erklären. Nie, niemals hielten sie einen an, wenn man angeschnallt war und nüchtern und der Führerschein nicht zu Hause zwischen der dreckigen Wäsche steckte.

Beim leisesten Geräusch, das nicht von uns zu stammen schien, schreckte ich auf, viermal halluzinierte ich eine Hand auf meiner Schulter. Ich hatte diese ganze Aufregung so satt, ich wünschte mir in dem Augenblick nichts sehnlicher als ein langweiliges Leben, bei dem man faul und fett wurde, bei dem der Körper nicht alle paar Stunden ein Maximum an Streßhormonen ausschüttete. Ein Leben, bei dem man den ganzen Tag einen konstanten Puls hatte, das wünschte ich mir. Natürlich hätte mich das nach drei Tagen angekotzt, aber das Gras ist woanders immer grüner.

Ich setzte mich ans Steuer und fuhr stadtauswärts bis zum letzten Hotel oder das, was wir zumindest für das letzte Hotel hielten. Es war halb drei, wir waren alle müde. Wir hatten uns entschlossen, pünktlich um elf unsere Zimmer zu verlassen und dann ausgeruht weiterzufahren. Tom hatte vorgeschlagen, einfach die Nacht durchzufahren, aber er hatte ja schon demonstriert, was für ein umsichtiger Fahrer er war, Phillip war unfähig, und ich wollte nur noch schlafen.

Phillip und ich nahmen uns ein Doppelzimmer, Tom ein Einzelzimmer, das war die billigste Variante. Man macht das eben aus Gewohnheit bei solchen Dingen. Mit dem Geld, das ich in der Tasche hatte, hätten wir uns eine Etage im Holiday Inn leisten können. Zumindest entschieden wir uns dafür, die Minibar zu killen, als Schlummertrunk. Jeder Schluck entspannte mich,

ich würde gut schlafen, weit weg von allen Sorgen, tief und fest, ich freute mich darauf.

– Tom ist ein komischer Kerl, sagte ich, einfach so, damit eine Stimme im Raum war, so ähnlich, wie man den Fernseher laufen läßt, ohne hinzusehen.

– Ja, sagte Phillip, die Frauen fliegen auf ihn, keine, die mir nicht erzählt hätte, wie toll er fickt. Ich kann ihn gar nicht richtig einschätzen. Manchmal geht er stundenlang ab wie eine Rakete, und dann kriegt er wieder seinen Arsch nicht hoch. Und das ohne Drogen. Aber weißt du, was seltsam ist? Ich mag ihn, ich mag ihn sehr gerne. Ich habe Angst vor dem, was kommt, ich müßte ihn auf Fehler abklopfen, Schwächen an ihm suchen, ich müßte dahin kommen zu denken: Mit was für einem Scheißer hat Ruth sich da nur abgegeben.

Das hieß viel, wenn Phillip ausdrücklich sagte, daß er jemand mochte. Er war auch nicht sauer gewesen, daß Tom uns diese Lauferei eingebrockt hatte, stellte ich jetzt fest, das war gar nicht seine Art.

– Glaubst du, es wird was laufen zwischen ihm und Ruth? fragte ich.

– Nein, sagte er, nein, das glaube ich nicht … Wenn du zurück willst, wird da keine Tür mehr sein.

Die Minibar war leer, wir legten uns hin. Ich dachte noch eine ganze Weile über den letzten Satz nach. Vielleicht lernte Phillip etwas dazu.

11

Tom war auch nüchtern kein guter Fahrer, er war miserabel, es interessierte ihn einfach alles nicht, er verpennte beide rote Ampeln, die uns am Stadtrand noch aufhalten wollten. Er hatte kein Auge auf den Verkehr und nicht das geringste Gefühl für den Wagen, er gab sich keinerlei Mühe, dabei hatte er morgens gesagt, er würde gerne fahren. Ich hielt meinen Mund, überließ die Sache Phillip, der vorne saß. Nach zwanzig Minuten hielt er es auch nicht mehr aus.

– Du fährst gerne Auto?

– Im Grunde nicht, nur eben hatte ich Lust dazu. Ungefähr drei Minuten lang.

– Laß mich mal.

Die beiden wechselten während der Fahrt, ich machte einfach die Augen zu und zählte langsam bis fünfzehn. Dann hörte ich, wie die Kassette reingeschoben wurde, und die ersten Takte von Freakscene erklangen. Ich machte die Augen auf, Phillip hatte einen Arm aus dem Fenster gestreckt, eine Zigarette im Mund, die Sonnenbrille auf. Wir fuhren, nach zwanzig Minuten Rodeoreiten fuhren wir endlich.

Don't let me fuck up, will you? fragte der Sänger, und ich mochte die Vorstellung, daß da jemand sein konnte, der ein Auge auf einen hatte, der einen vor der größten Scheiße bewahrte, die man todsicher fabrizieren würde, todsicher und wohlwissend, was kommt. Das war meine Lieblingszeile aus dem Song.

Wir hörten alle drei das Lied, und jeder verband bestimmt andere Dinge damit, Tom kannte es vielleicht noch nicht einmal.

Jeder hörte es anders. Das ist, was ich zu erzählen versuche, es kommt darauf an, wieviel von einem selbst in den Dingen steckt.

Naja, wir fuhren, die Kassette lief, es war staubig, trocken, heiß, eine endlose Straße mit ein paar leichten Hügeln und links am Horizont goldene Felsen, gigantisch. Es war alles wie gehabt, alles genauso, wie ich es mochte. In üppiger Vegetation fühle ich mich nicht wohl, da passiert zuviel um mich herum, und es fällt mir schwer, mich auf das Wesentliche zu konzentrieren, was auch immer das sein mag.

Wir kamen gegen drei Uhr an, wir hatten unterwegs an einer Tankstelle gegessen, einem supermodernen Ding mit Klimaanlage und allen anderen Errungenschaften dieses Jahrhunderts. Ich trank dort ein lauwarmes Bier und dachte an Paul, er gehörte zu einer aussterbenden Art von Tankstellenbetreibern, er gab dem Laden Charakter und beschiß seine Kundschaft nicht.

Ruth saß auf der Veranda. Sie sprang auf, als sie uns sah und umarmte zuerst Phillip, dann mich und nach kurzem Zögern auch Tom.

– Du hast mich ja ganz schön sitzenlassen, sagte sie zu ihm und boxte ihm leicht gegen die Schulter.

– Ich war halt trinken, die Chose wurde verwickelt, und ich bin in einer anderen Stadt zu mir gekommen, hehe. Ich habe dir nie etwas versprochen, aber wir waren wunderbar, sagte Tom mit einem Lächeln, das den Henker im letzten Augenblick milde gestimmt hätte.

Ich sah Ruth an, sie wirkte locker, nicht wie jemand, der die Liebe seines Lebens nach zwei Jahren wiedertrifft und dann bangt und hofft. Die beiden hatten ihre Zeit gehabt, und sie wußten es. Auf Phillips Gesicht konnte ich dieses Mal nichts erkennen, ich konnte im Augenblick noch nicht einmal ahnen, was er fühlte. Ich glaube, wenn da eine Hoffnung gewesen wäre, daß Tom und Ruth ihre Liebschaft wieder aufnahmen, etwas in ihm hätte erleichtert aufgeatmet und etwas anderes hätte eine Träne geweint. Aber so wußte ich gar nichts. Ich wünschte mir einen guten Ausgang der Dinge, ich wünschte mal wieder, daß das Schicksal nicht wie ein Gewitter über uns kommen würde. Alleine wäre es manchmal einfacher, aber dann ist man allein.

Wir setzten uns rein, ich versank in einem Sessel, Ruth und Phillip saßen auf dem Sofa, und Tom lag rücklings auf dem Boden, die Arme hinter dem Kopf verschränkt, die Augen geschlossen, so wie ich am liebsten dalag. Eine von Ellens Kassetten lief, Countrymusik, aber nichts, was ansatzweise fröhlich war.

Ich ließ die Katze aus dem Sack, in dem sie halb wahnsinnig geworden war. Ich erzählte meine Geschichte, keinen Schweißtropfen ließ ich aus, kein Zittern, keinen Geldschein und auch kein Bier. Man fühlt sich einfach besser, wenn man so etwas erzählen kann, etwas, das einen gewaltig beeindruckt hat. Im Grunde wollen wir alle teilen, um uns nicht so allein zu fühlen. Die meisten Leute verschweigen das Wichtigste, und deshalb müssen sie ihre Leier immer wieder von vorne anfangen. Ich versuchte den dreien ein großes Bild von meiner Angst und Unsicherheit zu zeichnen, das war eine Geschichte ohne Helden, das war auch eine Geschichte, die ich nie wieder erzählen würde, der Sieg machte einen nicht immer zum Sieger.

Ich verschwieg Sylvie, wer auch immer das gewesen sein mochte. Ich verschwieg sie nicht absichtlich, ich hatte es geschafft, sie zu verdrängen.

Als ich fertig war, stand ich auf und ging in die Küche, ich machte vier Wodka-Kirsch, und als ich zurück ins Wohnzimmer kam, fragte jemand aus den Boxen, was er mit dem Rest seines Lebens anfangen solle, und Ruth lag auf Phillips Schoß. Ich gab jedem sein Glas, und mit meinem ging ich zurück in die Küche, ich goß es um in ein Weizenglas, füllte den Rest auf und ging ins Badezimmer. Ich saß auf dem Wannenrand, während das Wasser einlief. Ich dachte an Ellen, ich rief mir ihr Gesicht ins Gedächtnis, diese hellen grün-blauen Augen, den breiten Mund, das spitz zulaufende Kinn, ihre langfingrige Hand, die sich in meiner Vorstellung nach etwas ausstreckte, das nicht greifbar war. Die Hand, die ein Stück vom Himmel haben wollte, ohne es deshalb gleich rausreißen zu müssen. Diese langen Finger, die ich automatisch mit Magie verband, mit Gefühlen, die so tief gingen, daß niemand darin stehen konnte. Mit langen Finger verbinde ich immer die Idee von Menschen, die nicht den ganzen Tag beim Gehen den Boden mit den Füßen berühren. So eine Metzgerhand zum Beispiel, groß, mit kurzen, wulstigen Fingern, ist für mich ein Symbol für Bodenständigkeit, rohe rationale Kraft, Erdverbundenheit. Was soll schon mehr über die Handlungen eines Menschen aussagen, als seine Hand? Man sagt doch auch Langfinger zu Leuten wie mir, das heißt doch nur, daß ich mich nach Sachen ausstrecke, die mir nicht gehören, auch dann nicht, wenn ich sie in meinen Besitz bringe. Was ich klaue, sind doch nur Illusionen, aus der Mode geratene Liebschaften, die viel zu früh vergessen worden sind. Ich will ja auch mehr, ohne an Besitz zu glauben, ich will ja auch etwas, das schwieriger ist, als einen Sack voll Eier zu hüten.

Ich zog mich aus und legte mich in die Wanne, trank das halbe Glas runter und schloß die Augen, Ruhe.

Als die Tür plötzlich aufging, schreckte ich hoch, Ellen stand da und war genauso erstaunt wie ich. Für einen kurzen Moment dachte ich, ich wäre eingeschlafen und würde das nur träumen, aber dann sah ich mein Glas auf dem Wannenrand stehen, und es war halbvoll. In meinen Träumen gibt es nur volle oder leere Gläser, ich war im wirklichen Leben.

– Oh, das hat mir keiner gesagt, daß du hier bist. Ich brauche nur eben meine Creme.

Ich lächelte, und sie ging an den Schrank, sie stand jetzt mit dem Rücken zu mir, und ich betrachtete ihre Haare. Sie nahm sich eine Dose, drehte sich um und schenkte mir einen Blick, einen von vollkommener Schönheit, einen, den ich nie wieder vergaß.

Zum Abendessen hatte Phillip Hühnchen in Erdnußsoße gezaubert, dazu Reis und ein exotisches Gemüse, er hatte sich selbst übertroffen und wurde von allen Seiten gelobt. Wir tranken Rotwein und lachten viel, und nachdem ich mit Ruth den Tisch abgeräumt hatte, schlug Ellen vor, uns die Karten zu legen. Phillip hielt das für Schnickschnack, er hatte keine Lust und setzte sich mit einer frisch entkorkten Flasche auf die Veranda. Tom war begeistert, Ruth auch, und ich, ich hatte ein etwas ungutes Gefühl, war aber neugierig. Ich glaube den Karten, dem Kaffeesatz, ich glaube an das, was die Handleserin mir vor vier Jahren prophezeit hat. Es gibt so etwas wie ein Schicksal. Ich glaube zwar, daß jeder die Macht hat, es zu beeinflussen, aber es ist mir trotzdem unheimlich. So lange man nicht genau weiß, was man tut, macht man vieles richtig, wenn man nur mit dem Herzen bei der Sache ist. Wenn man aber versucht, etwas Bestimmtes zu verhindern, dann kann man sich sicher sein, daß der Versuch in die Hose geht. Jeder kann auf einem dreißig Zentimeter breiten Brett balancieren, kilometerlang, aber wenn man den Abgrund unter sich sieht, tritt man daneben. Meine Unwissenheit hat mich schon weit gebracht in meinem Leben.

Ellen legte zuerst Ruth die Karten und strahlte dabei. Sie sagte etwas von neuen Verbindungen mit großer Zukunft, beglückenden Erfahrungen und Beweisen, die deutlicher nicht sein konnten.

– Und dann ist da etwas, das mit Luft zu tun hat, aber man kann es nicht genau erkennen. Vielleicht eine Luftveränderung, vielleicht macht die Luft dich glücklich, vielleicht fehlt sie dir.

Dann war Tom an der Reihe, und Ellens Gesicht verfinsterte sich. Sie prophezeite einen Aufbruch zu neuen Ufern, einen unzeitgemäßen Abschied, und dann wurde ihre Ausdrucksweise schwammig. Es konnte alles und nichts hießen, Ellen sah verängstigt aus, einen Moment lang dachte ich, sie würde schreien oder schluchzen, es schien zuviel für sie zu sein, etwas Bedrohliches lag in der Luft, aber Tom lachte nur.

– Ich will nur wissen, wann ich das Geld haben werde, mir eine neue Gitarre zu kaufen, hehe.

Ellen sah ihm in die Augen, und mit leiser Stimme sagte sie:

– Die Karten sagen, du wirst nicht mehr Gitarre spielen.

– Scheiß drauf, Tom.

Ich versuchte die Situation zu retten.

– Ich hab viel Geld, morgen gehen wir dir eine Gitarre kaufen. Das wollen wir doch mal sehen, ob die Karten nicht dringend Kontaktlinsen brauchen.

Wir lachten, aber es war kein echtes Lachen, die Stimmung war dahin. Ich nahm Ellen die Karten aus der Hand und zeigte den anderen ein paar Taschenspielertricks. Nach einer halben Stunde hatte ich sie in meinen Bann gezogen, der Vorfall war so gut wie vergessen. Ich hätte wahrscheinlich ein guter Falschspieler werden können, nur habe ich keine Geduld und halte Perfektionismus für eine Krankheit, die einem das ganze Leben versaut.

Phillip kam rein, und wir spielten noch ein paar Runden Mau-Mau, bis alle müde wurden und ins Bett wollten. Tom wollte auf der Couch im Wohnzimmer schlafen, obwohl in unserem Zimmer noch Platz für eine Matratze war. Im nachhinein wüßte ich gerne, ob das Berechnung war.

Normalerweise schlafe ich durch, kein Baustellenlärm kann mich morgens stören, kein Gewitter mich nachts wecken, ich wälze mich selten mit krampfhaft geschlossenen Augen von einer Seite auf die andere. Ich habe schon mal Alpträume, die mich aus dem Schlaf reißen, aber das ist eher selten. In jener Nacht wachte ich jedoch auf. Ich hatte Durst, und meine Blase war randvoll. Ich stand auf, pinkelte und ging runter in die Küche, um einen Schluck Milch zu trinken. Da hörte ich die

Geräusche aus dem Wohnzimmer, ein leises Quietschen und dazu zwei Stimmen, die eine lustvolle Melodie sangen. Das war kein Stöhnen, wie man es kennt, das war wirklich eine Melodie, wunderschön und weich. Tom brummte tief aus dem Bauch raus, ein sanfter, kraftvoller Baß. Was Ruth von sich gab, war wie Honig, hohe Töne, anschmiegsam, golden. Ich schritt langsam auf die Tür zu, es war nur die Neugier, zu sehen, ob Tom irgend etwas ganz anders machte, vielleicht einen gewaltigen Schwanz hatte oder sonst irgendeinen Vorzug. Am besten etwas, das man sich abkucken konnte.

Missionarsstellung, eng umschlungen, erkannte ich im Dunkeln. Ich sah in diesem Licht die Gestalten nur schemenhaft, und ein Trick war bei der Beleuchtung auch nicht zu erkennen. Da verzogen sich ein paar Wolken vom Mond, der dann sein silbernes Licht ganz allmählich ins Zimmer schüttete. Es war ein kleines Wunder, meine Gebete wurden erhört, ich konnte den größten Frauenbeglücker auf Erden beobachten. Sein Hintern hob und senkte sich sehr langsam, sie hatte die Beine darüber gekreuzt, mir fiel nichts Außergewöhnliches auf. Sie küßten sich, er hatte seine Hände auf ihren Wangen, und – sie war blond. Ellen.

Ich ging leise wieder hoch, legte mich hin und starrte ins Dunkel. Wenn es Ruth gewesen wäre, hätte es mich nicht gestört, es hätte mir wahrscheinlich noch nicht mal für Phillip leid getan. Aber Ellen ... Warum tat mir das weh? Ich träumte später mit Tränen in den Augen von Außerirdischen, die mich entführten.

Morgens beim Frühstück sah ich Tom an und prüfte gewissenhaft meine Gefühle. Ich mochte ihn, er konnte bumsen, wen er wollte, ich mochte ihn, und als ich ihn neben Phillip sitzen sah, fiel mir wieder auf, wie ähnlich sich die beiden sahen. Sie waren in einem früheren Leben bestimmt Geschwister gewesen. Tom bewegte sich aber völlig anders als Phillip, er schlurfte rum, ließ die Schultern nach vorne fallen, und man hätte glauben können, er besitze zu wenig Energie.

Dann sah ich Ellen an, auch sie mochte ich sehr gerne. Ich versuchte herauszufinden, ob sie öfter lächelte als sonst oder besser gelaunt war, aber so etwas ist immer ein schwieriges Unterfangen, nach einiger Zeit fängt man an, Kleinigkeiten zu große Bedeutung beizumessen.

Trotzdem störte es mich, daß sie miteinander geschlafen hatten. Sie ließen sich nichts anmerken, und ich fragte mich, wie es wohl dazu gekommen war. Hatte Tom den ersten Schritt getan, gab es da ein stilles Einverständnis, hatte er deshalb auf der Couch geschlafen, wurden Frauen feucht, sobald sie ihn nur ansahen, oder war Ellen neugierig gewesen, nachdem Ruth so geschwärmt hatte?

Nach dem Frühstück setzte ich mich mit Tom ins Auto, ich hatte das Geld eingesteckt, und wir fuhren, eine Gitarre kaufen. Tom hatte es zuerst ablehnen wollen, aber ich hatte ihn überredet, er könne ja zwei, drei Wochen darauf rumspielen und sie dann verkaufen und mir das Geld geben. Das leuchte ihm ein, sagte er, und wir wußten beide, daß wir uns belogen.

Im Laden spielte Tom auf ein paar Dingern rum, der Verkäufer war so ein ganz junger mit Krawatte, der den Verstärker auf Zimmerlautstärke drehte und in einer Tour von Satriani schwärmte. Mir fiel auf, daß Tom mit dem Verkäufer genauso redete wie mit uns. Er duzte ihn völlig ungehemmt, und man hätte glauben können, er sei hier, um einem alten Freund eine Gitarre abzukaufen. Er schien über den Punkt hinaus zu sein, an dem einen die Umwelt noch stark beeinflußt. Er schien in einer eigenen Welt zu leben, und ich fragte mich, ob er sich die im Laufe von Jahren voller Drogen gebastelt hatte.

Als der Verkäufer gerade ein Modell holen ging, nach dem Tom gefragt hatte, drehte Tom den Verstärker voll auf, stellte sich davor, ging leicht in die Knie und grinste. Es war ein riesiger

Laden, so einer, wo Mütter ihren Kindern die erste Blockflöte kaufen, um sie zu quälen, oder das erste Klavier, je nach Finanzlage. Ein Laden, in dem Mitglieder des städtischen Orchesters ihre Violinen, Celli und Triangel kauften. Tom schrammte in die Saiten, die Rückkopplung fiepte in meinen Ohren, und dann drehte er sich vom Verstärker weg, und ich erkannte die ersten Takte von Iron Man. Alle starrten uns an. Rockstars Tom und Jesse. Ich fing aus lauter Übermut an zu singen – und ich kann wirklich nicht singen. Has he lost his mind, can't he see or is he blind, weiter kam ich leider nicht, denn der Verkäufer kam angehetzt, die Krawatte hing ihm über die Schulter, und Schweiß stand ihm auf der Stirn, obwohl es noch gar nicht so heiß war. Er schaltete den Verstärker aus und sagte:

– Ich muß doch sehr bitten, meine Herren.

– Die hier nehme ich, hehe, sagte Tom und schnallte sich die Gitarre ab, ich wollte schon immer eine haben, die Black Sabbath spielen kann.

So endete meine kurze Karriere als Rocksänger in einer Zwei-Mann-Band. Ich zahlte einen schönen Haufen Geld, wir packten die Gitarre mitsamt Verstärker ins Auto und machten uns auf den Heimweg. Als wir an einem Elektrogeschäft vorbeifuhren, fragte ich Tom, ob er es eilig habe, nach Hause zu kommen, wenn wir schon mal im Zentrum waren, konnten wir gleich noch einen Videorecorder mitnehmen, der fehlte in Ellens Haushalt.

– Du willst deine ganze Knete auf einmal verprassen? fragte Tom.

– Ne, sagte ich, sieh mal diese Riesendinger sind so anonym, und sie bauen die Kameras immer an den falschen Stellen ein. So ein Videorecorder kostet dich nur ein wenig Zeit und Nerven, und soviel Geld wie ein mittelprächtiger Deckel. Komm mit, ich zeig's dir.

Es waren mindestens dreißig Videorecorder ausgestellt, ich suchte mir ein Modell der Mittelklasse, bei dem das Preisschild fehlte, aus, Tom postierte sich günstig, und innerhalb von sieben Sekunden hatte ich das Ding ausgestöpselt und unter meinen Arm geklemmt. Keiner hatte mich gesehen. Natürlich konnte man damit jetzt nicht einfach so rausmarschieren, das wäre eine einzige Dummheit gewesen. Mit verwirrtem Gesichtsausdruck trabte ich auf dem nächstbesten Verkäufer zu.

– Entschuldigen Sie bitte, Herr äh, ich habe hier einen Recorder, der zur Reparatur muß. Äh, wo ist denn der Kundendienst?

Er begleitete mich runter in den Keller, und dort erklärte ich einem dicken Mann, daß ich umgezogen war, von weither kam und eigentlich noch Garantie auf diesen acht Monate alten Recorder hatte.

– Die Garantie gilt natürlich nur bei dem Händler, bei dem Sie das Gerät erstanden haben.

– Ja, wissen Sie, das Standbild wackelt immer so, ich bin besorgt, daß das ein Anzeichen dafür ist, daß er bald kaputtgeht. Könnten Sie das bitte einfach mal überprüfen, ich bin gerne bereit, dafür zu bezahlen.

Er nahm meinen Namen und Ellens Adresse auf, ich hieß jetzt Jeffrey Osterwald, ich bekam einen Wisch in die Hand und die Zusage, daß das Gerät in der hauseigenen Werkstatt überprüft werden würde, Ende nächster Woche konnte ich es abholen.

Während ich im Keller war, hatte Tom MTV geguckt, Frauen wackelten mit den Ärschen, wie gehabt, wir fuhren zurück. Frauen wackeln überall auf der Welt mit den Ärschen, meistens wollen sie einen verrückt machen.

Im Auto fragte ich Tom nach den Drogen.

– Ich habe wohl soviel Zeug geschmissen, daß meine Persönlichkeit völlig degeneriert ist. Aber was auch immer du nimmst, irgendwann wirst du paranoid. Und wenn du dann aufhörst wie ich, hast du ein leichtes Leben. Nie wieder Paranoia, hehehe.

Es klang nicht nach der Wahrheit, es klang ausgedacht, aber er hatte keine Lust, mehr darüber zu sagen, und ich wollte nicht weiterbohren. Ich fragte mich, was wohl Paranoia verursachte, die Drogen selbst oder die Tatsache, daß sie illegal waren?

Tom konnte gut spielen, ich verstehe zwar nicht besonders viel davon, aber er schien wirklich sehr gut zu sein, mit ein bißchen Ehrgeiz hätte er es sehr weit bringen können. Er saß draußen auf einem Schaukelstuhl, die Füße hochgelegt, und spielte wie ein Gott. Dazu improvisierte er auch noch Texte. Er konnte keinen Deut besser singen als ich, aber es war grandios. Wenn Ruth vorbeikam, sang er jedesmal: Hey, Schönheit, wohin gehst du, und er komponierte auch gleich noch ein Boxerlied für Phillip. Er coverte Billy Bragg oder verhunzte Johnny Winter, das war dann doch eine Nummer zu groß für ihn. Es machte Spaß, neben ihm zu sitzen und ihm zuzuhören, er konnte den ganzen Nachmittag spielen, und wir beschlossen, noch ein paar Effektgeräte zu kaufen, um das Ganze abwechslungsreicher zu gestalten.

– Warum spielst du nicht in einer Band? fragte Ellen eines Tages.

– Ich habe schon in vielen Bands gespielt, antwortete Tom, nur liegt mir das nicht. Da muß man sich mit so vielen anderen einigen. Die wollen vielleicht gerade Like a hurricane proben, wenn du Lust auf Puke&Cry hast, die wollen vielleicht nur Groupies bumsen und reich und berühmt werden, he. Ich will nur Gitarre spielen, und wenn nicht, ist es auch okay. Es ist nicht meine Bestimmung, in einer Band zu spielen, hehe.

Zu diesem Zeitpunkt hatten alle Ellens Kartenkünste vergessen, Tag für Tag spielte Tom, und es wurde nie langweilig, wir hingen den ganzen Tag ab, faul und lässig, meistens mit einer Dose Bier in der Hand, auf der Couch, auf dem Hinterhof, auf der Motorhaube, manchmal vor dem Fernseher. Wir hatten keine Sehnsüchte, wir waren wie Menschen, die ihr Leben verwirkt haben, die nichts mehr zu erwarten haben als eine himmlische Schlaffheit, eine paradiesische Lethargie. Ich wußte, daß alles von einer Sekunde auf die andere zusammenbrechen konnte, Phillip wartete geradezu zwanghaft darauf. Wenn nicht von einer Sekunde auf die andere, so mußten Phillip und ich uns doch irgendwann entscheiden. Er wollte immer noch in eine neue Stadt, und genaugenommen, erklärte ich ihm, war das hier doch die beste neue Stadt, die uns passieren konnte.

Ruth und er balgten sich öfter rum, streichelten sich, es glimmte, es war nur eine Frage der Zeit, wann die Flammen auflodern würden. Phillip wußte immer noch nicht so recht, sagte aber, er bewege sich Richtung Einbahnstraße, das war auch meine Meinung, ich gab den beiden nicht mehr viel.

Ellen schlief nicht mehr mit Tom, zumindest bekam ich nichts davon mit, und ich schlich mich öfter nachts runter, um das zu überprüfen.

Eines Nachts, genauer gesagt in der Nacht, bevor sich unser Leben wieder änderte, in der Nacht, die uns noch von dem Videorecorder trennte, wachte ich auf, einer dieser schlimmen Träume, die man zum Glück sofort vergißt, und Phillip war nicht da. Ich lächelte vor mich hin, horchte auf Geräusche, konnte nichts hören, aber ich glaubte zu wissen, was da passierte. Ich drehte mich um und schlief wieder ein.

Ruth konnte man es morgens ansehen, sie strahlte, sie sah aus, als habe sie nach einer langen sexuellen Durststrecke das Erlebnis ihres Lebens gehabt. Sie legte ihre Hand beim Frühstück auf Phillips Knie, sie küßten sich Krümel aus den Mundwinkeln, ich freute mich für Phillip, obwohl ich ihm genau ansehen konnte, daß er sich nicht fallenlassen wollte. Oder vielleicht nicht konnte, ich will ihm da kein Unrecht tun.

Es war ein Samstag, Ellen hatte frei, und wir wollten alle zusammen in die Stadt reinfahren. Ich wollte den Recorder abholen, danach konnten wir ins Kino gehen, ein Eis schlemmen oder sinnlos Geld ausgeben, es versprach, ein toller Tag zu werden. Tom wollte lieber zu Hause bleiben, er wirkte gleichgültig, ich verstand zum ersten Mal, was Ruth und Brenda an ihm auszusetzen hatten. Er war zu nichts zu begeistern an diesem Tag, völlig willenlos starrte er aus dem Fenster und sprach nur, wenn er gefragt wurde. Selbst dann beschränkte er sich auf ja, nein, vielleicht und weißnich. Er wirkte dabei überhaupt nicht deprimiert, er hatte einfach nur keine Lust und fühlte sich anscheinend wohl in seiner Haut. Ich hätte seine Gitarre zerschmettern können, und es hätte ihm nichts ausgemacht, da bin ich mir ziemlich sicher.

Tom blieb also zurück, Ruth setzte sich ans Steuer des Kombis, und wir fuhren los. Sie setzten mich am Elektroladen ab und wünschten mir alle drei viel Glück. Ellen legte mir die Hand auf die Schulter und lächelte mich an: Laß dich nicht erwischen, Jesse.

Das hatte ich schon mal gehört, mir konnte eigentlich nichts passieren, die schönen Frauen dieser Welt meinten es gut mit mir.

Ich war kaum aufgeregt, das hier war mein Element, das war keine Erpressung, vielleicht war das Risiko größer, aber ich betrieb das hier fast schon professionell. Natürlich konnten sie mittlerweile festgestellt haben, woher das Gerät stammte, aber das war unwahrscheinlich. Selbst wenn sie es wußten, niemand konnte mir nachweisen, das Ding aus dem Regal geholt zu haben. In Zweifelsfall immer für den Angeklagten.

Mit dem Abholschein in der Hand ging ich in den Keller, ich besaß alle Coolness der Welt, ich war der König der Diebe, und keiner würde mich je erwischen, ich war der größte Lügner, Betrüger, Schwindler und Kleptomane unter der Sonne. Ha! Ich lächelte dem Dicken ins Gesicht, flötete ein guten Morgen und reichte ihm das Papier.

– Achja, zahlen Sie bitte hiermit an der Kasse die Kosten für die Überprüfung, und kommen Sie mit dem Beleg zurück, damit ich Ihnen das Gerät aushändigen kann.

Ich tat brav, wie mir geheißen worden war, und freute mich

unbändig. Drei Minuten später hatte ich den Recorder unter dem Arm, schön mit einem Streifen Klebeband verziert, auf dem der Name des Ladens in Neonbuchstaben prangte. Ich spazierte raus. So einfach war das.

Ich wurde mit Jubel empfangen, die Sonne stand kurz vor dem Zenit, ich war erfolgreich, es gab um die Ecke diese göttliche Eiscreme, es war ein geiles Leben heute.

Es war drei Stunden, ein Eis und ein paar Frozen Magarita später, als wir uns auf den Heimweg machten. Man sieht immer nur das, was man vor Augen hat, dachte ich später, viel später. Die Welt ist riesig groß, da kann man keinen Überblick bekommen.

Wir flachsten rum, Phillip fuhr, und wir dachten uns Namen für Filme aus, von denen wir wünschten, daß sie gedreht und auf Video veröffentlicht werden würden. Kevin allein unter der Dampfwalze. Monstermuttis aus dem All. Haß, Gewalt und Klassenkampf. Ein Remake von Braindead mit Henry Rollins und Daryl Hannah in den Hauptrollen. Definitiv neun mm. Besuch mich, ich will dir weh tun. Phillip fand den letzten Titel zu lang, aber wir waren ja alle intelligente Menschen. Die Filme mußten doch Titel haben wie: Zwei manisch-depressive Arschlöcher gegen die Killerkakerlaken. So mußten gute Filme heißen. Oder: Wenn er zwischen die Schenkel will, dann laß ihn doch. Wir hatten eine Menge Spaß. Das wäre vielleicht auch ein guter gewesen.

Wir sahen das Haus bereits zu unserer Linken, es lag gut fünfzig Meter von der Straße entfernt. Ein Wagen auf der Gegenfahrbahn bog rechts ab und steuerte auf dem Sandweg auf das Haus zu. Ich sah Ellen an, und sie zuckte mit den Schultern. Man konnte Tom auf der Veranda sitzen sehen. Wir bogen auch ab, gute vierzig Meter trennten uns jetzt noch von dem blauen BMW. Phillip reagierte nicht besonders schnell, ich aber auch nicht, muß ich gestehen. Der BMW hielt zehn Meter vor dem Haus, jemand stieg aus, es lag auch an dem ganzen Staub, den der

Wagen aufgewirbelt hatte, daß man ihn nicht erkennen konnte. Er rannte auf Tom zu und ballerte ihm aus einigen Schritten Entfernung den Kopf weg. Es ging schneller, als jemand von uns denken konnte. Phillip machte eine Vollbremsung, schrie Hühnerkacke, wendete und gab Vollgas. Jan erschießt Tom.

12

Später machten Phillip und ich uns natürlich Vorwürfe, Jan fuhr normalerweise ein anderes Auto, aber wir hätten ihn trotzdem erkennen müssen. Phillip fühlte sich besonders schlecht, Tom war nur gestorben, weil er ihm ähnlich sah und Jan kurzsichtig war.

Aber bevor wir auf solche Ideen kamen, trat Phillip das Gaspedal durch den Boden und jagte zurück in Richtung Stadt, wir waren still und wir schwitzten. Alle vier Sekunden drehte ich mich um und starrte nach hinten – kein Auto. Wie lange würde Jan brauchen, um seinen Irrtum zu bemerken? Die Tätowierungen würden wohl ausschlaggebend sein, den Schädel hatte er ja fortgeblasen. Vielleicht sah er nicht hin und würde es nie merken, vielleicht hatte das jetzt ein Ende, zu irgend etwas mußte diese Ungerechtigkeit doch gut sein.

Als die Stadt in Sicht kam, fing Ellen an, leise zu weinen, und Ruth brüllte. Kein hysterisches Frauenkreischen, ein Gebrüll aus Wut, aus purer Wut, dieses Gefühl der absoluten Machtlosigkeit, völlig hilflos ohne Waffen in der Hand dazustehen und keinen Einfluß auf den Gang der Dinge zu haben. Wut entstand aus dieser Ohnmacht, und Wut brachte einen nirgendwohin, außer zu brüllen, zu brüllen, bis die Stimme versagte. Es klang, als würden ihre Stimmbänder zerreißen.

– Welche Richtung? fragte Phillip, als wir in der Stadt waren.

– Westen, sagte ich, und Ellen sagte:

– Die alten Ägypter glaubten, daß da das Reich der Toten ist.

Das hatte wohl seine Richtigkeit, aber ich wünschte, sie hätte den Mund gehalten. Es war, glaube ich, Timothy Leary, der die Theorie aufgestellt hat, daß die Intelligentzija im Laufe der Zivilisation immer weiter westwärts gezogen ist, aber das spielte jetzt alles überhaupt keine Rolle.

Wir nahmen die Straße nach Westen, Phillip überfuhr fast zwei kleine Kinder, aber er ging nicht vom Gas, die Reifen quietschten in jeder Kurve. Ich glaube, keiner von uns war in der Lage, irgend etwas Zusammenhängendes zu denken, eine dunkle, schwere Leere war in meinem Kopf, ich fühlte mich ein wenig so, wie ich mich gefühlt hatte, als Phillip von meiner Mutter erzählte, der freie Fall, wie in einem Traum.

Es muß nach etwa zwei Stunden gewesen sein, als ich ein wenig zu mir kam, merkte, wie flach meine Atemzüge waren und wie sehr jeder einzelne Muskel in meinem Körper angespannt war. Ich versuchte lockerzulassen, aber es gelang nur teilweise. Ich sah die anderen an. Phillip hatte einen Blick drauf, der ausgereicht hätte, um einen Gegner im Ring zu vernichten, einen Blick, daß ich ihm ohne weiteres zugetraut hätte, vierzig Stunden ohne Zwischenstopp zu fahren. Ellen sah traurig aus, so unendlich traurig. Es ist schwer, Worte dafür zu finden. Vielleicht: wenn es einen Brunnen der Trauer gäbe, aus dem jeder in seinem Leben dann und wann trinken muß, hätte Ellen in diesem Augenblick sprachlos auf dem Grund des Brunnens gesessen.

Ruths Gesicht hatte an Farbe verloren, ihre Fäuste waren geballt, ihre Augen geschlossen. Zum ersten Mal sah sie grimmig aus, böse, böse bis zur totalen Vernichtung, zornig genug, um die ganze Welt zu brandschatzen und dann unbefriedigt da zu stehen. Es machte mir angst.

Die Tankanzeige war schon seit mindestens zwanzig Minuten im roten Bereich, als Phillip an einer Tankstelle hielt. Wir stiegen alle aus, ich ging auf Toilette und pinkelte. Ich hatte die ganze Zeit über nicht gemerkt, daß ich mußte. Alles erschien mir unwirklich und gleichzeitig brutal real. So als habe man die letzten

Jahre in einem Traum verbracht und werde jetzt mit der Wirklichkeit konfrontiert, die so weit weg gewesen war, die man zwar anerkannte, die aber fremd wirkte, unwirklich.

Völlig geistesabwesend betrat ich dann den Laden, kaufte Erdnüsse, Sandwiches und Jägermeister, der schmeckte süßer als Kuemmerling, das konnten wir jetzt besser vertragen. Wahllos griff ich mir ein paar Zeitschriften und ein paar Schokoriegel. Es spielte sowieso keine Rolle.

Die Mädchen standen beide mit nassen Haaren am Auto, das jetzt nicht mehr an der Zapfsäule war. Phillip hockte auf der Wiese, den Kopf zwischen den Knien. Ich reichte ihm die Flasche, nachdem ich den Rest der Sachen auf den Rücksitz geschmissen hatte. Er blickte auf, sah den Jägermeister an und schüttelte den Kopf.

Ruth stellt sich neben mich und nahm mir die Flasche aus der Hand. Klickklickklickklick zerrissen die Metallfäden, die den Verschluß festhielten, ein Geräusch, als würde man Pistolen entsichern. Dann trank sie zwei, drei gewaltige Schlucke.

– Wir können ihn doch anzeigen, der bekommt mindestens zehn Jahre für so etwas, wir sind alle Zeugen.

Das war Ellen. Phillip gab ihr ein gehässiges Lachen.

– Und was bitteschön sollen wir den Bullen erzählen, wo er ist? Oh, Herr Kommissar, da ist ein beschissener Psychopath hinter mir her, der will mich umbringen. Der hat schon mal jemand umgebracht, ich hab's genau gesehen, ehrlich. Und was macht dein Freund und Helfer? Der weiß doch gar nicht, wo er suchen soll. Sollen die mich in Schutzhaft nehmen, oder soll ich irgendwo so lange ausharren, bis er wiederkommt, und dann mit dem Finger auf ihn zeigen und sagen: Der ist es gewesen. Da steht der größte Psychopath auf Erden, ein Wahnsinniger, der mich killen will, weil ich mit seiner Frau geschlafen habe. Danke, du bist eine große Hilfe. Ich bin von Vollidioten umgeben, ich kann doch nicht den Rest meines Lebens vor diesem Trottel fliehen, ich habe auch keine Lust, das Land zu verlassen, nur weil sich ein Verrückter so aufspielt.

– Vielleicht gibt er es irgendwann auf.

– Toll, ganz toll, Jesse. Der ist doch geistesgestört. Vielleicht gibt er es auf. Vielleicht auch nicht. Grandiose Idee, nicht zu überbieten.

Ruth hockte sich neben ihn und legte ihre Hand auf sein Knie. Er fegte sie grob beiseite.

– Hast du womöglich auch eine Idee? Oder nur Scheiße im Kopf?

Langsam hatte ich genug, ich konnte ihn verstehen, glaubte ich, aber das hieß nicht, daß er sich wie ein Arschloch benehmen mußte.

– Geh uns jetzt nicht auf die Eier, Phillip, er will dich. Du kannst den Wagen haben und zusehen, wo du bleibst, wenn du Lust hast. Wir fliegen dann nach Hawaii und machen uns ein schönes Leben.

Man kann in so einem Moment selbst einem Freund nicht sagen, daß er ehrlich sein soll, daß er sich nur so benimmt, weil es ihm weh tut und er das nicht zugeben will.

Er stand auf und kam zwei Schritte auf mich zu, ich bekam Angst, ehrlich, meine Hände fingen an zu zittern. Wir hatten uns noch nie geschlagen, aber es war klar, daß ich den kürzeren ziehen würde, falls es dazu käme.

– Dann verpiß dich, du Klugscheißer, auf dich ist sowieso niemand angewiesen, verpiß dich doch.

– Hee, sagte Ruth, jetzt mal locker hier. Ich war noch nie in so einer verkackten Situation. Entweder wir bleiben zusammen, dann entscheiden wir auch zusammen, oder wir trennen uns, aber was ihr hier macht, ist einfach nur Scheiße.

Phillip ließ sich auf den Rücken fallen, streckte die Beine aus und starrte in den Himmel. Du läufst herum mit deinem Kopf in den Wolken, und es macht alles keinen Sinn. So lautete eine schöne Zeile aus einem guten Song, der mir in den Sinn kam. Wir schwiegen, und ich kann nicht sagen, wer sich wohl am schlechtesten fühlte. Nach einiger Zeit sagte Phillip ohne jeden Groll:

– Ist besser, wir trennen uns, denk ich, das ist ja wohl doch ganz allein meine Sache, wie es aussieht.

– Das haben wir ja noch nie gemacht, sagte ich, da muß der Mond schon viereckig werden, damit so etwas passiert.

– Ich will bei dir bleiben, schloß Ruth sich an.

– Laßt es uns zu viert versuchen, schlug Ellen vor, laß uns fahren.

Es klang wie eine Bitte.

– Und irgendwann kommt dieser Psychopath und schießt uns über den Haufen, grummelte Phillip.

– Es ist jeden Tag heute, Phillip, es ist jeden Tag der gleiche Film, laß uns fahren ... Die Vergangenheit kann dich gar nicht einholen, laß den Scheißdingen ihren Scheißlauf. Immer weiter in den Sonnenuntergang. Ich fahre das nächste Stück.

Phillip sah mich an, und ich wußte, wo sein Problem lag, ich wußte, was das Hindernis war. Er dachte viel mehr an andere und an Sachen wie Verantwortung, als er zugab, er fühlte sich einer Ehre, einer Moral verpflichtet, die ich nicht genau kannte. Es war das, was in jedem von uns schlummern sollte.

– Wir sind alle keine kleinen Kinder, wir sind nicht blind und doof. Wenn wir jetzt zusammenbleiben, hat das jeder freiwillig entschieden. Das ist dann unser Ding, da kannst du nichts für, egal was passiert, keiner kann sagen, er hätte nicht gewußt, worauf er sich einläßt.

– Ich wasche meine Hände in Unschuld, meinte Phillip, und ein halbes Grinsen glitt über sein Gesicht. Aber so leicht war sein Gewissen nicht zu beruhigen, das wußte ich.

– In Unschuld haben schon so viele Schweine ihre Hände gewaschen, die Unschuld ist nur ein einziger Dreckstümpel.

Ich setzte mich hinters Steuer, und wir fuhren der untergehenden Sonne entgegen. Wie schön wäre es, dachte ich, wenn man so schnell fahren könnte, wie die Erde sich dreht und dann immer diesen Sonnenuntergang vor Augen hätte. Ich versuchte auszurechnen, wie schnell das sein würde, aber meine Bildung ließ mich im Stich, ich vergaß die ganze Sache wieder und hörte dem Mann mit dieser nöligen Stimme zu, wie er etwas von Kathleen nuschelte. Ein wunderbarer Song, er sang etwas davon, wie er sie bald sehen würde und wie die Sonne seltsamerweise nicht schien und daß er sich sowieso nicht nach Sonnenschein fühlte. Sehr traurig das Ganze, paßte irgendwie. Paul hatte nur die erlesensten Juwelen genommen, das machte ihm so schnell keiner nach.

Wir hatten keine Karte, aber Westen ist immer da, wo die Sonne untergeht, das ist eine der wenigen Sachen, auf die man sich verlassen kann. Ich nahm die nächste nicht ausgeschilderte Abzweigung, wir würden einfach über die Dörfer fahren. Ich sah mich einen kurzen Augenblick lang bei meiner Mutter sitzen, deshalb hatte ich auch Westen gesagt. Wenn das Schicksal uns schon vor sich her trieb, so wollte ich doch wenigstens auf die eine oder andere Art einen Profit daraus schlagen. Wenn wir schon kreuz und quer durch dieses Land fuhren, konnte ich die Gelegenheit nutzen, um meine Mutter kennenzulernen. Niemand würde mich zwingen können dazubleiben, wenn ich keine Lust mehr hatte. Es war nur so eine vage Idee, genausogut konnten wir uns irgendwo am Strand vergnügen.

Von der Straße aus konnte man rechts eine kleine Holzhütte sehen, ich steuerte durch riesige Schlaglöcher darauf zu. Alle waren seit Einbruch der Dunkelheit merklich ruhiger, keiner sagte etwas, die Luft knisterte nicht mehr, selbst der scharfe Geruch nach Angstschweiß verzog sich allmählich. Ich fuhr auf die Hütte zu, weil ich an das Glück glaube. Ich erwartete, einen alten Mann anzutreffen, der uns jungen Leuten wohlgesonnen war. Jemand, der den ganzen Tag in langen Unterhosen rumlief, jemand, der sich freuen würde, uns für ein Entgelt bei sich schlafen zu lassen. Der Tag hatte gut angefangen, dann war alles zusammengestürzt, wir hatten Prügel bezogen wie noch nie, jetzt mußte das Leben uns einen alten, weisen Mann schenken, der Bier trank und laut furzte. Jetzt sollte etwas Gutes kommen.

Aber die Hütte war leer, wir klopften an, riefen, nichts passierte. An der Tür war ein Vorhängeschloß, das nicht zugeschnappt war, ich nahm es ab und machte auf. Ich sah einen Flur, von dem links und rechts jeweils ein Zimmer abging und an dessen Ende ein Kühlschrank stand. Ich ging rein, und Ruth und Ellen folgten mir zögernd. Phillip blieb vor der Tür stehen.

– Was wollen wir hier? fragte Ruth, ihre Stimme versagte fast, ein heiseres Gekrächze, die ersten Worte nach Gebrüll und einer langen Zeit des Schweigens.

– Das ist ein wunderbarer Platz zum Schlafen, hier findet Jan uns nie.

– Aber vielleicht kommt der Besitzer, hält uns für Einbrecher und geht mit einem Gewehr auf uns los.

– Ach ne, das glaube ich nicht.

Ich war wieder sorglos wie immer, ich ging zum Kühlschrank und machte ihn auf. Sechs Packungen Toastbrot, etwas Butter und gut vierzig Dosen Bier. Ich sah mir auch noch die Zimmer an, in einem stand ein kleines Radio, ein Toaster, ein Tisch und ein Stuhl, in dem anderen ein Doppelbett und zwei Matratzen übereinandergelegt in einer Ecke, ziemlich schäbig das Ganze. Aber ab und an muß man etwas geschenkt bekommen, das erleichtert die Sache ungemein.

Phillip kam rein, jetzt standen wir zu viert vor diesem Kühlschrank, ich freute mich fast.

– Darf ich vorstellen, sagte ich, unser Nachtquartier. Die Hütte eines alten Mannes, der im dreißig Kilometer entfernten Dorf mit seiner Frau zusammenlebt, und wenn er sich mit ihr mal wieder gestritten hat, fährt er hierhin, trinkt Bier, hört Radio, ißt Buttertoast, schläft, bis sich die Wogen geglättet haben, und fährt dann zurück. Und heute abend, heute abend sitzen die beiden vor dem Fernseher und sehen sich einen alten Film mit Spencer Tracy und Katharine Hepburn an. Wir können gefahrlos hier übernachten.

– Jesse hat im Sandkasten immer Eissplittertorten und Rührei gemacht, wenn die anderen Kuchen gebacken haben, erklärte Phillip den Frauen, er hatte eine so rege Phantasie, daß er manchmal gar nicht unterscheiden konnte zwischen dem, was er geträumt hatte, und dem, was gestern passiert war. Er war wochenlang davon überzeugt, daß er es geschafft hatte, zwölf Minuten die Luft anzuhalten.

Ich hätte im Gegenzug erwähnen können, daß Phillip alle Spiele im Kindergarten auswendig kannte, und deshalb nichts Besseres zu tun hatte, als andere zu ärgern oder sogar zu verprügeln. Aber gut.

So richtig behaglich fühlten wir uns natürlich nicht in der Hütte, aber wir beschlossen, dort zu übernachten. Wir parkten den Wagen so, daß man ihn von der Straße aus nicht sehen konnte. Psychopathen hatten wir hier nicht zu befürchten, es gab nur Dörfer im Umkreis, und Pychopathen kommen aus Städten. Wo mehr Menschen sind, sind auch mehr Menschen einsam und knallen durch, wo wenige Menschen sind, haben sie stärkere Bande, die Entfernung verschweißt sie miteinander. Der Dorftrottel ist nur eine harmlose Variante des modernen Psychopathen.

Die drei setzten sich auf das Doppelbett, ich steckte nacheinander die Toastscheiben in den Toaster, holte sie goldgelb wieder raus, bestrich sie dick mit Butter und verteilte sie. Dazu hatte jeder eine Dose Bier in der Hand. Nach der zweiten Packung Toastbrot waren wir satt, wir fühlten uns besser und kamen auf andere Gedanken. Irgendwann benahmen wir uns alle so, als sei das nur ein Wochendausflug, wir verdrängten alles, alberten rum, hörten Radio. Man muß sich Illusionen schaffen, das ist keine

Flucht, auch keine Träumerei. Illusionen sind der blinde Glaube daran, daß alles gut wird, und sie sind manchmal die einzige Möglichkeit, die einem noch bleibt. Man sucht sich immer einen Trost, und fast immer liegt er in der Zukunft.

Dann kamen die Nachrichten im Radio, und wir verstummten alle. Sie hatten Tom nicht identifizieren können, von Täter und Motiv fehlte auch jede Spur. Das kam als zweite Meldung im lokalen Sender, und kurz danach spielten sie einen schnulzigen Popsong. Es war eine einzige Geschmacklosigkeit, manchmal schafften sie es, einem alles zu vermiesen.

– Sollten wir nicht doch besser zur Polizei gehen, wenn sie ihn nicht identifizieren können? fragte Ellen zaghaft.

– Und was macht das für einen Unterschied, ob der Name bekannt ist oder nicht? fragte Phillip zurück. Er sprach ruhig, und ich stimmte mit ihm überein, Namen machten keinen Sinn in dieser Welt, was interessierte das schon, wie man hieß, wenn man tot war? Es hätte nichts geändert, außerdem war es eine Frage der Zeit, spätestens an den Tätowierungen würden sie erkennen, um wen es sich handelte.

– Wir können jetzt nichts mehr daran ändern, sagte Phillip, laßt uns einfach einen klaren Kopf bewahren. Jan kann ja jetzt auch nicht mehr zurück, er muß sich versteckt halten. Vielleicht haben wir sogar die besseren Karten.

Kurz darauf gingen wir schlafen, die Frauen bekamen das Doppelbett, und wir nahmen uns die Matratzen mit ins andere Zimmer, nur der Luft wegen, zu viert in einem Zimmer wäre es bestimmt zu stickig geworden. Es hätte da noch ein paar andere Kombinationen gegeben, und es war eindeutig, daß Ruth am liebsten in Phillips Armen eingeschlafen wäre, aber wir regelten es eben so.

Ich hatte einen Alptraum, der sehr vielversprechend anfing. Ich sah im Traum Phillip mit Ruth bumsen, und ich muß sehr erregt gewesen sein. Ruth verwandelte sich aber auf einmal in

Maria, und Maria riß Phillip den Kehlkopf raus, Blut spritzte. Jan stürzte ins Zimmer und erschoß Maria, dann brach er kotzend zusammen. Das Ganze sah aus wie ein Trailer für einen Splatterfilm, im Traum nahm ich mir vor, mir nie wieder so etwas anzusehen, weil es mich bis in den Schlaf verfolgte. Jan kotzte grünlichen Schleim, und seine Rippen wuchsen plötzlich aus seinem Fleisch hervor und bohrten sich in seine Augen. Er wand sich vor Schmerzen, ganze Niagarafälle von Blut schossen aus seinem Schädel. Phillip war noch nicht tot und kroch auf Jan zu, die Hand nach dessen Pistole ausgestreckt. Er schaffte es, sie an sich zu reißen, und schoß Jan in den Mund. Jans Gehirn spritzte an die Wand. Das hatte ich in einer Großaufnahme. Phillip nahm sich eine Handvoll Gehirnmasse und schmierte sie Maria zwischen die Beine, dann schlug er mit dem Knauf der Pistole Jans Eier zu Matsch. Ich wachte auf, naß, mit Angst und Schmerzen in den Knochen. Ich wagte es ein paar Minuten nicht, mich zu bewegen, nie wieder Horrorvideos, schwor ich, aber ich habe auch schon ein paar Mal das Trinken aufgegeben.

Ich stand auf, wollte einen Schluck Wasser trinken, aber es gab hier kein Wasser, ich beschloß, mir eine Flasche aus dem Auto zu holen, zu trinken, in Ruhe eine zu rauchen und mich dann wieder hinzulegen. Als ich aus der Hütte trat, stolperte ich fast über Ellen, sie saß auf dieser kleinen Stufe vor der Tür. Wir bekamen beide einen gewaltigen Schrecken. Das wurde mir langsam alles zuviel.

– Was machst du denn hier?

– Ich konnte nicht schlafen, und du?

– Ich habe schlecht geträumt.

Ich setzte mich neben sie, sie zündete mir eine von ihren Zigaretten an und reichte sie mir.

– Schlimmer Traum?

– Ziemlich. Passiert mir ab und an. Ich würde mal gerne einen Traumdeuter befragen …

– Ich hab Angst, Jesse.

– Das ist normal, wir haben alle Angst. Aber Angst hat auch ihre guten Seiten. Sie hält dich wach, reißt dir die Augen auf, du rennst nicht blindlings in dein Verderben. Hätten wir vorher Angst gehabt, wäre das gar nicht erst passiert. Solange du Angst hast, wirst du nicht faul, Angst hält dich lebendig.

– Du quetschst überall ein paar Tropfen Honig raus, nicht wahr?

– Ich versuche es, aber es ist ein harter Job.

Sie zündete sich selber eine an, und wir rauchten. Es war dunkel, unsere Zigaretten erhellten die Nacht, wenn wir daran zogen. Ein unwirkliches Licht, das immer nur kurz aufleuchtete. Ellen zog an ihrer Kippe, als würde sie Leben spenden. Ich malte mit der Glut ein paar Gebilde in den Himmel, das hatte ich schon als Kind gerne gemocht. Die Hand war schneller als das Auge.

– Kennst du noch mehr so Räubergeschichten?

– Ich kann's versuchen ... Es war einmal ...

13

Es war einmal ein alter Räuber, der lebte zusammen mit seiner Frau und seinem Sohn in einem Haus in der Nähe der Stadt. Er war in seiner Jugend einer der größten Wegelagerer des Landes gewesen. Selbst als er älter wurde und seine Taten längst nicht mehr so atemberaubend waren, fuhr vielen braven Bürgern ein Schreck in alle Glieder, wenn sie nur seinen Namen hörten. Als Kind hatte der Räuber zunächst davon geträumt, Dichter zu werden, aber sehr schnell hatte er verstanden, daß in der Dichtung kein Geld zu holen war. Trotzdem hatte er sich über die Jahre hinweg, die er einsam auf den Bergen verbrachte, eine zarte Empfindsamkeit, ein Auge für das feine Spitzenwerk der Seele bewahrt. Er heiratete eines Tages diese wunderschöne Frau, setzte sich allerdings nicht zur Ruhe, sondern ging jeden Tag seiner Arbeit nach. Die Frau gebar ihm einen Sohn, und sie waren sehr glücklich miteinander. Wenn der Mann zur Arbeit ging, unterrichtete die Frau den kleinen Jungen in Raub, Diebstahl, Trickbetrügerei, Falschspielerei, Urkundenfälschung, Zockerei und dergleichen mehr, aber auch im Kochen, Lesen und Nähen. Sie wünschte sich, daß er mal genau so berühmt werden würde wie sein Vater.

Nun begab es sich jedoch, als der Junge gerade zwölf Jahre alt war, daß die Mutter schwer erkrankte. Als sie merkte, daß es bald mit ihr zu Ende gehen würde, rief sie ihren Sohn zu sich und sprach zu ihm: Bald werde ich von euch gehen müssen, aber sei nicht traurig, ich werde oben im Himmel sitzen und auf dich herabschauen. Drei Tage später verstarb sie.

Damit der Junge nicht so alleine sei, heiratete der Vater abermals, aber er war alt geworden, und er ließ sich von der Schönheit seiner zweiten Frau blenden, die noch lieblicher anzusehen war als seine erste. Doch seine zweite Frau war dem Jungen keine gute Mutter. Sie unterrichtete ihn überhaupt nicht und kochte auch nie, sie amüsierte sich lieber mit ihren Freundinnen. Aus dem Jungen hätte sie am liebsten einen Arzt oder Rechtsanwalt gemacht. Diese beiden Worte fielen immer wieder, wenn sie zu ihm sprach. Oft schlug die Stiefmutter ihn auch, namentlich dann, wenn er gestohlen oder jemanden reingelegt hatte. Das werde ich aus dir rausprügeln, sagte sie dann und machte Gebrauch von einem Kleiderbügel.

Wenn der Vater abends nach Hause kam, tischte sie ihm Fertiggerichte auf und lobte den Jungen in den höchsten Tönen. So glaubte der Vater, daß alles seine Ordnung hätte.

Es trug sich zu, daß der Vater nach einiger Zeit zum ersten Mal in seinem Leben erwischt und in den Kerker geworfen wurde. Diese böse Stiefmutter feierte ein rauschendes Fest, da sie davon überzeugt war, daß ihr Mann das Gefängnis nicht lebendigen Leibes verlassen würde. Sie verpraßte sein Geld nach allen Regeln der Kunst. Der Junge hörte auch in dieser Zeit immer wieder die Worte Arzt und Rechtsanwalt und spürte den Kleiderbügel auf seinen Hintern niedersausen.

Dem Jungen gefiel dieses Leben gar nicht, und wenn er abends nicht einschlafen konnte, betete er zu seiner Mutter, die er im Himmel glaubte. Als er nun eines Abends gerade wieder gebetet hatte, fiel er in Ohnmacht, da ihm die Stiefmutter seit Tagen nichts zu essen gegeben hatte. In seiner Ohnmacht hörte er die Stimme seiner Mutter, die ihm riet, seine Sachen zu packen und sich auf Wanderschaft zu begeben.

Kaum zu sich gekommen, schnürte der Junge flugs sein Bündel, stahl einen Laib Brot vom Bäcker und wanderte los. Sieben Nächte und sieben Tage wanderte er ohne Unterlaß, trank aus Bächen und aß sein Brot und die Beeren der Wälder.

In der achten Nacht seiner Wanderschaft traf er einen Killer, und die beiden wurden gute Freunde. Zusammen wanderten sie nun durch die Welt, der Junge klaute das Essen zusammen, und der Killer verdiente Geld durch Aufträge. Mit diesem Geld bezahlten sie die Herbergen, in denen sie übernachteten. Die Lektionen seiner verstorbenen Mutter zahlten sich nun langsam aus, und durch viel Übung wurde aus dem Jungen ein perfekter Räuber, dessen Name bald in aller Munde war. Doch dieser Ruhm befriedigte den Jungen nicht, er dachte oft an seinen alten Vater, der im Kerker litt, und er dachte voller Ingrimm an seine böse Stiefmutter. Er wünschte sich nichts sehnlicher, als seinen Vater zu befreien und Rache an seiner Stiefmutter zu üben.

Durch seinen Ruf kam der Junge mit vielen alten Kollegen und Freunden seines Vaters zusammen, die ihm ihr Lob aussprachen. Von diesen Leuten erfuhr der Junge auch, daß sein Vater nur erwischt worden war, weil seine Stiefmutter ihn verraten hatte. Da stieg der Zorn des Jungen ins Unermeßliche, und er schwor blutige Rache. Doch zuerst wollte er seinen Vater aus dem Gefängnis befreien, was jedoch unmöglich erschien. Es war ein ausbruchssicheres Gefängnis, und so lange der Junge auch grübelte, es wollte ihm keine Möglichkeit einfallen, dem Vater zur Freiheit zu verhelfen.

Da erinnerte er sich an die Worte der Stiefmutter, Rechtsanwalt hatte er werden sollen, nun gut, dachte er bei sich, wenn es denn anders gar nicht gehen will, werde ich Rechtsanwalt und gehe in Berufung.

Binnen zweier Jahre wurde aus dem Jungen, der in der Zwischenzeit zum Manne herangereift war, ein außerordentlicher Rechtsanwalt. In dieser Zeit unterstützte der Killer ihn mit Geld, damit er sich voll und ganz seinem Studium widmen konnte.

Der junge Rechtsanwalt ging in Berufung und erreichte tatsächlich die Aufhebung des Urteils. Die ursprünglich lebenslange Haft wurde auf vier Jahre, die mittlerweile schon abgegolten waren, verkürzt. Diesen großen Erfolg feierten Vater und Sohn nach der Freilassung drei Tage und drei Nächte lang.

Die Nachricht dieser Ereignisse verbreitete sich wie ein Lauffeuer durch das ganze Land und kam auch der Stiefmutter zu Ohren, die vor lauter Angst nun ins Nachbarland floh. Sie nahm alles Geld mit und verfluchte sich, daß sie jemals gewünscht hatte, aus dem Jungen möge ein Rechtsanwalt werden. All meine guten Taten wenden sich nun gegen mich, klagte sie und weinte heiße Tränen.

Der Junge sann natürlich weiterhin auf Rache, aber er wollte seine Stiefmutter nicht einfach töten, sie sollte bitterlich büßen für ihre Verfehlungen.

Die Jahre zogen ins Land, und der junge Räuber sah, wie sein Vater immer älter wurde. Da entschloß er sich, Arzt zu werden, damit er seinen Vater in Alter und Krankheit so gut wie möglich versorgen konnte. Zusammen mit dem Killer überfiel er einen Postzug, so wie Ronnie Biggs es später machte, und erbeutete dabei ein Vermögen. Er ließ die besten Ärzte des Landes zu sich rufen, bezahlte sie mit diesem Geld, damit sie ihn unterrichteten. Hierbei änderte er seinen Namen und blieb unerkannt. In kürzester Zeit übertraf er alle seine Lehrer, solch einen Eifer und Ehrgeiz legte er an den Tag. Sein Name, sein falscher Name, wurde weit über die Grenzen des Landes bekannt.

Als nun die Stiefmutter schwer erkrankte, ließ sie nach diesem berühmten Arzt rufen, der in der Lage war, wahre Wunder zu vollbringen. Wie groß war aber ihr Schreck, als sie ihr Stiefkind erblickte. Sie verlor darüber die Sprache und konnte fortan keinen einzigen Ton mehr hervorbringen. Das kam dem Räuber natürlich sehr gelegen. Er ließ die Stiefmutter mehrmals am Tag zur Ader, bis sie ganz bleich aussah. Da dies eine Verschlechterung ihres Zustandes hervorrief, amputierte er ihr zuerst die Arme und dann die Beine. Dort säßen die bösen Säfte, behauptete er. Auch schnitt er ihr ins Gesicht, um die Krankheit vom

Kopf her zu bekämpfen. Das hinterließ natürlich tiefe Narben. Zufrieden mit seinem Werk, pflegte der Räuber die Stiefmutter nun gesund und ließ sie unansehnlich, stumm und ohne Gliedmaßen zurück.

Die Frau grämte sich aber so sehr über ihren Zustand, daß sie binnen zweier Wochen vor Kummer und Zorn starb. Der junge Räuber hatte jetzt drei Berufe zugleich, ging aber ausschließlich der Räuberei nach, weil dieser Beruf ihm am meisten Freude bereitete. Er lebte noch lange Jahre glücklich und zufrieden mit seinem Vater in einem Schloß am Fuße eines Berges.

Ich war ergriffen. Das war brutal, das war schön, es sprach zu mir, und mir wollte nicht in den Kopf, daß Ellen das jetzt gerade so erfunden hatte. Ich steckte mir noch eine an, es dämmerte, ein graublaues Licht am Horizont.

– Das hast du jetzt gerade so erfunden?

– Ja, ich dachte es würde dir gefallen …

– Es ist wunderbar …

Ich dachte an diesen Räuber und an Phillip. Drei Berufe! Und ich?

– Ich schenke es dir, es ist deine Geschichte von jetzt an. Ich werde sie nie wieder erzählen.

– Danke, du bist ein Schatz. Glaubst du, du kannst das öfter?

– Frag nicht nach mehr, Jesse.

Ich lächelte in den neuen Tag hinein. Wir standen auf und gingen rein für drei, vier Stunden wundervollen Schlafes.

14

Am Vormittag des nächsten Tages machten wir an einem ausgetrockneten Fluß Rast. Ich war überwältigt, es war eine steinige, rauhe Landschaft mit gelbgrüner Vegetation, und mittendurch zog sich dieses Flußbett aus grauen Kieseln, völlig nutzlos, eine tiefe Einbuchtung, ohne die kleinste Pfütze. Der Fluß mußte mal mindestens drei, vier Meter tief gewesen sein, und er hatte seinen Weg durch diesen harten Boden gefunden, für immer seine Spuren hinterlassen. Man sah auf diese Leere, und es wurde klar, daß da etwas fehlte – der Fluß selbst war bestimmt nicht so stark aufgefallen. Das geht einem mit Menschen, die man mag und an die man sich gewöhnt hat, für gewöhnlich auch so. Man vermißt sie erst, wenn sie weg sind.

Aber dieses Flußbett war mehr, es erzählte vom Sieg des Wassers über den Stein, von einem Ruhm, der anhielt, der über das Leben des Flusses fortdauerte. Da hatte jemand Spuren hinterlassen, die nach seinem Tod nicht weggewischt werden konnten, da war ein Stück Ewigkeit. Der ausgetrocknete Teufelsfluß stand auf einem Schild zu lesen. Der ausgetrocknete Teufelsfluß hatte ein erstaunliches Stück Arbeit geleistet, nur war ihm anscheinend das gute Wetter zum Verhängnis geworden.

Wir aßen Sandwiches, tranken Wasser, schwitzten. Es herrschte eine seltsame Stimmung, es war wie die Stimmung in einem Haus, das lange Zeit unbewohnt geblieben ist, wo man sich nicht traut, laut zu reden, obwohl man weiß, daß es Unsinn ist. Es lag nichts in der Luft, das ist bloß eine dumme Redensart, wir bewegten uns nur auf einem Gebiet, das uns völlig unbekannt war, die

Ungewißheit hockte in jeder Ecke unserer Hirne, und wir versuchten, jede falsche Bewegung zu vermeiden. Alles wirkte verkrampft, der Adrenalinspiegel war gesunken, wir standen nicht mehr unter Hochspannung, wir waren auf dem Weg nach unten, auch wenn keiner so genau wußte, in welcher Richtung das liegen sollte. Dieser Fluß kam mir wirklich sehr gelegen, um mich ein wenig von alldem abzulenken.

Ich saß neben Phillip am Rande der Böschung, die Frauen gingen im Flußbett spazieren. Es war schon seltsam, das passierte einem nicht alle Tage, daß man vor einem Mörder floh, und alles in allem fand ich das nicht so eine reizvolle Sache, wie ich mir immer vorgestellt hatte. Ich hätte wer weiß was darum gegeben, die Sache hier und jetzt einfach abzubrechen, wie eine Generalprobe, bei der alles schiefläuft, und zu hoffen, daß bei der Premiere alles glattgeht. Aber dieses Leben war kein Test.

– Man möchte so fröhlich sein, sagte Phillip, aber die Zeiten – sie sind nicht so. Man möchte fröhlich sein, aber ich bin immer nur so grausam fröhlich, so verzweifelt fröhlich. All dieser Spaß wächst immer aus Verzweiflung, aus Wut, aus Langeweile, jeder gute Abend hat seine Wurzeln im Übel. Mir fehlt dieses Ausgelassene, dieses Leichte. Es ist immer so plump.

– Es hat keine Flügel, sagte ich und warf einen Stein in das Flußbett.

– Genau, es hat keine Flügel. Wenn du fröhlich bist, bist du einfach nur fröhlich, ich bin es, weil ich etwas anderes damit ausgleichen will. Bei jedem guten Tag denke ich, daß ich vierzig Nächte davon zehren kann, aber am nächsten Morgen wachst du im gleichen Film wieder auf, der gute Tag steht nicht auf der Habenseite. Es reicht einfach nicht, glücklich gewesen zu sein. … Ich habe lange darüber nachgedacht, warum das alles passiert ist. Ich wollte, daß etwas passiert, ich wollte nicht wirklich die alten Tage zurückhaben. Ich habe mit Maria geschlafen, und insgeheim wollte ich, daß es böse endet. Hauptsache nicht diese Langeweile und das erdrückende Gefühl, daß nie wieder etwas passieren wird. Außerdem war ich geil. ... Und dann ... Scheiße.

Ich hatte da wohl ganz richtig gelegen mit meiner Vermutung, daß es aus Langeweile passiert war, aber für so etwas gibt es weder Ruhm noch Pokale, so etwas bewahrt einen noch nicht einmal vor großen Übeln. Etwas oder jemanden gut zu kennen bedeutet gar nichts.

– Es ist nicht so schlimm, ins Unglück zu reiten, solange man auf seinem eigenen Pferd sitzt und die Zügel im Griff hat. Zumindest für mich nicht, aber für euch ... Hühnerkacke.

– Es ist nicht so schlimm, ins Unglück zu reiten, solange man auf seinem eigenen Pferd sitzt und die Zügel im Griff hat, murmelte ich vor mich hin und versuchte herauszufinden, ob Phillip das wirklich meinte und ob ich überhaupt den Sinn dieser Worte begriff. Es hörte sich schön an, hörte sich an wie eine Haltung, mit der man glücklich werden konnte.

Ruth winkte uns von unten zu, und als wir nicht reagierten, hob sie ihr Kleid, gewährte uns einen Blick auf ihren Slip und wackelte mit den Hüften. Ich hielt den Daumen in die Luft und lächelte, Phillip packte der Zorn.

– Die halten uns auch immer nur für die Sklaven unserer Hormone. Da kommt sie daher, wackelt mit dem Arsch und wünscht sich, daß die Welt wieder in Ordnung ist.

Die beiden waren zu weit weg, um ihn hören zu können, und ich freute mich zu sehr über diese Geste, um Phillip ernst zu nehmen. Ich lachte, und er sah mich böse an.

– Wie kannst du nur lachen? Wir stecken in der größten Scheiße, und ihr macht hier Faxen. Ihr seid doch krank, seid ihr doch.

Ruth und Ellen hockten sich hin und schienen nun heftig zu diskutieren. Ruth fuchtelte mit den Armen, schien Ellen zu etwas überreden zu wollen. Ellen stand auf und verschränkte die Arme vor der Brust. Ruth erhob sich auch, legte einen Arm um ihre Schulter, strich ihr durchs Haar, redete auf sie ein.

Ich mochte die beiden sehr gerne, Ruth, die eher wilde, anscheinend unbesorgte, selbständige Frau mit diesem fast magersüchtigen Aussehen. Ruth, die durchaus schon mal laut werden konnte und wußte, wo sie lang wollte. Ellen, die Sanfte, eher ruhige, mit diesen melancholischen Augen, die diese wunderbaren Geschichten erzählte. Ellen, die Weiche, die Geheimnisvolle, die sich auf ihre unbewußten Kräfte verlassen konnte. Wenn Ruth die Sonne war, war Ellen der Mond. Bei Ruth lag alles offen, sie war freigebig, fröhlich, aufgeschlossen. Ellen, Ellen hatte diese lunare Ausstrahlung, das Bewußtsein, daß nichts, was man sagte, der Wahrheit nahekommen konnte, daß alles viel tiefer und versteckter lag, daß es eine Bilderwelt gab, die sich keine Phantasie auszumalen vermochte. Es gab im dunkeln liegende Kräfte, die einer guten Macht gehorchten, vor denen uns aber graute, weil sie unsichtbar waren, nicht zu erfassen und nicht zu begreifen.

Meine Gedanken schweiften weiter ab in immer abenteuerlichere Regionen, zu immer gewagteren und abstrakteren Vergleichen, während die beiden auf uns zukamen.

– Ich gehe zurück, sagte Ellen.

Ich schreckte hoch.

– Wieso?

– Jetzt ist der günstigste Zeitpunkt, wenn ich heute noch den Bus nehme, bin ich heute nacht da und erzähle der Polizei, daß ich übers Wochenende weg war und Tom das Haus überlassen hatte. Sonst fangen die doch an, nach mir zu suchen. Ich nehme das Geld, nehme Urlaub und komme euch hinterher. So wird die ganze Sache einfacher.

– Ach Scheiße, das Geld, sagte Phillip, das hatte ich ganz vergessen.

– Scheiß aufs Geld, sagte ich, als nächstes klaue ich eine Druckerpresse, und wir drucken unser eigenes Geld. Das geht mir so auf den Sack, immer von Papier abhängig zu sein.

Es kam nicht. Ich sah eine blöde Situation aufkommen und wollte ablenken, aber keiner grinste auch nur.

– Dann fällt auch gar kein Verdacht mehr auf uns, erklärte Ellen weiter, ich sage, wir hätten einen Wochenendausflug gemacht und ihr wärt noch weiter gefahren. Die Nachbarn haben euch ja gesehen.

Das machte Sinn, ich dachte darüber nach, ich versuchte mir eine Wahrscheinlichkeit dafür auszurechnen, daß Ellen dabei auf Jan traf, und noch eine Wahrscheinlichkeit dafür, daß das böse endete. Jan war unter normalen Umständen ein guter Detektiv, er konnte Ellen erkennen, sie zwingen, ihm unseren Aufenthaltsort zu verraten, oder sie in seinem Wahn einfach umbringen.

Würde er sich in der Nähe des Hauses aufhalten, wenn er seinen Irrtum bemerkte? Hatte er seinen Irrtum bemerkt? Würde er uns so schnell wie möglich folgen wollen? Wir hatten ihn schon mal reingelegt, indem wir einfach zurückfuhren. Würde er darauf warten, daß wir es wieder versuchten, und dabei Ellen in die Finger bekommen? Würde er sich überhaupt trauen, sich in der Nähe des Tatorts aufzuhalten? Ja, das wohl schon, er war ja völlig durchgeknallt.

– Redet ihr das aus, verdammt, sagte Ruth, das ist doch gefährlich.

– Gibt's überhaupt einen Grund, warum ihr mit uns fahrt? fragte Phillip.

– Erst mal hatten wir ja gar keine Wahl, sagte Ruth, und zweitens möchte ich bei dir bleiben.

– Ich werde noch alt da in dem Kaff, ich sitze noch in dreißig Jahren am Telefon und bin nett zu Menschen, die ich noch nie gesehen habe. Das kann ich auch woanders haben.

– Das ist aber kein Kindergartenausflug, knurrte Phillip, das ist kein verschissenes Abenteuer, das ist echt.

– Ich bin gerne mit euch zusammen, die letzte Zeit war ich wie lebendig begraben, und dann ist es auch egal, ob lebendig oder tot. Ich mag euch, ihr ruft mich an, und ich komme euch dann nach.

Ich mochte die Bestimmtheit, mit der sie das sagte.

– Wir hätten Ruth gleich am Anfang rausschmeißen sollen, sagte Phillip, dann wäre uns das hier erspart geblieben.

Ruth zeigte keine Reaktion auf diesen Spruch, vielleicht wußte sie, daß man Phillip unmöglich ernst nehmen konnte, wenn er so war. Ein Abziehbild aus Vorstellungen von Männlichkeit.

Phillip blickte immer zurück und überlegte sich, an welcher Stelle ihm der Fehler unterlaufen war, ab welchem Punkt die Sache ins Übel gekippt war. Mir war das egal, wo nun dieser Punkt gewesen sein sollte, man konnte eh nichts ändern. Und aus Fehlern zu lernen, die man letztendlich nicht bereut, ist die langweiligste Sache der Welt. Phillip wollte sich vielleicht seiner vermeintlichen Verantwortung entziehen, in diesem Moment war ihm nichts lieber, als die Frauen loszuwerden, das war klar.

– Dann fahrt doch am besten zusammen zu Ellen, schlug er vor, da fühlt ihr euch bestimmt sicherer.

Ruth trat ihm gegen das Schienbein, nicht allzu feste, sie wirkte nicht sauer, sie wollte ihn nur zur Besinnung bringen.

Phillip seufzte und ließ seine Schultern nach vorne fallen, er schien tatsächlich ohne Ruth weiter zu wollen. Ich wünschte, die beiden würden ein wenig spazierengehen und das unter sich klären, ich kam mir fehl am Platz vor. Aber nichts dergleichen, Phillip und ich saßen da, die beiden standen vor uns, betretenes Schweigen, dumme Situation. Ich stand auf, zwinkerte Ellen zu, nahm ihre Hand, und wir stolperten runter ins Flußbett und gingen ein Stück, wobei ich dann ihre Hand losließ.

– Phillip ist manchmal so eiskalt.

Ich sagte ja, einfach nur ja, mir hing dieses Hin und Her zum Hals raus, dauernd mußte man sich mit jemandem einigen, dies erklären und das verständlich machen, Abkommen treffen, planen. Das gefiel mir nicht. Es artete in Arbeit aus, ich wollte ein leichtes Leben. Nicht wirklich, eigentlich mochte ich es so, wie es war, aber ich mäkele gerne herum, im Grunde macht mir das Spaß. Ich habe oft etwas auszusetzen, aber nicht, weil es mich wirklich stört, es ist nur eine billige Leidenschaft, so etwas wie Schattenboxen, man ist sein eigener Gegner und kann jederzeit aufhören.

– Ja, sagte ich noch mal, man muß ihn so nehmen, wie er sich selbst im Weg steht, da kann man nichts machen.

Wir gingen eine Weile wortlos nebeneinander her, ich konnte mich nicht entschließen, ihr zu- oder abzuraten, nach Hause zu fahren. Jan würde vielleicht tatsächlich warten, weil er denken würde, daß wir den gleichen Trick zweimal anwenden würden, weil wir uns einbildeten, daß er gerade das nicht glaubte. Meine Gedanken liefen kreuz und quer, verknoteten sich, der rote Faden wurde blau, verhedderte sich, Nebenstraßen erwiesen sich als Hauptstraßen und Hauptstraßen als Sackgassen. Es war wie die Wirkung einer schlechten Droge. Ich wurde verwirrt, verlor völlig den Überblick und verkomplizierte alles. Ich machte schließlich den Mund auf und versuchte Ellen in einfachen Sätzen halbwegs zu erklären, was für Bedenken ich hatte.

– Ich weiß, aber es wird nichts passieren, sagte sie mit einer Überzeugung, die mich erstaunte. Sie wirkte in dem Augenblick wie ein Mensch, dessen Glaube erst dann richtig erstarkt und zur Geltung kommt, wenn die anderen längst resigniert haben. Eine ungeheuere Kraft ging von ihr aus, eine tief verwurzelte Gewißheit, daß ihr nichts passieren konnte. Das war keine von den leichten Illusionen, dich ich so liebe, kein Schmetterling, der in einer Fata Morgana umherflatterte, das war etwas Schweres, das viel tiefer ging, eine Sicherheit, die es mit den Naturgesetzen aufnehmen konnte. Ich gehe nicht unter, sagte sie, ich bin Hunderte Male zuvor nicht untergegangen, ich überlebe. Ich sagte nichts mehr, ich war beruhigt. In Phasen, in denen man unsicher ist, beruhigt es einen sogar, in seinem Horoskop in der Zeitung zu lesen, daß alles gut enden wird.

– Paß gut auf Ruth und Phillip auf, während ich nicht da bin.

– Kommst du auch bestimmt zurück? fragte ich.

– Bestimmt, Jesse. Und dann ist alles einfacher, dann haben wir das Geld, keine Bullen auf dem Hals, und wer weiß, vielleicht verkaufe ich das Haus ja, und wir ziehen nach Westen, fangen ein neues Leben an.

Ich streckte die Arme in die Luft, schloß die Augen und blieb so stehen. Eigentlich war es doch wunderbar, wir hatten gute Aussichten, einen Haufen Kohle, dazu noch ein Auto, eine Kassette, die mittlerweile alle auswendig konnten, und keinerlei Verpflichtungen, nur Schwierigkeiten, ernsthafte Schwierigkeiten, aber was war das Leben schon ohne Schwierigkeiten? Eine Aneinanderreihung von schier endlosen Tagen. Ich brüllte die Sonne an und ballte meine Fäuste, ich fühlte mich stark und an der Grenze zu glücklich.

– Du bist süß, hörte ich Ellen sagen, und fast hätte ich es geglaubt.

Phillip schien sich inzwischen mit Ruth geeinigt zu haben, sie fuhr weiterhin mit uns, und wir beschlossen, Ellen am nächsten größeren Busbahnhof abzusetzen. Wir stiegen in den Wagen, die Hitze war mittlerweile unerträglich, wir kurbelten alle Fenster runter und fuhren noch gut drei, vier Kilometer parallel zum Teufelsfluß.

15

Am nächsten Tag kamen wir an einen Stausee aus Massen von Beton. Aus dem Wasser ragten einige Türme, die untereinander verbunden waren, keine Ahnung, wozu das gut sein sollte. Es gab eine Aussichtsplattform mit einem riesigen Parkplatz davor. Es gab genug Menschen, die sich ansehen wollten, wie die Natur verhunzt wurde. Größer, stärker, schneller, gigantischer, so wurde alles, und allein die Ausmaße einer Sache genügten, um Leute in Bewunderung erstarren zu lassen. Das kam mir unglaublich dumm vor. Mehr, immer mehr, mehr Macht, mehr Freiheit, längeres Leben, dickere Muskeln, schnellere Autos, größere Titten, Häuser, mehr Sex, mehr Geld und engere Fotzen, dafür interessierten sich wohl die Männer dieser Welt. Man hätte einen vierzig Meter hohen Schuh aus Stahl gießen können, und es hätten sich jede Menge Schaulustige mit offenen Mündern gefunden.

Größe interessierte mich nicht. Es sei denn, sie überstieg wirklich meine Vorstellungskraft. Eine Tonne Kokain, reinste kolumbianische Flocken, davor hätte ich auch mit großen Augen gesessen. Scheiße Mann, eine Tonne Kokain, dagegen waren die Schlußszenen aus Scarface ein Witz.

Ich hielt trotzdem auf dem Parkplatz, weil ich am hinteren Ende einen Laden entdeckt hatte. Ich hatte Lust auf einen dieser scharf gewürzten Tomatensäfte. Phillip und Ruth knutschten hinten schon eine ganze Weile, das einzige, was ich von ihnen hörte, waren Schmatzlaute.

Ich stieg aus, ging in den Laden, dessen Tür offenstand. Ich war der einzige Kunde, ein alter Mann reihte gerade fein säuberlich Getränkedosen in den Kühlschrank, seine Bewegungen waren langsam, aber koordiniert. Er sagte hallo, und ich erwiderte seinen Gruß. Ich fand, was ich suchte, und ging damit zur Kasse. Der Mann hörte auf einzuräumen und kam hinter die Ladentheke, auf die ich meine Dose gestellt hatte. Er legte seine Hand auf die Dose und fragte, ob das alles sei. Ja, antwortete ich, und er nannte den Preis. Ich legte einen alten, zerknitterten Zehner auf den Tisch, er nahm den Schein und fragte:

– Wieviel ist das?

Ich sah ihm in die Augen, und ich erkannte erst jetzt, daß der Mann blind war. Ich war zu überrascht, um ihn zu belügen, ich sagte:

– Das ist ein Zehner, und ärgerte mich noch im gleichen Augenblick darüber. Was für ein erbärmlicher Dieb war ich, der noch nicht einmal einen Blinden übers Ohr hauen konnte. Andererseits wäre das wirklich nicht fair gewesen.

– Ist schon gut, mein Junge, ich höre an deiner Stimme, ob du die Wahrheit sagst.

Er gab mir mein Wechselgeld aus der Kasse, ich war baff. Ich brauchte ein paar Sekunden, aber dann kriegte ich den Mund auf.

– Davon hat mein Vater immer geträumt, er sagte, wenn man sich nur genug Mühe gibt und hart an sich arbeitet, kann man hören, ob jemand lügt oder nicht.

– Es ist sehr schwer zu lernen, wenn man nicht blind ist, man wird zu sehr abgelenkt.

– Waren Sie schon immer blind?

– Ich wurde blind, als ich in die Schule kam.

Wir lachten beide, ich hatte auf einmal ungeheueren Respekt vor ihm, das war eine großartige Fähigkeit, er holte alles aus den Klängen raus, was möglich war, die kleinsten Nuancen konnte er wahrnehmen, er konnte Schönheiten entdecken, die ein normales Ohr niemals hörte. Worte lügen, hatte mein Vater gesagt, aber die Stimme log nicht.

– Du gehörst nicht zu diesen Touristen, die sich den Stausee ansehen wollen?

– Nein, ich bin nur auf der Durchreise.

– Ich geb dir ein Bier aus, mein Sohn, hier kommen nicht mehr viele vorbei, die auf der Durchreise sind. Meistens kommen Familien mit Kindern, die kreischen, daß man wahnsinnig wird. Männer, die lügen, wenn sie nur den Mund aufmachen, und Frauen, die seit den Flitterwochen frustriert sind. Das hier ist kein schöner Beruf mehr, mein Junge, hier hört man viel Elend.

Er ging zum Kühlschrank und griff sich zwei Dosen Bier.

– Setzen wir uns nach draußen, sagte er und hängte ein Schild vor die Tür, auf dem Geschlossen stand.

– Ich habe noch zwei Freunde, die im Auto warten, ich sage denen schnell Bescheid.

– Die können auch gerne ein Bier haben, sagte er und setzte sich auf die Bank vor dem Laden.

Phillip und Ruth waren sehr beschäftigt, konnte ich schon von weitem feststellen. Die würden mich nicht vermissen. Ich ging langsam zurück, der alte Mann wartete mit einer Dose Bier in der Hand. Ich setzte mich neben ihn, nahm die andere Dose und knackte sie, er knackte seine und hielt sie in die Luft, ich stieß an, dann tranken wir beide.

– Früher kamen hier selten Menschen vorbei. Ich konnte ganz gut leben, dann haben sie diesen beschissenen Stausee gebaut, seitdem ist Essig mit der Ruhe. Ich würde woanders hinziehen, aber ich mag meinen Laden.

Hmm, machte ich, das Bier war eiskalt, eine Marke, die ich nicht kannte, schmeckte ganz gut. Was für ein Leben, ein Laden, den man mag, jeden Tag mit den verschiedensten Menschen zu tun haben, keine Hektik. Einfach nur da sein. Ich versuchte mir auszumalen, ob das vielleicht ein Job für mich wäre.

– Wie weit hat's dein Vater gebracht?

– Hä?

– Wie gut hat er sein Gehör trainiert?

– Ach, er hat's irgendwann aufgegeben.

– Und was macht er jetzt?

– Er trinkt.

– Wegen einer Frau?

– Ja, wegen meiner Mutter, sie hat ihn verlassen.

– Warum?

– Ich weiß es nicht, er hat's mir nie erzählt, und ich konnte ihn nicht fragen.

– Wie lange hast du deine Mutter nicht gesehen, mein Sohn?

– Dreizehn Jahre.

Ich antwortete ihm, weil ich mich bei ihm gut aufgehoben fühlte, er kam mir überhaupt nicht aufdringlich vor. Dieser Mann strahlte eine große Ruhe aus, fast wie ein Zenmönch oder ein Yogi. Er zeigte keinerlei Spuren von Starrsinn, er ging auf mich ein, modulierte seine Fragen mit seiner tiefen Stimme so, daß sehr viel Sanftmut und eine geschmeidige Kraft dahinter lag, seine Stimme erinnerte mich an einen Tiger, einen weißen, uralten Tiger.

– Weißt du, wo deine Mutter jetzt ist?

– Ja, ich weiß es.

– Wenn ich dir etwas raten sollte, mein Junge, wäre es das: Geh zu ihr hin, hab keine Angst, deine Mutter ist nur das, wo du herkommst, nicht das, wo du hingehst. Es ist immer besser zu wissen, wo du herkommst. Wenn dein Vater trinkt, ist deine Mutter der einzige Mensch auf der Welt, der dich liebt, ohne Gegenliebe zu erwarten. Wahrscheinlich glaubst du mir das jetzt nicht, und es ist gut möglich, daß ich unrecht habe, ich sage dir nur, woran ich glaube.

Ich nahm noch einen großen Schluck, der blinde Mann spazierte gerade mit seiner Stimme in den entlegensten Ecken meiner Seele herum. Ich hatte tatsächlich Angst, meine Mutter wiederzusehen, ich hatte Angst, die Wahrheit zu erfahren. Solange ich meine Augen fest schloß, trieb ich auf dieser Welle der Sorglosigkeit herum. Ich liebte meine Unwissenheit, ich wußte um meine Unschuld, und daß sie dahinzuschwinden drohte, je älter ich wurde. Vielleicht war es wirklich an der Zeit, sich umzudrehen und nach hinten zu blicken.

– Wie waren Ihre Eltern?

– Meine Mutter starb, als ich achtzehn war, mein Vater saß die letzten acht Jahre seines Lebens hinter Gittern. Sein ganzes Leben ist er ein Outlaw gewesen, und erst am Ende haben sie ihn erwischt. Es gab zweihundertachtzehn Anklagepunkte. Er ist glücklich gestorben, glaube ich. Er hat es ihnen gezeigt.

– Warum hat Ihre Mutter so einen Mann geheiratet?

– Der Outlaw, mein Junge, ist ein Faszinosum. Der Outlaw macht den großen Traum von Ruhm, Ehre und Größenwahn wahr, einen Traum, den die meisten von uns träumen. Ein Gesetzloser ist der lebende Beweis, daß es nicht bloße Phantasie ist, daß ein Mann es alleine schaffen kann, daß ein Mann sich mit all seiner Kraft über alles hinwegsetzen kann, was bisher galt. Es ist der Traum, jedes Gesetz und jede künstliche Ordnung zu verachten, über allem zu stehen. Der ewige Traum von Freiheit und Unabhängigkeit, der Traum, berühmt und gefürchtet zu sein. Ein Traum, daß man sich sogar über die Wahrheit stellen kann. Ein Outlaw stellt sich nicht nur gegen das Gesetz, er stellt sich gegen die Gesellschaft, gegen alle geltenden Werte. Und warum bringt ihm das keinen Haß ein, warum haben die Menschen immer insgeheim mit Mördern, Räubern, Zuhältern, Dieben und Narren sympathisiert? Weil das ein Traum ist, den sie alle teilen. Nicht jeder hat Mut genug, das zuzugeben, besonders heute nicht. Und keiner hat den Mut, seine Träume zu leben, deshalb brauchen sie jemanden, der es stellvertretend für sie tut.

Ich hatte die Augen geschlossen und den Kopf in den Nacken gelegt, der Alte lachte heiser.

– Meine Mutter hat einen Traum geheiratet. … Hier kommen nicht mehr viele Leute vorbei, mit denen ich reden kann, und wenn dann jemand kommt, dann rede ich und rede und höre nie mehr auf.

Wieder lachte er, es klang ein wenig traurig.

– Ist schon gut, sagte ich, ich höre Ihnen gerne zu.

– Ich heiße Jack, sagte er, der blinde Jack, und er hielt mir die Hand hin. Ich schüttelte sie und sagte meinen Namen.

– Meine Freunde sind alle tot, fuhr er fort, ich werde unglaublich Prügel beziehen im Himmel, weil ich mich so verspätet habe. Alle paar Monate überkommt mich das Bedürfnis, mit jemandem zu reden, aber es wird zum Glück immer seltener. Mit den Jahren gewöhnt man sich endlich an sich selbst und genügt sich. Wenn du dich mit dir selber langweilst …

Er beendete den Satz nicht und trank statt dessen seinen zweiten, kleinen Schluck Bier. Er schien kein Biertrinker zu sein.

– Was machst du denn so, Jesse?

– Ich versuche, ein kleiner Outlaw zu sein.

– Outlaws sterben aus, sei vorsichtig, es werden keine großen Träume mehr geträumt, sie wollen alles auf Leinwandformat pressen. Cowboys, Jahrmarktschreier, Hobos, Landstreicher, Straßenmusikanten, kleine Preisboxer, Poeten, sie sterben alle aus. Es ist kein Platz mehr auf dieser Welt für Männer, die gegen sich selbst kämpfen wollen. Jeder ist nur noch sein eigener Zuhälter, sie haben ihren Geist verloren, Jesse Osterberg, sie haben ihren Geist zwischen elektrischen Zahnbürsten, Sechzehnzylindermotoren, ausgefallenen Cocktails und weit gespreizten Schenkeln verloren. Sei vorsichtig.

– Es ist noch Platz, vielleicht nicht so viel, wie früher da gewesen wäre, aber es gibt einen Platz, und es liegt an mir, ihn zu finden und mich dort wohl zu fühlen. Es ist etwas sehr Schönes, sich selbst als etwas Überholtes zu sehen, etwas, das der Zeit völlig ungemäß ist. Man steht irgendwie draußen und hat einen guten Blick auf die Dinge. Ich liebe dieses Leben, mit all seinen wunderbaren Schwierigkeiten, auch wenn ich das Gegenteil behaupte.

Zielsicher legte er mir die Hand auf die Schulter und brachte seinen Mund näher an mein Ohr. Er sprach leise, bedächtig und ernst.

– Du gefällst mir, du hast eine ehrliche, gefühlvolle Stimme, du besitzt noch Seele. Ich bin jetzt sechsundachtzig Jahre alt, ich kann nicht sagen, wie lange es noch gehen wird, aber so lange ich hier bin, mein Sohn, kannst du immer zu mir kommen. Ich kann dich verstecken, dir ein Dach über dem Kopf und eine Mahlzeit am Tag bieten. Wenn du in Bedrängnis bist, hab keine Hemmungen, der blinde Jack ist für dich da.

– Danke, sagte ich und wunderte mich, wieviele Möglichkeiten einem das Leben immer wieder bot, vielen Dank, ich werde es nicht vergessen, wiederholte ich und machte mir eine Zigarette an.

Wir gingen wieder in den Laden, Jack hängte das Schild ab, und eine Familie kam rein. Vater, Mutter und zwei kreischende Monster, die Eis verlangten.

– Darf ich? flüsterte ich Jack zu, und er nickte. Ich schnippte die Zigarette nach draußen und stellte mich fröhlich lächelnd hinter den Ladentisch.

Der Mann hatte schütteres Haar und lauter halbkugelförmige Schweißtropfen im Gesicht, er wollte ein alkoholfreies Bier. Die Kinder wollten jetzt auch noch Lollis und die nervös anmutende Frau ein Mineralwasser ohne Kohlensäure. Ich fand alles ziemlich schnell, und dann kam der eigentlich schöne Teil. Ich tippte wahllos ein paar Beträge in die Kasse, und die Endsumme war dann auch ziemlich abenteuerlich. Ich mußte ein Lachen unterdrücken, als ich sie nannte. Die Kinder quengelten, sie wollten zurück nach Hause. Der Mann hatte die Brieftasche schon in der Hand, aber als er die Zahl hörte, ließ er sie fast fallen.

– WIEVIEL?

Ich wiederholte den Betrag mit einem unschuldigen Lächeln.

– Das bekomme ich bei der Konkurrenz für ein Drittel.

– Bis zur Konkurrenz sind es, soweit ich weiß, noch vierzig Kilometer, Sie können gerne dorthin fahren, ich möchte Ihnen nichts aufschwatzen.

Er warf einen Blick auf die beiden drei und fünf Jahre alten Fehler, die er gemacht hatte, dann auf den großen Fehler seines Lebens neben ihm und bezahlte seufzend.

– Die kommen nie wieder, sagte ich zu Jack, als ich mich setzte.

– Sollen sie bleiben, wo der Pfeffer wächst.

Ich trank noch meinen letzten Schluck und sagte ihm, daß ich weiterwolle, und bedankte mich noch mal.

– Laß dich nicht erwischen, mein Sohn, war alles, was er mir mit auf den Weg gab, aber das war ja schon ziemlich viel. Nur verfolgten mich diese Worte langsam, und ich bekam ein ungutes Gefühl. Aber dann wiederum, was sollte man jemandem wie mir schon wünschen? Doch dieser Gedanke beruhigte mich nicht, ich versuchte mir vorzustellen, in welchen Schlamassel ich als nächstes geraten konnte, ich versuchte herauszufinden, wo ich meinem Leichtsinn Einhalt gebieten mußte.

Ruth und Phillip lagen mit geschlossenen Augen und einem seligen Gesichtsausdruck quer über dem Rücksitz. Das auf einem öffentlichen Parkplatz am hellichten Tag, die hatten Nerven. Ich hätte wohl keine zwei Minuten früher zurückkommen dürfen. Ich knackte die Dose Tomatensaft. Das war gar nicht Phillips Art, die Frau brachte noch ungeahnte Möglichkeiten in ihm zum Vorschein. Ich konnte da Schwierigkeiten auf dem Weg sehen, überdeutlich, aber Ruth hatte etwas an sich, eine Art, den anderen fühlen zu lassen, daß man gehalten wurde, egal, wie man stolperte, daß ich hoffte, daß sie mit Phillip an einen Punkt gelangen würde, wo es klick machte und Phillip ein paar Sachen einfach nur noch vergaß, restlos vergaß. Wie er Angie vergrault hatte, wie er sie angebrüllt hatte, wie sein Alkoholkonsum gestiegen war, wie er keine Rücksicht mehr genommen hatte, weil er glaubte, Liebe müsse weh tun.

Als ich weiterfuhr, betrachtete ich meine Hände am Lenkrad, die dicken, blauen Adern, die langen, etwas unförmigen Finger, diese Risse am Nagelbett und all die kleinen Wunden und Schrammen und Narben. Was ich mit diesen Händen schon alles geklaut hatte! Sie waren lebende Denkmäler all meiner großen Taten, angefangen vom Apfel in der Auslage des Obstgeschäftes, als ich fünf war, bis hin zu der Brieftasche von Hubert, ich bewunderte meine Hände, als hätten sie ein Eigenleben. Ich bewunderte diese Narben, die Geschichten erzählen konnten, von Wettrennen, Messern, Prügeleien und kochendem Wasser. Mein ganzes Leben konzentrierte sich in meinen Händen, man kann lernen, ein Pokergesicht zu machen, aber die Hände werden immer gezeichnet. Ich dachte kurz an Brenda und wie ihre Hände aussahen und was sie damit gemacht hatte. Ich fühlte mich großartig.

Dann blickte ich geradeaus und sah die Risse im Asphalt, die Schlaglöcher, die Spurrinnen und dachte daran, daß das auch alles Geschichten waren. Geschichten von Jahreszeiten, von Hitze, von Wasser, von Kälte, Geschichten von Tausenden von Autos, in denen Menschen in ihrer Rastlosigkeit von da nach dort zogen und dabei überall Spuren hinterließen. Geschichten von Flucht, Wiederkehr und Vergänglichkeit. Wir fuhren zu dritt auf einer dicken Lage von Geschichten, ich hätte gerne gewußt wohin. Es kam mir mit einem Mal alles so sinnlos vor. Zu oft gesehen, als daß es noch einen Unterschied machen konnte. Auf einmal packte mich so eine Trauer aus Sahne, süß, aber schwer. Ich bekam das Gefühl, einfach aufgeben zu wollen, einfach den Wagen an den Straßenrand stellen, sich hinsetzen und warten, bis man stirbt. So viele, so unbedeutende Leben und Geschichten verwirrten mich, zogen mich hinunter in Tiefen, in denen ich mich nicht richtig auskannte. Ich verlor auf einmal alles, was mit Lust zu tun hatte, und ich erschrak darüber. Warum? Was passierte da gerade mit mir?

Es war, als hätte man das Band von Gefühlen, die mich so herrlich ans Leben ketteten, durchgeschnitten. Etwas stimmte mit einem Mal nicht mehr, und ich wollte handeln, ich wollte mich nicht treiben lassen, ich wollte etwas tun, etwas in den Händen halten, wofür ich mich bewußt entschieden hatte. Wahrscheinlich konnte man sich nicht die ganze Zeit treiben lassen, ab und zu mußte man aufschauen und seine Richtung ändern, obwohl ich immer als erster behaupten würde, daß die Richtung überhaupt keinen Unterschied macht. Sie ist nur ein Symbol, und Symbole bereichern uns vielleicht, aber sie ändern nichts.

– Ruth, Phillip, wir fahren zu meiner Mutter.

16

Eigentlich hatte ich mir damit noch Zeit lassen wollen, eigentlich hatte ich es vor mir her schieben wollen, wie einen Gang auf ein Amt. Den verschob ich auch immer, meistens bis es zu spät war. Aber in dem Augenblick, in dem ich den Entschluß gefaßt hatte, ging es mir auch schon wieder besser. Egal wie es ausging, ich hatte den Drang, etwas zu tun.

An jenem Abend kamen wir bis zur Küste, wo wir in einer kleinen Hafenstadt übernachteten. Noch weiter westwärts ging es nur per Schiff, hier waren wir also im Reich der Toten, wie Ellen gesagt hatte, und auf einem Gebiet, wo Intelligenz keine Mangelware sein sollte. Hier war ein Ort, wo alte Träume endeten und neue Träume begannen, ein Ort, wo der Rastlosigkeit ein vorläufiges Ende gesetzt wurde, hier wurden echte Illusionen vernichtet und neue, künstliche geschaffen, um die Nachfrage zu befriedigen und die Desillusionierten vor dem Selbstmord zu bewahren. Hier war die Grenze, die nicht mehr überschritten werden konnte. Es war schrecklich und schön zugleich.

Am nächsten Tag fuhren wir ein ganzes Stück am Meer entlang nach Norden, um zu meiner Mutter zu kommen. Es war eine herrliche Landschaft, wild, ungezähmt mit einer Steilküste, die mich fast die Wüste vergessen ließ. Drei Meter vom Straßenrand entfernt achtzig Meter in den Tod stürzen zu können, hat schon etwas sehr Erhabenes an sich.

Ich fuhr wieder, während die anderen beiden davon träumten, sich hier ein Haus zu bauen, mitten in der Wildnis. Das heißt, Ruth träumte, Phillip nickte nur. Der Traum zweier Verliebter, die glauben, daß es kein Leben nach der Verliebtheit gibt. Dabei lebt man jeden Tag ein neues Leben, unzählige im Laufe der Jahre, der größte Fehler, den man machen kann, ist es, sich stets für denselben zu halten. Ich bin zumindest nicht dergleiche Jesse, der ich gestern war, ich bin nicht eine gänzlich andere Person, aber ich sterbe fast jede Nacht und vergesse meine Sorgen, morgens wache ich als neuer Mensch auf.

Meine Mutter lebte in einer hügeligen Stadt, in der sehr viele Hippies gelebt hatten, Künstler, Bohemiens, Motorradgangs und so was. Ich mochte die Stadt, ich war vor zwei Jahren schon mal für sechs Wochen hier gewesen, zusammen mit Phillip, ich hatte gerade eine alte Frau um ihre Scheckkarte erleichtert, und Phillip hatte sich frei genommen, weil er die Nase gestrichen voll hatte von Ehebrüchen. Meine Mutter muß damals schon hier gelebt haben, aber es ist eben eine riesige Stadt, auch wenn die Welt nur ein Dorf ist. Eine Stadt, die herausstach aus den Tausenden von gesichtslosen Städten, wie wir sie alle kennen. Eine Stadt, die tatsächlich so etwas wie eine Atmosphäre hatte. Auch wenn die guten Zeiten schon lange vorbei waren, hier hatten vor ungefähr dreißig Jahren viele junge Leute von einer Revolution geträumt, und die Vergangenheit lebt immer länger, als man glauben möchte. Es war ein Traum von einer Welt voller Liebe gewesen. Ich würde sagen, daß ihnen ihre Kurzsichtigkeit und ihr unbedingter Glaube an den Sieg zum Verhängnis geworden waren.

Das Haus, in dem meine Mutter wohnte, lag in einem Viertel, in dem hauptsächlich Schwule leben, man sah auch Lesben auf der Straße, aber der Großteil der Homosexuellen hier war männlich. Das gab ein sehr schönes Bild, dafür konnte ich mich begeistern, etwas war anders, es forderte einen heraus, die Augen zu öffnen für Neues, Schönheiten zu entdecken, wo man mal wieder keine vermutet hätte. Ich hatte Schnäuzer immer gehaßt, aber hier standen sie einigen Männern so gut, daß ich mich vom Fleck weg in sie verliebt hätte, wenn ich schwul gewesen wäre.

Es herrschte eine sehr freie, tolerante Atmosphäre auf den Straßen, die meine Aufregung, als ich den Klingelknopf drückte, etwas dämpfte. Man stieg ein paar Stufen hoch, um zur Haustür zu gelangen, und Ruth und Phillip standen am Fuß dieser kleinen Treppe, versunken in eine andere Welt. Ich hätte mich über Phillip gewundert, aber ich hatte andere Sachen im Kopf. Besser gesagt, gar nichts, in meinem Kopf herrschte wieder mal Leere, ich hörte mein Herz schlagen, ich hörte Schritte von drinnen, die auf die Tür zugingen, und ich hatte mir kein einziges Wort zurechtgelegt, aber das ist wahrscheinlich typisch für mich.

Ich erkannte sie sofort wieder, sie trug Jeans und T-Shirt, sie wirkte jung, obwohl man ihr die Jahre genau ansah, und der erste klare Gedanke, der sich in meinem Kopf formte, war: Ich habe meine Haare von ihr. Sie hatte auch dünnes, leicht gelocktes Haar, ganz im Gegensatz zu den dicken Borsten meines Vaters, aber bis zu diesem Zeitpunkt hatte ich noch nie darüber nachgedacht, woher ich diese Haare hatte.

Wir standen uns gegenüber. Tränen füllten meine Augen, das Bild verschwamm, ich hatte ein seltsames Gefühl, genau unter dem Brustbein, ich war gelähmt, eine Hitzewelle durchlief meinen Körper. Ich wartete einfach, ich konnte nicht anders.

– Jesse, sagte meine Mutter, und nach drei oder vier Sekunden, die sich endlos hinzogen, umarmte sie mich und fing an zu weinen. Jesse, sagte sie immer wieder, sie schluchzte, mir liefen still die Tränen runter.

– Komm rein, sagte sie, faßte mich am Arm und zog mich in die Wohnung. Sie führte mich in die Küche, wo ich mich an den Tisch setzte und ihr zusah, wie sie zuerst sich selbst und dann mir mit zitternden Händen ein Glas Wasser eingoß. Ich rührte meins nicht an.

– Kann ich dir etwas anbieten? fragte sie zaghaft.

Sie stand vor mir, ich war auf Null, nichts in meinem Hirn, zu keiner Bewegung fähig, und außerdem schien ich neben mir zu stehen und das Ganze zu beobachten, ich bekam kein Wort raus.

– Bist du mir böse, Jesse? Ich wollte mich immer bei dir melden, aber ... Ich habe mich nie getraut, ich denke oft an dich. Jeden Tag, seit ich Phillip getroffen habe. Ich mußte weg, ich wäre gestorben ... Wie geht's dir? Du bist jetzt Kaufmann, ja? Ich hätte nie gedacht, daß du die Schule zu Ende bringst. Manchmal habe ich dich um deine Art beneidet, du warst so ein fröhliches Kind, so völlig ohne Sorgen, du hast dir immer die tollsten Sachen ausgedacht. Ach, Jesse, als der Teich einmal zugefroren war, wolltest du ihn rausnehmen und umdrehen, du wolltest ihn verkehrt herum wieder reintun, damit die Fische im Frühling auf dem Kopf schwimmen. Du warst so voller Ideen, und so unruhig ... Jesse ... Ich habe gedacht, du wirst ein gut gelaunter Taugenichts ...

Sie ging in der Küche auf und ab, gestikulierte mit immer noch zitternden Händen, sah mich an. Ich saß da und hörte ihr zu.

– Phillip hat erzählt, er studiert. Seid ihr noch so gut befreundet? Du hast keine Freundin im Moment, hat er erzählt. Wie läuft's mit den Mädchen? Früher fiel dir immer nur auf, wie gern du jemand magst, wenn er weg war.

Es gab ein Klick in meinem Kopf, als hätte man auf einen Knopf gedrückt, ich spulte den Satz ab, ohne zu denken, es hätte nicht sein müssen, es kam viel härter raus, als ich es gewollt hatte.

– Bist du deshalb weggegangen?

Sie stellte sich ans Fenster und blickte raus, ihre Hände waren jetzt ruhig, sie sagte kein Wort mehr. Bestimmt zehn Minuten lang. Mein Körper war jetzt ein Herz, überall fühlte ich meinen hämmernden Puls. Sie drehte sich um und sah mir ins Gesicht.

– Ich liebe dich, Jesse ... Ich bin deine Mutter, ich habe dich all die Jahre geliebt, ob du bei mir warst oder nicht. Eine Mutter liebt ihr Kind. Wenn du mir nicht verzeihen kannst, ist das in Ordnung, aber versuche nicht, mich zu quälen.

– Warum bist du gegangen?

Es klang jetzt mehr wie eine Bitte als eine Frage.

– Hat er es dir nicht erzählt?

– Seit dreizehn Jahren habe ich kein richtiges Gespräch mit ihm geführt, er sitzt zu Hause und trinkt.

– Du bezahlst seinen Alkohol von deinem Gehalt?

– Ich habe kein Gehalt, Mutter, ich bin ein Dieb, und ich bezahle seinen Alkohol, damit er wenigstens zu Hause bleibt, ich bezahle seine Krankheit, damit er nicht auf der Straße endet. Glaubst du, mir macht das Spaß? Aber er will ja nicht aufhören, er will nur fernsehen und trinken, fernsehen und trinken. Was ist mit euch passiert? Es war so schön und eines Tages warst du weg.

– Das ist eine lange Geschichte …

– Das ist eine lange Geschichte, äffte ich sie nach, und dreizehn Jahre sind nicht Zeit genug, um so eine Geschichte zu erzählen?

Mir wurde erst an dem Tag klar, wie sehr mir meine Mutter gefehlt hatte, mir wurde erst an dem Tag klar, wie sehr mich die Sache beschäftigt hatte, wie es die ganze Zeit über gebrodelt und gekocht haben mußte, wie allein gelassen ich mich gefühlt hatte, wenn ich an sie dachte. Ich erkannte mich gar nicht wieder, es kam eine Menge Haß aus mir raus, aber er kam wie bunte Tücher aus dem Ohr eines Zauberers – keiner wußte woher. Ich hatte mir das hier viel einfacher vorgestellt.

Überhaupt stellte ich mir immer alles einfach vor, das war so ein Punkt, wo Phillip mich kritisierte. Er meinte, man müsse sich vorher Gedanken machen, aber ich meine, wozu soll ich mir Gedanken machen über eine Zukunft, die mich hinterrücks überfällt, anstatt ausgebreitet vor mir zu liegen? Das macht doch auch keinen Sinn.

– Jesse, weißt du, wie dein Vater war? Ich meine bevor ich …

Er war so ein sensibler Mensch, er hat immer versucht, dir so schöne Sachen beizubringen, er ist so auf dich eingegangen, hat dir sein ganzes Vertrauen geschenkt, er hat dir eine gute Zeit ...

Sie brach ab und sah mir in die Augen, sie setzte sich mir gegenüber und schien nachzudenken, wie sie es mir am besten erklären konnte. Mein Vater hatte mir früher alle Freiheiten gewährt, daran konnte ich mich gut erinnern, meine Mutter hatte Verbote ausgesprochen, mich gemaßregelt. Im nachhinein schien es so, als sei sie mehr um mein Wohl besorgt gewesen, obwohl das natürlich nicht stimmte, sie hatte nur den Drang einer Mutter gehabt, mich vor Gefahren und Fehlern zu beschützen, während mein Vater mich alle Erfahrungen machen lassen wollte. Ich hatte viel, sehr viel gelernt von meinem Vater, mein ganzes Leben schien von seinen Ideen beeinflußt zu sein, aber richtig geborgen und in Sicherheit hatte ich mich nur bei meiner Mutter gefühlt. Sie schloß die Tür und verbannte die Welt, sie nahm mich auf in einer Seifenblase voller Wärme, sie gab mir das Gefühl, daß nichts anderes von Bedeutung war.

– Dein Vater ist ein großer Mensch, Jesse, aber dein Vater hatte Depressionen, ohne äußeren Anlaß. Man nennt es dann endogene Depressionen, aber das ändert ja auch nichts, es wurde immer schlimmer. Er trinkt nicht, er bringt sich um, sein Leben ist ein einziger Selbstmord. Es war zuviel für mich, ich habe es einfach nicht mehr ausgehalten, es überstieg meine Kräfte. Er wurde ungerecht, eifersüchtig, er hat es vor dir versteckt. Das war das einzige ... Nicht vor dem Kind, hat er immer gesagt, aber er hat mich tyrannisiert, Jesse, ich konnte nicht mehr. Er hat auch nicht, er hatte ... schon vorher angefangen zu trinken, er wurde diese Depressionen nicht los. Du warst der einzige, bei dem er sich wohl fühlte.

Erneut brach sie ab. Endogene Depressionen, mein Vater war doch nicht gestört, endogene Depressionen hörte sich an wie ein Fall für die Klinik, mein Vater war nur ein Trinker. Ich wartete, meine Mutter schloß die Augen und faßte sich ans Kinn, eine Geste, die ich auch mache, wenn ich kurz davor stehe, etwas Wichtiges zu sagen. Es dauerte gut drei Minuten, ich war mittlerweile verwirrt vom Gang der Dinge.

– Ich bin fremdgegangen, ich habe keinen von denen geliebt, ich mußte mich ablenken. Er hat's rausgefunden ... Er hat mich geschlagen, ich mußte gehen, es wurde immer schlimmer. Er hat mich geschlagen, das ist kein Vorwurf, vielleicht konnte er nicht anders, aber ich mußte gehen, ich konnte nicht mehr.

– Warum hast du mich nicht mitgenommen?

– Dein Vater war so verzweifelt, er war völlig am Ende, sonst hätte er mich nie ... Er war immer gegen Gewalt. Er hat dich so geliebt, er hat dich über alles geliebt, ich dachte, er hat eine Chance, wenn ich dich dalasse ... Eine Chance, weißt du?

Tränen liefen ihr die Wangen runter, ziemlich schnell, aber lautlos. Mein Vater hatte noch fünf Jahre gearbeitet, nachdem sie gegangen war, als Nachtportier, ich hatte nicht viel von ihm gesehen, ich hatte versagt als Chance. Ich wunderte mich, daß er überhaupt noch lebte, was ihn überhaupt noch hier hielt nach all dem. Ich fragte mich, wie weit entfernt von der Wahrheit man leben konnte, wieviele Möglichkeiten es gab und ob hier jemand log. Man nahm die eine oder andere Position ein, und es gab keine Gründe, wahrscheinlich spielte es überhaupt keine Rolle, ob gelogen wurde. Die Wahrheit lag woanders, und wir standen in verschiedenen Leben, die wir nicht rechtfertigen konnten und auch gar nicht mußten. Und wenn es keinen Grund gab, keine Begründung, mußte es da überhaupt eine Wahrheit geben?

Ich beschloß, es zu nehmen, es passieren zu lassen. Es war schon seltsam, daß die Fehler, die andere in der Vergangenheit gemacht hatten, einen selber einholten. Die Karten wurden verteilt, ohne daß man seine Gegenspieler kannte und ohne daß man wußte, wo man saß. Es war alles ein völlig vertracktes Spiel, alle machten Fehler, und die meisten schleppten sie ein Leben lang mit sich rum. Vielleicht war das ihr Grund, ihre Rechtfertigung, ihr Halt. Fehler und Wunden konnte man immer lebendig halten, die Zeit heilt ihre Kunden eben nicht. Wenn überhaupt, müßte es heißen: Man gewöhnt sich mit der Zeit auch an die größte Scheiße. Die meisten brauchten einen Grund zu leiden und einen Grund zu leben, und viel zu oft fiel beides zusammen und war dann meistens auch kein Grund, es war eine Entschuldigung, bestenfalls ein Vorwand. Man mußte es kommen lassen, man kann nur Seiltanzen, wenn man Mut und Nerven hat, wenn man sich nicht ständig umdreht, und richtig gut wird es erst, wenn man keinen Grund für sein Tun sucht und auch kein Netz braucht.

Das war meine Art, mit diesen Dingen umzugehen, ich gab ihnen abstrakte, poetische Namen, übertrug sie auf andere Gebiete und glaubte fest daran, daß das alles zu etwas gut war. Ich wollte Honig, wie Ellen gesagt hatte, und ich nahm mir, was ich wollte, und bekam es ohne Pfand.

Meine Mutter weinte noch, ich stand auf, machte den Kühlschrank auf und sah hinein. Es gab nichts, das mich reizte, ein einzelnes Bier, keine harten Sachen. Ich überlegte, ob mein Vater nicht eigentlich schon längst tot sein müßte, und ich überlegte, ob mir dieses Wissen jetzt überhaupt etwas brachte. Ich wußte warum, aber was änderte das? Was hatte dieses ganze Wissen, das die Menschheit im Laufe der letzten Jahrhunderte sinnlos angehäuft hatte, gebracht? Waren die Menschen dadurch glücklicher geworden?

Es war schön, meine Mutter zu sehen.

Ich strich ihr übers Haar, ich war ihr so nah, obwohl wir uns fremd waren. Der einzige Mensch auf der Welt, hatte Jack gesagt, ich glaube ihm heute noch nicht, ich glaube, es gibt da mehr, aber er hatte mich mit diesen Worten beeindruckt.

Meine Mutter blickte hoch, und ich nickte ihr zu, lächelte, sie lächelte auch. Sie verstand mich, sie mußte mich verstehen. Ich liebte sie.

Phillip und Ruth rauchten und unterhielten sich, sie saßen auf der ersten Stufe, und Phillip hatte seinen Kopf auf ihre Schulter gelegt und ließ sich den Nacken kraulen. Es war das erste Mal, daß ich Phillip in aller Öffentlichkeit so anhänglich sah. Das erste Mal ist nicht immer schön, aber man weiß, daß man lebt.

Wir gingen zusammen hoch, und ich stellte Ruth meiner Mutter vor, wir setzten uns zusammen in die Küche, und sehr schnell waren wir dabei, von früher zu erzählen. Phillips Mutter war bei seiner Geburt gestorben, und sein Vater, von dem niemand wußte, ob er der richtige Vater war, hatte ihn oft verprügelt. Phillip hatte sehr viel Zeit bei uns verbracht, er war ein und aus gegangen, wie es ihm beliebte, hatte alle Bücher gelesen, die mein Vater mir gekauft und die ich nie angefaßt hatte, er hatte immer meinen Anteil von diesen Butterkeksen meiner Mutter bekommen, die ich nicht mochte.

Wir erzählten, und irgendwann lachten wir auch, Ruth war sehr interessiert an dem Ganzen, die Vergangenheit wurde lebendig, schöner, bunter und idyllischer als je zuvor. Als wäre die Vergangenheit ein Kloß im Hals, der sich als Diamant entpuppt, wenn man ihn ausspuckt. Es wurde sehr schnell Nacht, es gab eine Trinkhalle um die Ecke, und nachdem die Geisterstunde schon lange vorüber war, erzählte ich meiner Mutter, was passiert war, wo wir angefangen hatten, wo weitergemacht und zu welcher Katastrophe das geführt hatte. Phillip warf mir ein paar böse Blicke zu, aber wem sollte ich sonst trauen, wenn nicht meiner Mutter?

Sie hörte sich alles in Ruhe an und sagte dann, wir könnten so lange bleiben, wie wir wollten, das Haus wäre groß genug.

Am nächsten Morgen rief ich Ellen an, sie klang fröhlich, alles habe bestens geklappt, erzählte sie, die Bullen hatten ihr ein paar Fragen gestellt, von Jan fehlte jegliche Spur, das Geld war noch da, und sie brannte darauf, uns nachzukommen. Wieso verstand ich immer noch nicht ganz, das konnte doch nicht nur Abenteuerlust sein. Ich gab ihr die Adresse meiner Mutter durch, und sie sagte, sie würde versuchen, in zwei Tagen hierzusein, ich drückte auf die Gabel und wählte dann Pauls Nummer.

– Hallo Paul, hier ist Jesse.

– Seid ihr in Sicherheit?

– So etwas wie. Ist Jan zurück?

– Nein, ich glaube bei ihm ist jetzt alles zu spät, er gehört in die Anstalt.

– Was macht Maria?

– Sie sitzt hier und wartet auf ihn.

– Glaubst du, es hat Sinn, wenn ich mal mit ihr rede?

– Worüber?

– Sie hat doch bestimmt Kontakt zu Jan, vielleicht können wir uns ja einigen.

– Ich glaube kaum.

– Ich würde es gerne versuchen. Hast du das Geld bekommen? Schau bitte ab und zu nach meinem Vater.

– Er trinkt mehr denn je, Jesse, er hat, glaube ich, nichts gegessen, seit du weg bist.

Scheiße, ging es mir durch den Kopf, Scheiße, da kam ich also her, Vater manisch-depressiver Trinker, Mutter unglückliche Kellnerin, eine Versagerfamilie, aber ich führte diese Tradition nicht fort. Ich war erst einmal erwischt worden, mit achtzehn, ich hatte sofort losgeheult, ich war betrunken gewesen, es war mir nicht schwergefallen. Der Kaufhausdetektiv hatte Mitleid mit mir bekommen, Ersttäter, das hatte er sofort gesehen und mich nach Hause geschickt, ich hatte sogar die Flasche Wodka behalten, für die mein Vater keine vier Stunden gebraucht hatte.

– Ich komme in den nächsten Tagen, Paul, sag das meinem Vater, vielleicht nützt es etwas.

Ich legte auf und ging in die Küche, wo die anderen waren. Ruth erklärte meiner Mutter gerade etwas.

– ... denn die Sonne ist die einzige Kraft, die grenzenlos gibt, ohne deshalb kleiner zu werden, sie verschenkt sich, ohne sich aufzugeben. Sie ist Symbol der Liebe und Lebensfreude, ein Zeichen einer neuen Geburt, sie bringt Licht, sie spendet Leben, deshalb habe ich mir eine Sonne tätowieren lassen.

Meine Mutter nickte, sie hatte einen Morgenmantel an und sah ziemlich zerknittert aus. Sie kann nicht glücklich sein, dachte ich, das geht nicht, und trank noch einen Schluck Kaffee. Ich fühlte mich meinen Eltern gegenüber zu nichts verpflichtet, das hatten sie sich ja allem Anschein nach mir gegenüber auch nicht gefühlt. Ich schien dieses Leichtlebige von meiner Mutter zu haben, trotz allem ließ sie sich nicht unterkriegen, sie schien ihr Leben so eingerichtet zu haben, daß sie nicht unzufrieden war, aber auf der anderen Seite, ging mir das nicht in den Kopf, sie schien zu alt für so ein unsicheres Leben. Kellnerin, das war ein Studentenjob, da kam man auf keine grüne Wiese mit, und sie hatte höchstens noch zehn Jahre, dann mußte sie sich dringend etwas anderes überlegen. Ich lächelte über mich selber, so weit hatte ich in meine eigene Zukunft noch nie gedacht.

Es hatte hier keine wirklichen Veränderungen gegeben, eigentlich waren wir alle genauso schlau wie vorher, die Stadt gefiel mir, und wir wollten uns nicht erwischen lassen, das war alles.

– Jan weiß, daß er den Falschen erwischt hat, sagte ich, er ist noch nicht zurück.

– Und was habt ihr jetzt vor? fragte meine Mutter

– Wir mieten uns eine Wohnung, Phillip macht ein Büro auf, ich gehe tanzen, Ellen sucht sich eine Stelle als Telefonistin, und Jesse macht, was immer er macht, sagte Ruth.

Ich sah Phillip an, und er schien damit einverstanden zu sein. Das war wie im Bilderbuch, aber wir hatten bestimmt alle seit Jahren kein Bilderbuch in der Hand gehabt.

– Und Jan? fragte ich.

Keiner machte den Mund auf, wir hofften auf das beste, und Phillips Augen sagten genug. Wenn er uns findet, dann ist er selber schuld. Daran hatten wir beide schon gedacht, ganz sicher, aber wir sprachen nicht darüber. Vielleicht hatten wir keine andere Wahl.

17

Ich schrieb Brenda einen Brief, obwohl Brief schon zuviel gesagt ist, eine halbe Seite, viele Grüße, es geht mir gut, ich denke gerne an dich. Ich kann nicht sagen, ob ich mir irgend etwas davon versprach, wir hingen nur einfach in dem Haus ab und hatten nichts Weltbewegendes zu tun. Ich dachte, ich könne einen Brief schreiben, aber mir fiel zu wenig ein, nichtsdestotrotz schickte ich ihn ab, wobei ich mich selber wunderte, daß ich mich an den Namen der Straße, in der Brenda wohnte, erinnern konnte.

Ansonsten bummelten wir ein wenig in dem Viertel rum, und es gefiel mir immer besser, ich konnte mir tatsächlich vorstellen, hier zu leben, die Sonne schien die meiste Zeit des Jahres, aber nie so grell und erbarmungslos wie bei uns. Möglicherweise konnte ich ja Phillips Assistent werden, zwei oder drei Tage die Woche hätte ich ausgehalten. Ich war nur ein kleiner Fisch, ich traute mir nicht zu, meinen ganzen Lebensunterhalt auf illegale Weise zu sichern, bisher hatte ich ja das Glück gehabt, im Haus meines Vaters zu wohnen und keine Miete zahlen zu müssen. Es fiel ihm, glaube ich, gar nicht auf, ob ich da war oder nicht, neunzig Prozent seiner Zeit verbrachte er im Wohnzimmer, er schlief auf der Couch, der Fernseher lief vierundzwanzig Stunden am Tag.

Ich dachte natürlich auch daran, bei meiner Mutter zu wohnen, aber die Idee mißfiel mir, ich hätte das Gefühl gehabt, ihr zur Last zu fallen, während mein Vater so jenseits von jeglicher Schmerzgrenze war, daß man ihm gar nicht zur Last fallen konnte. So träumte ich vor mich hin, wie es wohl wäre, wenn wir zu viert zusammenziehen würden, wohin uns das führen konnte, und mir fielen fast nur schöne Dinge ein. Der Gedanke, Ellen jeden Tag zu sehen, war faszinierend. Nur bei Ruth und Phillip war ich skeptisch, da mußten noch irgendwo böse Ereignisse hinter dunklen Ecken lauern, ich bin beileibe kein Pessimist, aber ich mißtraute der Sache gewaltig. Ich kannte Phillip zu gut und Ruth zu schlecht.

Ellen war kaum wiederzuerkennen, ihre Augen leuchteten und stachen aus ihrem Gesicht hervor. Sie hatte sich die Haare schwarz gefärbt, das gab einen wunderbaren Kontrast, sie lächelte und schenkte mir einen Augenaufschlag aus einem schlechten Film, als sie merkte, wie ergriffen ich sie anstarrte.

– Ein neues Leben, eine neue Haarfarbe, sagte sie, ich wollte sie auch gleich noch schneiden, aber das kommt erst im nächsten Leben. Ihre Haare glänzten blauschwarz im Licht, das durch das Fenster ins Zimmer fiel.

Ruth hatte sich sehr gefreut, Ellen wiederzusehen, fast hätte sie sie erdrückt, Phillip hatte ganz schön geguckt, die Farbe machte eine Menge aus, auf der Straße drehten sich bestimmt viele Männer nach ihr um, eigentlich fiel sie viel zu sehr auf, wenn man unsere Situation bedachte, aber niemand hätte sie auf den ersten Blick wiedererkannt. Außerdem, wer so auffiel, der konnte nichts zu verbergen haben. Früher war ich oft mit einer Dose Haarspray in der Hand aus dem Kaufhaus rausspaziert, ich hatte sie fast in die Luft gereckt, ohne daß jemand auf die Idee kam, ich könne nicht bezahlt haben. Dann fing ich an, mir die Haare wachsen zu lassen, und ich benutzte kein Haarspray mehr, aber das ist eine andere Geschichte.

Am frühen Abend ging meine Mutter arbeiten, Phillip las in einem Buch, das *Selbstbildnis eines Banditen als junger Mann* hieß und eins der wenigen Bücher war, die mich auch interessierten.

Ruth stellte sich gerade für einen Job vor, und so saß ich dann allein mit Ellen da, und weil ich in dem Augenblick nichts Besseres zu sagen wußte, machte ich ihr ein Kompliment darüber, wie gut sie mit den schwarzen Haaren aussah.

– Ich war zu lange allein, sagte sie.

Ich wähnte mich mal wieder auf der falschen Baustelle, ich verstand nicht, was das eine mit dem anderen zu tun haben sollte, ich wartete eine Erklärung ab.

– Es kommen einem seltsame Ideen, wenn man lange Zeit alleine ist, man wird verschroben, Jesse. Aber das scheint jetzt vorbei zu sein, ich wollte mich entscheiden, für etwas Wichtiges, ab jetzt gibt es kein Zurück. Es war ein befreiendes Gefühl. Früher habe ich mich oft durch die Nächte hindurchgedacht bis zum Morgengrauen, ich habe viel gelernt dabei, aber ich will anders leben. Ich habe noch Zeit, und ich möchte sie mit euch verbringen. ... Ich will nicht ewig leben, ich mache das hier für schöne Augen und großen Spaß. Ich habe ein paar Sachen zurückgelassen, die mich einholen könnten, aber ich will nicht zurück, um einen Tag zu beenden, nachdem die Sonne schon untergegangen ist. ... Manchmal würde ich dir gerne etwas schulden.

– Was heißt das, du würdest mir gerne etwas schulden?

Sie saß auf einem Stuhl, den Rücken fest gegen die Lehne gedrückt und die Knie an die Brust gezogen.

– Ach, auf einer bestimmten Ebene finde ich mich mutig, auf einer anderen komme ich mir vor wie eine Außerirdische. Ich sehe Sachen auf eine gewisse Art, ich bin kaum rausgegangen, und du hast mich zu einer Fahrt mitgenommen. Ich habe jetzt ein grünes Gedächtnis.

Ich versuchte ihr zu folgen, aber das war unmöglich, ich hatte nicht die geringste Idee, was hinter diesen Worten steckte, ich machte den Mund auf und zu, und Ellen lachte.

– Ich wollte dich nicht verwirren, ich kann's nicht besser

erklären. Es ist ein Gefühl in mir, vielleicht kann man es Lebensfreude nennen, vielleicht habe ich auch nur alle Hoffnungen aufgegeben und fühle mich befreit.

Okay, ich verstand es nicht, aber es gab da noch etwas, das sie mir vielleicht erkären konnte.

– Warum siehst du eigentlich so oft traurig aus?

– Ich sehe doch nicht traurig aus.

– Nein, im Moment nicht.

– So lebe ich halt, und es tut eben oft weh. ... Bei euch habe ich das Gefühl, ihr lebt umsonst, ihr nehmt, was übrigbleibt, ihr seid in einem gewissen Sinne bescheiden, weil ihr wißt, wohin so wenig Ehrgeiz führt. Ihr nehmt, mutig und gefährlich.

– Es liegt keine Romantik in der Gefahr, die legt man erst hinterher hinein, glaub mir.

Phillip stand im Türrahmen, ein Glas Wasser in der Hand, und bestätigte, was ich gesagt hatte. Dann hörten wir, wie die Haustür aufging, und Ruth erschien hinter Phillip. Sie umfaßte ihn von hinten und steckte ihre Daumen in seinen Gürtel, sie strahlte, sie hatte einen sehr gut bezahlten Job in einer Bar bekommen. Ich hatte das Gefühl, daß wir durch einen reißenden Fluß geschwommen waren und nun langsam ans andere Ufer gelangten. Möglicherweise kamen tatsächlich gute Zeiten, nur war Jan hinter uns hergeschwommen, und die Wahrscheinlichkeit, daß die Strömung ihn mitgerissen hatte, war wohl nicht so groß.

Abends ging ich mit Phillip in einen kleinen Laden am Ende des Blocks, um ein paar Kleinigkeiten für's Abendessen zu besorgen, und erzählte ihm von der Idee, die mir heute gekommen war.

– Wir könnten Maria entführen, dann hätten wir etwas gegen Jan in der Hand.

Phillip lachte los.

– Du bist ein Traumtänzer, das mag ich an dir, du bist so ein unglaublicher Traumtänzer, jeden Tag ein Traum aus Zuckerwatte, garantiert nicht realitätsresistent. Was willst du dann machen? Willst du sie zwei Monate einsperren, um ihm dann, wenn er kommt und vollends durchgeknallt ist, ein Tauschgeschäft vorzuschlagen? Mein Leben gegen das seiner Frau? Manchmal denkst du keine zwei Schritte geradeaus, es ist schon ein Wunder, daß sie dich nicht häufiger erwischt haben.

– Das eine hat mit dem anderen nichts zu tun!

Er klopfte mir auf die Schulter und sagte, daß er es nicht böse gemeint habe. Wir waren mittlerweile an der Ecke angelangt, und ich hielt Phillip die Tür auf.

Ich brauchte drei, vier Sekunden, bis mir einfiel, woher ich den Mann an der Kasse kannte. Robert Helt, der beste Schüler meiner Klasse. Ordentlich gescheitelte Haare hatte er gehabt, durchweg glatte Einsen, ein Musterschüler und der Liebling aller Lehrer. Wir hatten in Chemie nebeneinander gesessen, und ich hatte alle Experimente zum Scheitern gebracht, meistens mit Absicht, aber er hatte immer eine Eins bekommen und ich eine Fünf. Er haßte die Chemiestunden, in denen in Partnerarbeit Versuche durchgeführt wurden, kein einziger hat geklappt, soweit ich mich erinnern kann, und es gab zweimal Feueralarm. Ich war ein großes Handicap für Robert gewesen. Nach der Schule hatte er unzählige Angebote für Stipendien bekommen, ich glaube, er hatte sich damals für Medizin entschieden, an einer renommierten Hochschule im Osten des Landes. Jetzt stand er hier und bediente mich.

– Hallo, Robert, grüßte ich ihn.

– Hallo, Jesse, was darf's sein?

Ich nannte ihm die Sachen, und er packte sie in eine braune Papiertüte. Ich freute mich diebisch. Was auch immer ihn hierher verschlagen hatte, welches Unglück auch immer seine Voraussetzungen zerstört hatte, welche gemeinen Schicksalschläge unter die Gürtellinie er auch bekommen hatte, das konnte man außer acht lassen. Was zählte, war, daß ich weitgehend so lebte, wie ich wollte, und er ganz offensichtlich nicht. Ich hatte dieses köstliche Gefühl, alles im Leben richtig gemacht zu haben. Schadenfreude ist sicherlich etwas sehr Niederes, aber wahrscheinlich war es keine reine Schadenfreude, was ich empfand. Es war eine Bestätigung meiner Idee, daß äußere Umstände im Grunde unerheblich sind und daß man sein Leben nie kontrollieren kann. Man brauchte einen großen Geist und den Mut, sich im Strom der Ereignisse treiben zu lassen. Es kommt immer nur darauf an, wer du bist. Nicht, was du tust. Robert sah müde aus, fertig, unglücklich, resigniert würde ich sagen, wenn es nicht so ein großes Wort wäre, und es interessierte mich überhaupt nicht, wie es dazu gekommen war, daß er hier arbeitete, für einen Stundenlohn, den ich noch nicht einmal für's Rumsitzen akzeptiert hätte.

– Was machst du denn jetzt so, Jesse. Hast du doch noch eine Ausbildung gemacht?

– Ne, ich bin Pizzataxi gefahren und war Spülhilfe. Beide Jobs habe ich nach jeweils zwei Wochen drangegeben. Spülhilfe war mir zu dreckig, und Pizzataxi fahren ist eine Sache der Abendstunden, ich sehe mir lieber die Sonnenuntergänge an.

– Und jetzt?

– Ich habe in der Lotterie gewonnen, die nächsten Wochen sehen gut aus.

Er sah mich an, abwartend, das war ein altes Spiel, jetzt mußte ich ihn fragen, was er denn hier machte, womit er sein Leben in den letzten sechs, sieben Jahren gefüllt hatte. Ich fragte ihn nach der Endsumme, Phillip bezahlte, wir verabschiedeten uns und gingen raus.

– War das Robert Helt, der Überflieger auf deiner Schule damals? fragte Phillip draußen.

– Ja, sagte ich, Robert Helt, der mit der besten Abschlußnote seit fünfundzwanzig Jahren.

Wir schlenderten langsam zurück, ich trug die Tüte, Phillip rauchte.

– Wie sieht es jetzt aus mit dir und Ruth? wollte ich wissen.

– Es ist so ganz anders als bisher, sagte er, ich kenne das nur, daß man kämpfen muß, erobern, bestürmen, aber bei Ruth ist das anders. Sie gibt gerne, es kommt alles von alleine. Es ist so einfach, es ist …

Wir blieben mitten auf der Straße stehen, in einem stillen Einverständnis, noch länger über die Sache zu reden. Ich steckte mir auch eine an.

– Es ist auch ganz schön Scheiße, fuhr er fort, ich denke die ganze Zeit, es könnte morgen vorbei sein, und es wäre mir egal. Außerdem mache ich fast nichts, ich nehme und nehme, das kann nicht gutgehen. Du kennst den Spruch, Frauen können nur die Liebe fühlen, die sie geben, und Männer nur die, die sie nehmen. Das ist Hühnerkacke, da glaube ich nicht dran. Es wird nicht gut enden, das auf keinen Fall. Ich kann mich niemandem hingeben, Jesse, ich bin nicht wie Ruth, oder wie du. Ich gehe nicht bis zur Selbstaufgabe, nenn es wegen mir auch Liebe, ich gehe nicht mehr bis dahin, ich bleibe stehen, sonst könnte ich gleich Selbstmord begehen. Ich habe nicht das Gefühl, daß ich irgend etwas zu verschenken habe.

– Bleib fair, spiel kein Spiel, das hat sie nicht verdient. Und wenn du doch zwei Schritte weitergehst – es kann schön sein, wirklich, es kann wunderbar sein, mal alles loszulassen. Wenn die Liebe ein Schwimmbecken ist, dann bist du derjenige, der sich immer mit einer Hand am Beckenrand festhält.

– Ich will einfach nicht Gefahr laufen unterzugehen.

– Untergehen kannst du überall, auch am Beckenrand. Untergehen spielt auch keine Rolle, du kommst wieder hoch.

– Du gehst immer nur von dir aus, du hast gar keinen richtigen Blick für die anderen. Was richtig ist für dich, ist nicht gleichzeitig richtig für den Rest der Menschheit. Ich habe schwere Füße, Jesse, die ziehen mich runter.

– Du hast nur schwere Schuhe.

– Mein Leben und meine Leber gehören mir.

Das war sein Spruch, wenn er meinte, ich würde mich zu sehr in sein Leben reinhängen. Das Thema war erledigt.

Später beim Abendessen liefen die Vier Jahreszeiten, Ellen und meine Mutter saßen nebeneinander, Phillip und Ruth hatten auf der anderen Seite des Tisches Platz genommen, und ich thronte am Kopf. Links und rechts von mir wurde geredet, aber ich hörte lange Zeit nicht hin, das eine schien mir ein Frauengespräch, das andere der Gesang von Vögeln, die geben auch nur Laute von sich, weil sie begattet werden wollen, es klingt zwar schön, aber es ist einfach nur der Lauf der Welt.

Kurz vor dem Dessert schnappte ich dann dieses Wort auf und wurde hellhörig, man könnte gemeinerweise auch sagen sensationslüstern. Abtreibung. Ellen erzählte meiner Mutter von ihrer Abtreibung, ich sah unverwandt auf mein Schüsselchen voll Pudding und versuchte alles mitzukriegen und den Anfang zu rekonstruieren. Außerdem wunderte ich mich, wie leicht es Frauen fiel, sich untereinander ihre Geheimnisse zu erzählen, bei Männern jedenfalls war das nicht so. Manchmal glaube ich, Frauen verstehen die menschliche Seele viel besser, weil sie so gut über die verschwiegenen Wünsche und nie erzählten Fehltritte Bescheid wissen.

Ich entnahm dem, was Ellen sagte, daß sie vor drei Jahren einen Freund gehabt hatte, der fünf Jahre jünger war als sie, also mußte er erst achtzehn gewesen sein. In seinem jugendlichen Wahn hatte er ihr das Blaue vom Himmel versprochen und ein schönes Leben dazu. Ellen war skeptisch gewesen, hatte sich aber in ihn verliebt. Er hatte die blinde Kraft der Jugend und ihre Selbstüberschätzung gehabt, er hatte sie mitgerissen, wie ein Tornado, wenn ich das richtig verstand. Ellen hatte schon gedacht, daß es das sei, daß sie den Rest ihres Lebens mit diesem Jungen verbringen werde. Dann war sie schwanger geworden, und er hatte mit Achselzucken reagiert. Er wolle sie nicht verlassen, aber um das Kind werde er sich nicht kümmern, sagte er.

Ich blickte kurz auf und sah, daß Ruth und Phillip sich küßten, und ich sah, daß Ellen sich Wein nachgoß, die Flasche war fast leer. Phillip trank Bloody Mary, Ruth und meine Mutter Wasser, ich Bier. Das, was Ellen erzählte, war kein Thema für ein Tischgespräch, aber im Wein liegt nicht die Wahrheit, wie man immer sagt, sondern nur der Leichtsinn, sie an ungeeigneten Orten zu erzählen.

Er hatte sich also so gleichgültig benommen, erzählte Ellen, daß sie sich entschloß abzutreiben und hinterher Schluß machte und zu ihrem Vater zog. Sie bereue den Entschluß noch heute, sagte sie, und fast hätte ich meinen Mund aufgemacht und etwas dazu gesagt.

Reue ist ein Fremdwort für mich, eines Tages habe ich mir vorgenommen, nie etwas in meinem Leben zu bereuen, und seitdem geht es mir noch besser. Egal was man tut, wenn man es von seiner momentanen Position aus richtig findet, dann ist es richtig, selbst wenn es sich hinterher als Fehler erweisen sollte. Man muß leben, und das ist unmöglich, wenn man alles im voraus weiß. Wenn ich jahrelang Regenwürmer getötet habe, dann bereue ich das heute nicht, ich wußte nicht, was ich tat, ich hielt es für gut. Was ich hätte wissen können, ist etwas ganz anderes, das ist nicht nur außerhalb der Realität, das ist auch außerhalb meiner Träume, das gehört in ein Leben, das ich nie gelebt habe.

Außerdem fühlte ich mich verletzt, weil Ellen mir diese Geschichte nicht erzählt hatte, gleichzeitig war mir klar, daß sie keinen Grund dazu gehabt hatte.

Es wurde still, ich schaute noch mal hoch und erkannte dieses Mal, daß meine Mutter ihren Arm um Ellen gelegt hatte und versuchte, sie zu trösten, was auch dringend nötig war. Reue ist eine Sache, dachte ich mir, aber mit diesem Ding in ihrem Bauch war wohl auch ein Teil von Ellen gestorben, da konnte man wahrscheinlich nicht mit dieser billigen Theorie kommen. Das Leben war komplizierter als ich.

Ruth hatte nichts mitbekommen und wollte unbedingt noch ausgehen.

– Morgen fange ich an zu arbeiten, sagte sie, da bin ich abends nicht mehr da, das ist unsere letzte Chance, zusammen wegzugehen.

Ich war müde, und ich wunderte mich, woher Ruth immer diese Energie nahm. Sie war so dünn, sie wirkte fast schon zerbrechlich, sie aß nie besonders viel. Sie klagte aber nie über Müdigkeit, es war ein Wunder, wie soviel Leben in so einem Körper Platz haben konnte. Dicke Menschen sind oft träge, das leuchtet mir ein, die leben ja meistens auch nicht, sondern fressen stattdessen, aber daß eine Frau von achtundvierzig Kilo nicht alle zwanzig Minuten einen Schwächeanfall bekam, das verblüffte mich wirklich.

Meine Mutter sah kurz zu Ellen rüber, mit einem Blick, der mich auf den Gedanken brachte, daß sie auch schon mal abgetrieben haben könnte.

– Ellen und ich bleiben heute abend zu Hause, sagte sie.

Ellen nickte. Meine Mutter schien mir eine Frau mit großer Intuition zu sein, schon seit jeher. Bevor ich überhaupt den Mund aufmachte, hatte sie früher gewußt, ob Hunger mein Problem war oder Durst oder ein kaputtes Spielzeug. Das kann vielleicht jede Mutter, mag sein, aber meine wußte auch, was ich im Moment am liebsten essen oder trinken würde und welches Spielzeug das gewesen war.

Ich stand auf und erklärte, ich werde ins Bett gehen, überzeugt davon, daß meine Mutter Ellen trösten würde, und ohne die geringste Lust, mit Phillip und Ruth in eine Kneipe zu gehen. Die beiden würden ohne mich mehr Zeit füreinander haben. Ich ging ins Gästezimmer, in dem ich schlief. Ruth und Phillip schliefen im Wohnzimmer, Ellen bei meiner Mutter.

Ich legte mich auf den Rücken, ließ die bisherigen Ereignisse wie einen Film an mir vorüberziehen, versuchte Muster zu entdecken, die das Schicksal hineingewoben hatte, und versuchte mir vorzustellen, wie es weitergehen konnte, obwohl ich genau wußte, daß es ein sinnloses Unterfangen war. Es gab immer ungefähr zehntausend Möglichkeiten, von denen ich mir höchstens zehn oder zwölf ausmalen konnte. Es war mehr ein Zeitvertreib, ein Spiel mit der Phantasie, ein etwas mühseliges Entwickeln und Ausschmücken von Einzelheiten, die vielleicht nie irgendeine Bedeutung erlangen würden. Aber es war auch ein Weg zur Erkenntnis. Und Unterhaltung war es auch, und außerdem eine Suche nach Bildern und Stimmungen und allgemeinen Aussagen über das Leben. So ungefähr müßte es sein, ein Buch zu schreiben, stellte ich mir vor.

Ich war sehr gespannt, wie das alles hier mal zur Ruhe kommen würde, gegen welche Banden die Kugel noch stoßen würde, ehe sie ihren Schwung verlor, oder ob die Kugel vielleicht bergab rollte und irgendwo zerschellen würde. Wie hatte Jim Morrison gesungen? The future's uncertain and the end is always near. Guter Mann, nur siebenundzwanzig Jahre hatte er es gemacht, aber von uns vieren hatte es anscheinend auch keiner drauf angelegt, alt zu werden.

18

Zwei Tage später fuhr ich mit dem Bus zu Paul, Maria und meinem Vater. Ich hatte keine Lust gehabt, die Strecke alleine mit dem Auto zu fahren, Phillip mitzunehmen, fand ich zu riskant, und Ellen schienen die langen Spaziergänge, die sie mit meiner Mutter unternahm, gutzutun. Ruth wollte sowieso immer bei Phillip sein. Wir hätten dich gleich rausschmeißen sollen, sagte er immer wieder, um sie aufzuziehen. Meine Mutter gab mir zum Glück weder gute Ratschläge noch Butterkekse mit auf den Weg.

Ich klaute mir einen Walkman, damit mir auf der Fahrt nicht zu langweilig wurde, und packte sogar das Buch, das Phillip mir gab, ein. Es war ein dünnes Bändchen, *Die Reise nach Petuschki* von irgendeinem Russen. Ich hatte es ausgelesen, bevor ich ankam, mein achtzehnter Roman. Die Leute im Bus hatten mich bei meinen Lachanfällen seltsam angesehen, und ich hatte immer wieder das Buch hoch gehalten. Sollten sie es doch lesen, es lohnt sich. Lesen erforderte mehr Ruhe und Konzentration als das Leben, und die meisten Bücher schienen unsagbar schlecht zu sein, das sagte sogar Phillip.

Zuerst ging ich zu Paul. Er saß an der Kasse und spielte auf seiner Mundharmonika, als ich reinkam.

– Mensch, Jesse, sagte er, wer hätte gedacht, daß das so weit führen würde? Die Frauen bestimmen unser Leben mehr, als all diese Feministinnen sich das vorstellen können.

Paul lebte allein, seit seine Frau vor zehn Jahren gestorben war, und einmal hatte er im Suff erzählt, daß sie gar nicht wirklich weg sei. Sie hatten fast zwanzig Jahre zusammengelebt. Ich konnte mich an sie erinnern als eine Frau mit hoher Stimme, die sehr gut aussah und sich stets im Hintergrund hielt.

– Weißt du, was Maria den ganzen Tag macht?

– Sie sitzt zu Hause und wartet, sie geht kaum noch raus. Alle zwei Wochen einkaufen, sonst sieht man sie nicht auf der Straße. Sei vorsichtig, wenn du hingehst.

Wir handelten einen Preis für den Kombi aus, und er gab mir das Geld raus, das wir bei ihm guthatten, nachdem unsere Schulden beglichen waren. Es war mehr, als ich gedacht hatte. Er wollte mir noch ein Gewehr verkaufen oder zumindest mitgeben, aber ich lehnte ab, Phillip hatte die Pistole, das mußte reichen. Ich versprach Paul, noch mal vorbeizukommen, ehe ich fuhr.

Als nächstes ging ich nach Hause, oder dorthin, wo ich jahrelang einen festen Wohnsitz gehabt hatte. Mein Vater schraubte gerade eine neue Flasche auf, als ich durch die Tür trat. Er sah mich kurz an und nahm dann den ersten Schluck, ohne mich weiter zu beachten. Ich setzte mich neben ihn, nahm ihm die Flasche aus der Hand, trank selber. Tom und Jerry jagten sich auf dem Bildschirm. Mein Vater steckte sich eine an, ich konnte an seinen Bewegungen erkennen, daß er nicht allzu besoffen war.

– Irgendwas gegessen in letzter Zeit? fragte ich.

– Wo warst du? fragte er zurück.

– Bei Mutter.

Er trank und schwieg. Es roch abscheulich, die Aschenbecher quollen über, das Sofa und der Teppich hatten dunkle Brandflecken. Ich setzte noch mal die Flasche an.

– Trink nicht soviel, Jesse, sagte er, und nach einer Pause fügte er hinzu: Ich mag dich zu sehr.

Er starrte durch den Fernseher hindurch. Das hatte er in den letzten Jahren nie gesagt. Er schaltete um auf einen Dokumentarfilm über Grönland. Ich lehnte mich zurück, schwitzte, riesige

Monde bildeten sich unter meinen Armen. Ein Mann erschoß gerade einen Schlittenhund.

– Wieso hast du mir nie etwas erzählt?

Mein Vater sagte nichts und knackte mit den Fingern. Er vergaß die Zigarette im Ascher, steckte sich eine neue an und lehnte sich zurück. Ich sah, wie seine Augen glasig wurden. Er atmete ein wenig tiefer, und nach drei, vier Minuten war er soweit. Er sprach sehr langsam.

– Jesse, ich hab's vermasselt. Etwas ging kaputt mit der Zeit, deine Mutter wurde eifersüchtig und launisch. Ich habe versucht, alles so hinzukriegen, wie es war, als ich sie zum ersten Mal traf. Dann fing ich an zu trinken, weil es nicht klappte, und dann erst hat sie andere Männer gehabt. Das ist die Reihenfolge.

– Die Depressionen?

– Deine Mutter hat sich verändert, sie hatte Stimmungsschwankungen ohne Grund, sie war unzufrieden mit der Welt, sie wollte, daß ich aufhöre zu arbeiten, damit ich für sie da bin.

Er holte noch eine Zigarette aus der Packung und machte sie an der zweiten an. Die erste war mittlerweile im Aschenbecher verendet.

– Wieso habe ich so wenig davon mitgekriegt?

– Du warst noch ein Kind, du solltest unschuldig bleiben. Das kann kaum jemand vertragen, wenn seine Frau ihn betrügt. Ich habe getrunken, damit mein Herz … schrumpft.

Er nahm die Flasche, und über die Hälfte rann in einem Zug seine Kehle runter. Menschen änderten sich ständig, und manchmal war das nicht gut für sie. Es war möglich, daß mein Vater die Wahrheit erzählte, es war sogar möglich, daß beide die Wahrheit erzählten. Die Frage nach dem Warum ist immer völlig sinnlos. Es spielte keine Rolle, wieso meine Mutter sich verändert hatte, wenn es denn überhaupt so gewesen war. Es war unmöglich, die Sachen bis zu ihrem Anfang zurückzuverfolgen.

– Willst du nicht aufhören zu trinken?

– Jetzt sofort?

– Ja!

– Nein!

Wir saßen noch zwei Stunden schweigend vor dem Fernseher, Charles Bronson kehrte, in einer Welt, die es nicht gab, wieder den harten Mann raus. Als mein Vater einschlief, ging ich auf mein Zimmer und setzte mich eine Weile auf's Bett. Ich wollte mir alles noch mal ansehen, ich wollte nichts mitnehmen, ich glaubte fest daran, daß ich zum letzten Mal hier war. Nach einiger Zeit stand ich auf, steckte mir eine Handvoll Murmeln in die Tasche und sah noch mal nach meinem Vater. Er schlief, und er sah nicht besser aus als irgendein Penner. Es tat mir weh. Ich machte mich auf den Weg zu Maria.

Maria war eine leicht übergewichtige Frau mit schwarzen Haaren. Sie war mittlerweile Anfang Dreißig und hatte, bevor sie Jan heiratete, mit sehr vielen Männern geschlafen. Es hieß immer, sie sei leicht zu haben und sehr gut im Bett. Sie bevorzugte es, junge Kerle zu entjungfern, und so war auch Phillip damals an sie geraten. Die beiden waren sechs Wochen nicht aus Marias Wohnung rausgekommen. Ich überlegte, warum ich es nie bei ihr versucht hatte. Ich konnte mich nicht erinnern.

Erst nach dem vierten oder fünften Klingeln machte sie die Tür einen Spalt breit auf und sah hinaus. Als sie mich erkannte, bekam sie einen sehr verwunderten Gesichtsausdruck und wußte offensichtlich nicht, was sie tun sollte.

– Guten Tag, Maria, darf ich reinkommen?

Ich war übertrieben höflich und lächelte breit. Zögernd öffnete sie die Tür so weit, daß ich ins Haus konnte. Ich ging in die Küche, nahm mir, ohne zu fragen, ein Bier aus dem Kühlschrank und setzte mich an den Tisch. Ich wollte mich ein wenig großkotzig benehmen, damit sie Jan später erzählen konnte, daß wir keine Angst hatten.

– Kannst du mir erzählen, was in deinen Mann gefahren ist?

– Er ist mein Beschützer, denkt er, und Phillip hat mich wehrlos gemacht und dann geschändet, dafür muß er büßen.

– Geschändet! Ihr habt gebumst.

– Ich bin Jans Frau, und er hat mich zur Untreue verleitet.

– Seit wann spricht denn eine wie du von Treue?

– Seit ich mit Jan verheiratet bin. Ich habe Fehler gemacht, aber das war früher, die Zeiten haben sich geändert. Ich habe jetzt ein neues Leben mit Jan angefangen, und Phillip wollte es zerstören.

– Ihr wart besoffen! Keiner wollte dein Familienglück zerstören, sei doch nicht kindisch! Kannst du Jan nicht darum bitten, daß er Phillip in Ruhe läßt unter der Bedingung, daß Phillip sich nie wieder hier blicken läßt?

– Nein!

– Es wäre einfacher für uns alle.

– Phillip soll seine Strafe erhalten. Es war ja fast eine Vergewaltigung.

– Jetzt schmeichelst du dir aber selber, was? Komm schon, du bist die einzige, die Jan zur Vernunft bringen kann.

– Keine Chance!

– Du wirst nicht glücklich werden, falls Phillip etwas passieren sollte. Das schwöre ich.

– Soll das eine Drohung sein? Du bist süß, Jesse, so ein kleiner Taugenichts spuckt so große Töne. Du weißt ja gar nicht, was für ein Mann Jan ist.

– Doch, ein Psychopath.

Ihre Augen funkelten. Es hatte tatsächlich wenig Sinn, das Flittchen der Stadt verteidigte ihre Ehre mit einem religiösen Eifer. Diese Hundertachtziggradkehrtwendungen gingen mir regelmäßig auf die Eier. Diese militanten Nichtraucher, die es früher nicht unter drei Schachteln am Tag gemacht hatten, diese Exjunkies, die ein drogenfreies Leben propagierten, die Hedonisten, die zu Asketen wurden. Ich konnte sie nicht ernst nehmen.

Sie kannten beide Seiten, sie hätten es besser wissen müssen, aber sie waren nicht in der Lage gewesen, mit ihrer Freiheit umzugehen, und nun wollten sie nicht sehen, wie andere diese Aufgabe bewältigten.

– Ich bin jetzt treu, und keiner darf mich beschmutzen!

Ich hatte genug, ich stand auf, faßte sie an den Oberarmen und drängte sie gegen die Wand. Ich preßte meine Lippen auf ihre und griff unter ihren Rock. Sie wehrte sich heftig. Ich schob ihren Slip beiseite und spürte, daß sie feucht war. Sie biß mich in die Lippe, und ich ließ ab, nahm die halbvolle Flasche vom Tisch und ging, ohne mich umzudrehen und ohne auf ihre Verwünschungen zu hören. Solidarität war ein Wort, das mir mein Vater, als ich klein war, vergeblich zu erklären versucht hatte, und das hier war nun eine ganz eigenwillige Interpretation davon. Das würde Jan zur Weißglut bringen.

Ich ging zu Paul, völlig unzufrieden mit dem Lauf der Dinge, ich hatte nicht erwartet, daß es funktionieren würde, ich hatte gar nichts erwartet, aber erst jetzt bekam ich das Gefühl, daß die ganze Aktion völlig für'n Arsch gewesen war. Ich konnte meinem Vater nicht helfen, ich konnte Phillip nicht helfen, und Paul konnte mir nicht helfen. Ich hatte es versucht, aber das befriedigte mich nicht. Phillip hatte das Ganze von Anfang an als Schwachsinn bezeichnet, aber auch er hatte sich insgeheim an eine Hoffnung geklammert, die dünner war als die Luft im siebten Himmel.

Paul und ich spielten das alte Biertesterspiel. Wir tranken je eine Flasche oder Dose von den zwölf Biersorten, die er im Laden hatte, und gaben dazu professionelle Kommentare ab. Bei den ersten kamen uns noch Adjektive wie würzig, herb, süß, süffig, wäßrig und obergärig über die Lippen, aber erfahrungsgemäß wurde das Spiel erst ungefähr ab der Halbzeit witzig, wenn die Schranken der Phantasie weggetrunken waren. Da schmeckte ein Bier wie der erste Kratzer im Lack eines Mittelklassewagens, oder wie der erste Tag der Sommerferien, wenn man nicht versetzt worden ist. Gegen Ende erwischte Paul sogar ein Bier, dessen Geschmack an Schwierigkeiten erinnerte, die man bekam, wenn man sich mit der falschen Frau einließ. Wir prusteten los, und mein letztes schmeckte wie der Schluck Wodka, den man morgens gegen den Kater trinkt. Die ganze Zeit über pinkelten wir in einen Zehnliterkanister, und wir waren beide stolz, als er voll war. Wir hatten ganze Arbeit geleistet, es ist nicht einfach, soviel Bier an einem Abend in Pisse zu verwandeln.

Dann machten wir uns mit diesem Bierhunger über die Frikadellen im Kühlfach her. Es gab da große, platte und kleine, runde, und es gehörte nicht viel Einfallsreichtum dazu, um die Großen mit den kleinen zu belegen, und auch nicht viel Einfallsreichtum, um mit den Kleinen im Senfglas Boccia zu spielen. Paul war alberner als je zuvor, wir ließen uns völlig gehen, übergaben uns dem Alkohol, obwohl wir ganz sicher anders gekonnt hätten.

Im Morgengrauen teilten wir uns noch eine Halbliterflasche Tequila und machten uns dann auf den Weg zum Busbahnhof. Es gab kaum etwas, das mich hier halten konnte, vielleicht war ich wirklich zum letzten Mal in dieser Stadt. Ich kaufte mir eine Fahrkarte, wobei ich Schwierigkeiten hatte, meinen Zielort richtig auszusprechen. Paul und ich stützten uns gegenseitig auf dem Weg zum Bus, das war eine lange Nacht gewesen, obwohl ich überhaupt nicht sagen konnte, wo die Zeit geblieben war. Ich war auf einmal müde und hatte nur noch den Wunsch, in einen dieser bequemen Sitze einzusinken und zu schlafen. Paul drückte mir beim Abschied eine Tüte Erdnüsse in die Hand und wünschte mir Glück. Laßt euch nicht erwischen. Ich versprach, ich würde mich melden, und kurz darauf, noch bevor der Bus losfuhr, schlummerte ich, mit dem Kopf gegen das Fenster gelehnt, ein.

Ich wachte auf, als der Bus mittags an einer Raststätte hielt.

Ich hatte Durst, ich mußte pinkeln, und ich fragte mich, welche von diesen zwölf Biersorten mir diesen Schädel beschert hatte. Ich pißte, wusch mir das Gesicht und kaufte mir Eistee. Damit wollte ich mich in die Sonne setzen, und erst da fiel mir auf, daß hier nicht viel Sonne war, im Gegenteil, und die Landschaft war auf dem Hinweg auch lange nicht so grün gewesen. Ich fand den Fahrer und fragte ihn, wohin wir fuhren. Er machte ein belustigtes Gesicht und nannte eine große Stadt hoch oben im Norden.

Da hatte ich mich wieder in ein billiges Abenteuer manövriert, ich mußte lachen. Das war immerhin besser, als in der letzten Straßenbahn einzuschlafen, dann mußte man nämlich zu Fuß nach Hause. Das war jetzt unmöglich, das war immerhin ein Vorteil.

Noch während ich überlegte, was ich jetzt als nächstes tun sollte, hielt mir jemand von hinten die Augen zu. Ich sagte gar nichts, ich ließ meinen Rucksack zu Boden gleiten, entspannte mich und wartete ab. Ich mochte dieses Spiel nicht.

– Rate doch mal, Jesse, sagte eine Frauenstimme, die mir völlig unbekannt vorkam.

– Bette Davis, sagte ich.

– Die ist tot, glaube ich. Noch mal!

– Daryl Hannah.

Ich hatte nicht die geringste Idee, wer das sein konnte, und ich hatte genug, ich drehte mich um und sah eine gutaussehende Frau in meinem Alter. Ich hätte geschworen, sie noch nie vorher gesehen zu haben. Ich blieb locker.

– Kennst du mich nicht mehr? Ich bin's, Sylvie.

Es dauerte einige Sekunden, aber ich kam drauf. Sylvie. Das ist der Schlüssel zu meinem Zimmer, den Schlüssel zur Straße hast du ja schon.

– Welche Sylvie, kennen wir uns irgendwoher?

– Wir sind vor ein paar Wochen eines Nachts stundenlang

spazierengegangen. Sag bloß, du erinnerst dich nicht. Wir haben uns in dieser Disco kennengelernt. Ach, Jesse, du willst mich doch nur verarschen, oder?

– Ich war sehr betrunken, ich kann mich an kaum etwas erinnern. Was haben wir denn gemacht?

– Wieso bist du nicht gekommen? Ich hatte dir doch den Schlüssel dagelassen.

– Ich wußte nicht, wo du wohnst. Kannst du mir erzählen, was wir gemacht haben?

– Wir sind spazierengegangen und haben uns von unserer Kindheit erzählt. Du fühltest dich wohl bei deiner Mutter, und dein Vater hat dir viele schöne Sachen beigebracht. Ich habe dich später zu deinem Hotel gebracht, weil du den Weg nicht mehr wußtest? Dämmert's?

Ich schüttelte den Kopf, es dämmerte kein bißchen, aber sie schien die Wahrheit zu sagen.

– Wir haben uns noch lange geküßt, ich wollte dich mit zu mir nehmen, aber du warst zu müde. Da habe ich dir den Schlüssel gegeben, und du wolltest dir die Adresse merken. Ins Hotel haben sie keinen außer den Gästen reingelassen. Du wolltest vorbeikommen, du hast es versprochen.

– Wieso hast du mir vertraut?

Sie bekam rote Wangen und zuckte mit den Schultern. Vielleicht hatte ich ihr ja auch vertraut. Zumindest hatte ich nicht mit ihr geschlafen, dazu war ich zu besoffen gewesen. Möglicherweise hatte ich es versucht, sie sah gut aus, aber ich konnte es nicht geschafft haben.

– Hast du wirklich einen Politiker erpreßt?

– Hab ich das etwa erzählt?

Sie nickte, und ich erklärte ihr, daß meine Phantasie schon mal mit mir durchgeht, wenn ich so besoffen bin. Sie lächelte und sagte, daß sie mir das sowieso nicht zugetraut hatte.

Der Busfahrer ließ den Motor an, und ich nutzte die Gelegenheit, mich hastig zu verabschieden, wobei ich ihr noch eine Telefonnummer aufschrieb, die ich mir schnell ausdachte. Das schien mir die einzige Möglichkeit, aus dieser Situation zu entkommen, ich hatte nicht die geringste Lust, Sylvie näher kennenzulernen. Es ging alles so schnell, daß sie kaum eine Chance hatte zu reagieren, und schon saß ich wieder im falschen Gefährt.

Nie wieder würde ich soviel trinken, schwor ich mir, zumindest nicht, wenn ich das Bedürfnis hatte zu reden. Die Trinkerei kutschierte mich in die vertracktesten Geschichten, zuerst wurde alles einfacher und dann alles viel schwerer, am Ende blieb es sich gleich. Aber andererseits ist das eine Art zu leben, die sehr aufregend ist. Lieber zuerst einfach, dann kompliziert, als immer gleichbleibend, sagte ich mir. Ich hatte nur Angst, Sylvie könne am falschen Ort zur falschen Zeit das Richtige sagen. Das mit der Erpressung war jetzt fast nebensächlich, aber sie konnte diejenige sein, die Jan half, uns auf den Fersen zu bleiben, ich verfluchte mich, ich hatte Schuldgefühle, ich fühlte mich wie der berühmte Klotz an Phillips Bein. Ich hatte Angst, aber wie gesagt, Angst hält dich wach, das ist auch nicht das Schlechteste.

Nächster Halt war ein Busbahnhof, und ich stieg aus und löste sofort eine Karte nach Süden, zu den Stauseen, zu Jack. Hatte ich nicht immer behauptet, ich liebe das Fahren? Nun, es kotzte mich an, ganz gewaltig. Ich wollte zu Jack und ein oder zwei Tage bleiben. Der Mann hatte mich schwer beeindruckt, und nach diesem ganzen Bockmist hier würde mir eine Abwechslung sicher guttun. Ich klaute ein paar Kassetten und kletterte in den Bus, in den richtigen, mit der richtigen Fahrkarte. Manchmal lernt man aus seinen Fehlern.

Jack erkannte mich an dem Geräusch meiner Schritte. Ich betrat den Laden, und noch bevor ich ein Wort gesprochen hatte, glitt ein Lächeln über sein Gesicht, und er sagte:

– Ich hoffe, du steckst nicht in Schwierigkeiten, mein Sohn.

– Wie man's nimmt, aber eigentlich nicht.

Er bot mir ein Bier an, das ich ablehnte. Ich setzte mich zu ihm hinter die Kasse und erzählte, daß ich bei meiner Mutter gewesen war und was ich dort erfahren hatte und daß ich hinterher noch meinen Vater besucht hatte.

– Dein Vater will nicht aufhören zu trinken?

– Nein.

– Dann kann er niemandem etwas geben, und niemand kann ihm helfen. Alkoholiker und Verliebte, da kann man reden, soviel man will.

– Soll ich ihn einfach im Stich lassen?

– Er hat sich selber im Stich gelassen, wo kein Wille ist, ist auch keine Straße ins Glück.

Ich erzählte ihm noch viel mehr, ich erzählte von Phillip, Maria, Jan, Ruth und Ellen, auch von Tom und Brenda, und Jack hörte sich alles aufmerksam an.

– Ich bin alt, sagte er, Gott behüte mich davor, eines Tages weise zu werden, ich sollte nicht versuchen, Ratschläge zu erteilen. Das ist eine Sache. Die andere ist, daß du manchmal blind zu sein scheinst.

– Wie meinen Sie das?

– Hör dir selber zu, dann wirst du es merken. Ich hoffe, du findest es heraus, bevor es zu spät ist.

– Was?

– Deine Gefühle sprechen eine klare Sprache, aber du verstehst sie nicht immer. Wenn ich es dir verrate, geht es garantiert schief.

– Ich weiß wirklich nicht, was Sie meinen.

– Hör dir einfach besser zu.

Er sagte das in einem Ton, der verdeutlichte, daß das Thema erledigt war. Ich brannte vor Neugier und nahm mir vor, bei nächster Gelegenheit zu überprüfen, ob ich etwas Wichtiges übersah oder verdrängte. Verdrängung war ein ganz normaler Mechanismus bei mir, das bereitete mir schon mal Probleme, aber es gab mir die Möglichkeit, mich nicht von den Ereignissen erschlagen zu lassen.

– Jack, kann ich zwei, drei Nächte bleiben? Ich glaube, hier kriege ich einen klaren Kopf.

Er nickte nur und klopfte mir auf die Schulter.

– So lange du willst.

Nach einer längeren Pause sagte er etwas, das mir besonders gut in Erinnerung geblieben ist.

– Der Traum von der Erlösung ist immer ein sehr trauriger Traum, weil er dir klarmacht, wo du im Augenblick stehst.

Wir wechselten die Plätze, ich setzte mich an die Kasse und bediente die Kunden, und der blinde Jack setzte sich neben mich und erzählte mir aus seinem Leben.

Er war in seiner Jugend die rechte Hand eines Gangsterbosses, den er durch seinen Vater kennengelernt hatte, gewesen. Er mußte immer nur feststellen, ob die Leute ihren Chef belogen. Er hatte sich wohl ab und zu vertan, sagte er, aber es sei ein sehr gutes Training gewesen. Später hatte er wegen seiner angenehmen Stimme einen Job als Nachrichtensprecher bei einem kleinen Radiosender bekommen. Er konnte keine Blindenschrift lesen, also lernte er die Meldungen vorher auswendig. Ich wußte zu der Zeit, was los war in der Welt, sagte er lachtend. Danach hatte er mit seiner Geige eine kleine Karriere als Straßenmusiker gestartet und mit dem Geld zu guter Letzt diesen Laden gekauft, den er nun schon seit sechsundvierzig Jahren besaß.

– Zwischendurch habe ich noch ganz andere Sachen gemacht, sagte er, ich war Statist, ich habe Briefe kuvertiert, und eine Zeitlang war ich auch Trickbetrüger. Einer von diesen Jungs, die dich auf der Straße mit diesem billigen Trick mit zwei schwarzen und einer roten Spielkarte abziehen. Einem Blinden traut man nichts zu, sie wetteten wie von Sinnen. Ich hatte einen Partner, der zugriff, wenn sie mich über's Ohr hauen wollten. Ich habe ein Heidengeld gemacht.

Den Trick kannte ich auch, aber ich hatte nie versucht, damit Geld zu verdienen, man konnte dabei einfach nicht schludern, man mußte perfekt sein.

– Was war mit den Frauen? fragte ich zögernd.

– Ich kann sie riechen und fühlen. Sie haben immer gesagt, ich sei ein toller Liebhaber. Ich habe viele gehabt, mein Sohn, aber ich war nur zweimal verliebt. Die eine wurde erschossen, die andere starb an den Folgen einer Abtreibung. Nein, das braucht dir nicht leid zu tun, es ist einfach beschissen gelaufen. Ich wollte das Kind, sie nicht. Das war vor fast sechzig Jahren, da war eine Abtreibung noch etwas ganz anderes.

Er wirkte nicht traurig, als er das erzählte, er wirkte ruhig, ohne Reue, ohne Sentimentalität, ein wenig melancholisch vielleicht, aber wer konnte ihm das schon verdenken? Er war auf jeden Fall darüber hinweg, andere trugen so was mit ins Grab und bekamen den Gram nie aus ihrem Herzen.

Wir redeten sehr viel in den nächsten beiden Tagen, Jack wiederholte sich kaum, im Gegensatz zu mir. Ich ertappte mich drei-, viermal dabei, wie ich eine Geschichte zum zweiten Mal zum besten geben wollte, weil sie mich selber so beeindruckt hatte. Jacks Leben war voll von beeindruckenden Geschichten und Anekdoten, ich kam mir beim Zuhören manchmal noch sehr viel jünger vor, als ich war.

– Das Schlimme am Älterwerden ist nicht, daß man keine Freuden mehr erlebt, das stimmt nämlich nicht, sagte er, sondern, daß man immer weniger Hoffnungen hat.

Gegen Abend des zweiten Tages stockte er mitten im Satz, brach ab, wirkte sehr irritiert, und als er wieder etwas sagte, lag eine unglaubliche Trauer in seiner Stimme.

– Mist, das passiert mir immer häufiger. Ich weiß nicht mehr, wovon ich eben gesprochen habe, mein Sohn. Es ist weg. Mein Hirn setzt manchmal aus. Ich möchte nie ein stammelnder, sabbernder Greis werden. Eher gebe ich mir die Kugel.

Ich nickte, ohne mir dessen bewußt zu werden, daß er das nicht merken konnte, und ich fühlte mich zum ersten Mal in seiner Gegenwart unbehaglich, obwohl ich für genau diese Haltung sehr viel übrig habe. So wollte ich auch mal reden können, falls ich es so lange machte. Ellen war die Älteste von uns. Keine Ahnung, warum mir das in dem Augenblick einfiel.

19

Es war Sonntag mittag, die Sonne schien, der Himmel war blau, wir beschlossen, indisch essen zu gehen. Meine Mutter kannte da ein sehr gutes Restaurant. Phillip hatte, während ich weg war, alle Formalitäten erledigt, um sich in dieser Stadt als Privatdetektiv niederzulassen, und sogar schon ein Büro gefunden, es gab etwas zu feiern. Normalerweise war Phillip sehr träge, was solche Sachen anging, Ruth schien einen noch größeren Einfluß auf ihn auszuüben, als ich gedacht hatte. Das freute mich, aber als wir beim Dessert angelangt waren, fiel mir auf, was für ein gefährliches Unternehmen das war. Jan würde keine Probleme haben, einen niedergelassenen Privatdetektiv aufzuspüren. Ich wollte die gute Stimmung nicht zerstören, aber ich konnte meinen Mund nicht halten. Sie lachten alle, als ich meine Bedenken äußerte.

– Alles unter falschem Namen, sagte Phillip, Jan wird nie nach einem Raymond Thompson suchen. Nächste Woche besorge ich dir auch noch einen falschen Ausweis. Am besten verschaffen wir Ruth und Ellen auch so Dinger, dann hat Jan keine Chance mehr, und wir können beruhigt hier wohnen bleiben. Das Leben kriegt langsam ein anderes Gesicht.

Ich war erleichtert, aber auch ein wenig sauer, daß sie mir das nicht schon vorher erzählt hatten.

Nach dem Essen schlenderten wir zurück nach Hause, das war fast eine Stunde zu Fuß, doch wir fühlten uns nach einem Spaziergang. Ruth und Phillip gingen vorneweg, meine Mutter, Ellen und ich folgten, wir waren satt, nicht überfressen, und wir hatten gute Laune.

Es dauerte keine fünf Minuten, und der Himmel wurde schwarz, es sah nach Abenddämmerung aus, aber es war gerade mal drei Uhr nachmittags. Der Donner grollte, aber wir waren guter Dinge. Wir würden patschnaß zu Hause ankommen, ein warmes, heftiges Sommergewitter würde sich über uns ergießen, wen kümmerte das schon? Wir machten Witze über die Leute auf der Straße, die jetzt hektisch wurden und schleunigst irgendwohin wollten.

– Wir werden so naß werden, daß wir drei Wochen lang nicht mehr trocknen, sagte Ellen, und die ersten Tropfen kamen runter. Wir stimmten ein Lied an und ließen uns von diesen dicken Dingern nicht aus der Ruhe bringen. Hey, hey, Mr. American Pie, und die Blitze leuchteten am Himmel auf. Es war sehr idyllisch, ich fühlte mich wie ein kleines Kind, das mit seinen Eltern im Regen spazierengeht, während sich alle des Lebens freuen.

Dann kam der Hagel, Stücke groß wie Tischtennisbälle, die die Blätter von der Bäumen rissen. So hatten wir uns das dann doch nicht vorgestellt, das Singen hörte auf, und wir rannten los.

Wir suchten Zuflucht in einem Pfandhaus, mit leuchtend roten Flecken versehen, da wo wir so ein Hagelmonstrum abbekommen hatten. Das würden mal grüne und blaue Flecken werden, das war klar. Es zerplatzten schon die ersten Windschutzscheiben. Das war die brutale Gewalt der Natur, die kein Mensch je würde besiegen können. Das gefiel mir, jetzt waren alle gleich, auch die Corvettes würden Schäden davontragen. Hier kam das Chaos, und für einige Minuten herrschte die viel propagierte Chancengleichheit.

Ich wußte, daß Phillip genau so empfand, Ruth und meine Mutter machten den Eindruck, als wünschten sie sich, daß das alles bald ein Ende haben würde. Ellen starrte mit großen Augen aus dem Fenster, und ab und zu zuckte ein Lächeln über ihr Gesicht. Mittlerweile war es so dunkel, daß man den Hagel kaum von den Blättern der Bäume zu unterscheiden vermochte, die runtergerissen wurden. Immer mehr Menschen kamen in den Laden und versauten mit dem ganzen Wasser, das von ihnen tropfte, den Teppich. Doch der Mann hinter der Theke sagte nichts, er hatte Verständnis. Überhaupt hatten sie auf einmal alle Verständnis füreinander. Sie bejammerten ihre Flecken, ihre offengelassenen Fenster, ihre frisch gewaschenen Klamotten. Sie verbrüderten sich wieder einmal als Beweis dafür, daß man in schlechten Zeiten einander nähersteht. Im Unglück und Chaos waren sie alle gleich und empfanden den Drang, Beistand zu suchen. Wenn es ihnen gutging, waren sie grenzenlose Egoisten. Sie waren sich einig darin, was sie nicht mochten, nur darüber, was ihnen nun gefiel, darüber gingen die Meinungen immer auseinander. Sie teilten nur das Leid, das Glück sah für jedermann anders aus, und sie wollten es für sich behalten, als würde es kleiner werden, wenn man teilt.

Der Hagel dauerte gut zwanzig Minuten, dann goß es nur noch, und wir entschieden uns, nach Hause zu gehen. Ich stellte mich später als letzter unter die Dusche. Ich saß einfach in nassen Klamotten in der Küche, tropfte auf den Boden, sah aus dem Fenster und wartete. Ich bewunderte diesen gewaltigen Regenbogen, während gerade New Morning von Nick Cave lief. Diese Kräfte der Natur faszinierten mich, und ich fühlte mich gleichzeitig nichtig. Ein guter Musiker sollte mal einen Regenbogenblues schreiben, dachte ich, von jemand, der seine Hand nach dieser Farbenpracht ausstreckte und dabei so traurig wurde, als hätte ihn die Liebe seines Lebens verlassen.

Wir entschlossen uns endgültig, in dieser Stadt zu bleiben, möglichst auch in diesem Viertel. Wir wollten ein kleines Haus mieten, und ich war der einzige, der die Sache für etwas zu gewagt hielt, obwohl ich sonst immer an einen guten Ausgang der Dinge glaube. Man konnte nicht sagen, wie das mit Ruth und Phillip weitergehen würde, auch wenn meine anfängliche Skepsis sich langsam verlor. Phillip schien sich immer mehr fallenlassen zu können. Mit einer Frau zusammenziehen. Vor dieser Geschichte hätte Phillip mich ausgelacht, wenn ich ihm das prophezeit hätte. Verliebt war gar kein Ausdruck mehr dafür, aber er versuchte die ganze Zeit, seine Gefühle zu überspielen.

Auch über Ellen machte ich mir Gedanken. Konnte es nicht sein, daß sie dieses neue Leben bald satt hatte und zurück wollte? Konnte es nicht sein, daß sie uns von heute auf morgen einfach verließ, weil sie ihre Sicherheiten doch nicht aufgeben konnte? Der Schritt zurück ist immer der schwierigste.

Meine Mutter hielt das alles für eine sehr gute Idee und wollte uns bei der Suche helfen. Ellen wollte noch mal zurück und ihr Haus und Auto verkaufen, es schien ihr tatsächlich ernst zu sein, und soweit ich das beurteilen konnte, war das ihre letzte Brücke zur Vergangenheit.

Gegen Abend war ich dann mit meiner Mutter allein in der Küche, und sie fragte mich nach meinem Vater. Ich erzählte ihr, was passiert war, und fügte hinzu, daß ich mich nicht mehr verantwortlich für ihn fühlte. Ich fühlte mich machtlos, und das tat weh, aber die meiste Zeit dachte ich nicht daran.

– Er hätte eine Chance, wenn er wollte, sagte meine Mutter, dein Opa, mein Schwiegervater, war Kettenraucher. Eines Tages, als er mit seinen Freunden in den Wäldern jagen war, ging ihm der Tabak aus, und er bat einen seiner Freunde, ihm etwas zu leihen. Der wollte ihm den Tabak verkaufen, und wutentbrannt, daß man ihn so ausnutzen wollte, gab er das Rauchen auf. Für immer. Diese Kraft steckte sein ganzes Leben lang auch in deinem Vater, und sie kann nicht ganz erloschen sein, aber er hat seinen Sinn verloren.

– Glaubst du, du könntest ihm helfen?

– Es ist zu spät, fürchte ich, viel zu spät. Man kann nie da anfangen, wo man aufgehört hat. Ich habe viele Fehler gemacht, Jesse, genau wie er. Solange man damit nicht abgeschlossen hat, ist nichts zu machen, und dein Vater will nicht abschließen.

– Und du?

– Ich war schwierig zu der Zeit, das habe ich nicht erzählt, nicht wahr? Ich kann mir das nicht verzeihen, ich war nicht die Frau, die ich sein wollte.

– Heute bist du's?

– Heute bin ich soweit, daß ich nicht weiß, ob ich es bin. Das ist, glaube ich, die einfachere Hälfte des Weges.

Sie machte eine lange Pause, und dann sah sie mich kopfschüttelnd an.

– Du hast ein schöne, wenn auch leichtfertige Art, mit Sachen umzugehen, Jesse. Alte Tage scheinen dich nicht einholen zu können, und du versteckst deine Träume nicht in einer Zukunft, in der du sie nie wiederfinden könntest. Du scheinst sehr bescheiden zu sein, und du weißt, wann das Kapitel zu Ende ist. Nur: Da ist eine Sache, die ich nicht ganz verstehe: Was ist mit dir und den Frauen. Du sprichst nicht viel darüber, du siehst ihnen aber auf der Straße hinterher, meistens gaffst du richtig, aber nie sieht es ernst aus, nie erwähnst du alte Freundinnen.

– Willst du mich jetzt verheiraten und dich um deine Enkel kümmern?

– Nein, ich wundere mich nur.

– Ich hatte zwei längere Beziehungen, aber das war's nicht, etwas fehlte mir immer. Danach hatte ich eine Zeitlang jede Menge Sex, aber das erschöpft sich auch, wenn dich an der Frau nur interessiert, wie sie nackt aussieht. Ich denke, eines Tages wird mir die richtige Frau über den Weg laufen, und bis dahin kann ich gut leben, ich brauche nicht zu warten. Ich werde schon merken, wenn es soweit ist.

– Hoffentlich, sagte sie und lächelte mich eigentümlich an.

Wir fanden ein geeignetes Haus, keine drei Blocks von dem meiner Mutter entfernt. Das war drei Tage, nachdem Ellen abgereist war, um das Erbe ihres Vaters zu verkaufen. Unser Haus stand leer, und in weiteren drei Tagen war der Monatserste, wir konnten praktisch sofort einziehen. Es war ein schönes Haus mit einer riesigen Küche und einem Wohnzimmer unten und drei kleinen Zimmern oben. Eigentlich genau, was wir brauchten. Ruth sagte zwar, daß Ellen lieber ein Gästezimmer gehabt hätte, aber es klang für mich wie ein Witz, den ich nicht verstand.

Keiner von uns dreien hatte schon mal eine eigene Wohnung gehabt. Ruth war mit Tom losgezogen und hatte in irgendwelchen Zimmern mit ihm gelebt. Phillip war früh von zu Hause raus und hatte sich diesen Büroraum gemietet, in dem er schlief. Er hatte nie einen Kühlschrank oder einen Fernseher besessen. Ich hatte das Zimmer im Haus meines Vaters in den letzten Jahren eher als eine Art Hotel benutzt. Ellen war die einzige, die Erfahrung darin hatte, einen Haushalt zu führen, und sie war gerade mit Grundbucheintragungen oder ähnlichen Dingen beschäftigt.

Wir hatten uns verschätzt. Die Anschaffung von Betten, Tischen, Stühlen, Lampen und dergleichen hatten wir nicht bedacht. Auch Phillip nicht, obwohl er sonst eher vorsichtig ist in solchen Dingen. Wir wissen ja alle, was die Liebe angeblich machen soll. Er war dafür, das Ganze abzublasen, aufzugeben. Das würde uns finanziell ruinieren, sagte er, das könnten wir uns nicht leisten. Mir kam es einfach nur seltsam vor, für all diese Sachen, die ich in jedem schäbigen Motelzimmer vorgefunden hatte, jetzt viel Geld bezahlen zu müssen.

Phillip schlug dann vor, noch ein letztes großes Ding zu drehen, nachdem wir uns richtig niedergelassen hatten, nur so könnte es klappen, sagte er, und nach einigem Hin und Her willigte ich ein. Er versprach, mich dieses Mal nicht allein zu lassen.

Wir klapperten die Flohmärkte und Gebrauchtmöbelläden ab, und nach zwei Wochen sah das Haus endlich so aus, daß man darin leben konnte. Bei Ellen hatte es unvorhergesehene Komplikationen gegeben, die sie zwangen, noch länger wegzubleiben.

Wir hatten uns verschätzt. Wir fühlten uns einfach nicht wohl, hatten uns ganz gehörig verschätzt. Die Jahre auf den heißen Straßen hatten unser Blut zum Brodeln gebracht, und das Haus war wie ein Stein, auf den man sich setzt, um sich auszuruhen, der aber so kalt ist, daß man wieder aufsteht. Ich fühlte mich beschissen. Warum hatten wir nicht vorher daran gedacht? Wir waren nie wirklich seßhaft gewesen, was hatte uns gelockt? Die Aussicht auf eine Ruhe, die wir in Wirklichkeit gar nicht wollten? Oder eher der Wunsch, uns dadurch, daß wir uns der Gesellschaft anpaßten, unsichtbar für den Ärger zu machen, der auf dem Weg lag? Was es auch immer gewesen war, es war ein Traum, einer von denen, die nicht in Erfüllung gehen sollen, weil sie unserem Wesen nicht entsprechen.

– Wir haben das Haus ja nicht gekauft, sagte Ruth, laßt uns warten, bis Ellen zurück ist, und wenn alles nichts hilft, ziehen wir in ein paar Monaten wieder aus. Wir sind doch frei, wir lassen uns doch nicht von so einem Haus besitzen.

Sie lachte. Sie arbeitete immer bis spät in die Nacht, und Phillip zeigte langsam Anzeichen von Eifersucht, weil alle Welt sie nackt sehen konnte. Ruth sagte:

– Du mußt nichts können. Ich werde dafür bezahlt, daß ich mit dem Arsch wackele. Was könnte einfacher sein? Ich kann nichts dafür, daß ich so aussehe. Es ist einfach keine Arbeit, und ich bekomme trotzdem Geld dafür. Es würde mich nie befriedigen, wenn ich daran glauben würde, daß jeder für seinen Lebensunterhalt arbeiten muß. Aber so? Diese dummen Säcke, die so gaffen, daß sie sich unmöglich noch weiter erniedrigen könnten, was soll mir das schon ausmachen? Ich bin da die Königin.

Sie gab es nicht zu, aber Phillips Eifersucht freute sie – und mich auch.

Es war der erste Anruf, den wir bekamen, nachdem das Telefon angeschlossen war. Ellen war immer noch nicht zurück, Phillip kümmerte sich um sein Büro und versuchte, die ersten Aufträge an Land zu ziehen, Ruth und ich waren allein zu Hause und versuchten, uns mit den Ausweisen in den Händen an unsere neuen Namen zu gewöhnen. Ich hätte wirklich lieber Anthony Waits geheißen anstatt Michael Collins, das war doch kein Name für jemanden wie mich.

Ich nahm ab, ich erkannte ihn nicht sofort an der Stimme, aber die Worte reichten völlig.

– Ich mache euch fertig, Jesse, ihr habt keine Chance mehr.

– Wer war das? fragte Ruth. Das ist der erste Anruf, erste Male muß man zelebrieren.

Mir war heiß, ich konnte mich nicht entschließen, es ihr sofort zu sagen. Ich setzte mich auf einen Stuhl, der knarrte, und versuchte zu denken. Ruth wartete still ab. Nach einigen Minuten glaubte ich, eine geeignete Lösung gefunden zu haben, obwohl ich mich nicht richtig konzentrieren konnte.

– Es war Jan, es kann sein, daß er das Haus beobachtet. Der hat uns bei den Eiern. Wir müssen weg hier. Möglichst so, daß er uns nicht folgt.

– Phillip. Was ist mit Phillip?

– Erste Male muß man zelebrieren.

Ich rief Phillip im Büro an und erzählte ihm, was passiert war.

– Da rufst du hier an, brüllte er, das Schwein hört uns vielleicht ab. Du läufst so *blind* durch die Gegend, wir treffen uns in drei Tagen. Paß auf Ruth auf.

Ich war ganz stolz auf mich, daß ich ihn verstanden hatte, aber daß Jan uns abhörte, kam mir übertrieben vor. Ich ging mit Ruth in die Schwulenkneipe um die Ecke. Die hatte einen Hinterausgang, falls Jan uns folgte, würden wir ihn schon austricksen. Wir tranken beide ein Bier auf den Schock, ich rauchte Kette und versuchte, einen klaren Kopf zu behalten. Nach dem Bier gingen wir durch die Hintertür raus und vorne wieder rein, für das nächste Bier. Ich bemerkte niemanden, der Jan auch nur entfernt ähnlich sah. Wir wiederholten das Spiel noch einmal, wir schienen nicht verfolgt zu werden. Wir gingen vorne raus und setzten uns in den Bus, der in ein anderes Viertel der Stadt fuhr. Dort knackte ich eine Ente, und wir fuhren los. Jan würde nie drauf kommen, daß wir uns so ein lahmes Auto ausgesucht hatten.

Die ganze Zeit über bemühte ich mich, ruhig zu bleiben, damit Ruth nicht auch nervös wurde, und ich hätte mich sicherlich besser gefühlt, wenn ich diese ganze Angst hätte rauslassen können. Ich verstand nicht, wie Phillip das immer schaffte, so viel für sich zu behalten. Ich wäre garantiert irgendwann explodiert.

Ruth wirkte zuerst gar nicht sonderlich beunruhigt, sie schien sich halbwegs in Sicherheit zu fühlen, weil sie mit der Sache eigentlich nichts zu tun hatte, sie machte sich nur Sorgen um Phillip.

– Dem passiert nichts, versicherte ich ihr, der hat schon Bessere ausgetrickst.

Und ich versuchte, selber daran zu glauben. Jan war uns doch arg dicht auf den Fersen, wenn er als allererster bei uns anrief. Tja, in drei Tagen bei Jack.

20

Ich vermied die Hauptstraßen, fuhr sehr viel auf unbefestigten Wegen, wobei ich nur versuchte, die grobe Richtung einzuhalten. Wir ließen die Stadt immer weiter hinter uns, ohne meiner Mutter Bescheid gesagt zu haben, wir fuhren wieder, und wäre die Situation nicht so verdammt ernst gewesen, ich hätte mich gefreut. Seitdem wir fuhren, uns vorwärts bewegten, war meine Angst fast verschwunden.

– Warum ruft er an und warnt uns? wollte Ruth wissen.

– Ein Psychopath eben, sagte ich, er glaubt, bereits gewonnen zu haben, und will uns quälen.

– Das heißt, daß wir schlechte Karten haben?

– Das heißt, das wir besser spielen müssen als er, mehr nicht. Vielleicht haben wir ja sogar noch ein paar Asse im Ärmel, wenn wir uns nicht dumm anstellen.

– Wie meinst du das?

– Jacks Laden ist nur von einer Straße aus zu erreichen, wenn wir es früh genug schaffen, können wir da auf Jan warten und uns alle möglichen Fallen ausdenken.

– Und wenn wir es nicht früh genug schaffen?

– Das sehen wir dann. Ich mache mir da vorher keine Gedanken.

– Findest du das nicht leichtsinnig?

– Nein, nur einfacher.

Gegen Abend hielten wir in einem Dorf und nahmen uns ein Zimmer mit Frühstück. Ich rief von einer Zelle aus meine Mutter an und erzählte ihr von dem Anruf. Ich konnte hören, daß sie den Tränen nahe war, und ich konnte spüren, daß sie weinen würde, sobald ich aufgelegt hatte. Sie sagte mir, wir sollten zur Polizei gehen, und ich hatte keine Lust zu erklären, warum wir das nicht tun würden. Alles wird gut, versuchte ich sie zu beruhigen, in drei Wochen ist alles vergessen, und wir lachen darüber, während wir etwas ganz Erlesenes in uns reinkippen.

– Ich habe das Gefühl, daß das nicht gut ausgeht, Jesse. Paß auf dich auf, laß dich nicht erwischen. Und paß auf Ruth auf. Paß gut auf sie auf.

– Alles wird gut, ein schönes Ende steht uns bevor. Versuch bitte, Ellen zu erreichen, sie soll erst mal bleiben, wo sie ist.

Zurück auf dem Zimmer, sah ich Ruth, nur mit einem Slip bekleidet, auf einem der beiden Betten sitzen, eine Zigarette steckte zwischen ihren Lippen, sie sah atemberaubend aus.

– Glaubst du wirklich, Phillip schafft es? fragte sie und reichte mir eine Weinflasche.

– Ja, Phillip ist gewitzt, und er kann cool bleiben, er schafft es auf jeden Fall. Du magst ihn sehr, nicht wahr?

– Ja. Wenn man etwas auf Anhieb gut findet, langweilt man sich meistens sehr schnell damit. Mit Tom war das anders, und mit Phillip ist es jetzt auch anders. Er ist sehr weich, ich glaube, er provoziert nur Schwierigkeiten, um Distanz zur Welt zu bewahren.

– Er hat 'ne Menge üble Sachen mitgemacht, er hat einfach nur Angst, und das ist seine Art, damit umzugehen.

– Ihr seid schon sehr lange befreundet, oder?

– Ich habe Schlösser und Burgen gebaut im Sandkasten, und er hat mit seinen Soldaten darin Krieg gespielt.

– Ihr seid so unterschiedlich …

– Wir haben viel gemeinsam, nur merkt man das nicht sofort. Außerdem verbinden uns all die Sachen, die wir zusammen erlebt haben.

– Ist es wahr, daß er seine Eltern nicht kennt?

– Ja, das ist wahr. Niemand weiß, wer sein wirklicher Vater ist, und er hat nie versucht, es herauszufinden. Seine Mutter ist schon lange tot. Er trägt immer sehr viel mit sich herum, über das er nicht hinwegkommt.

– Er verwest manchmal in seiner Vergangenheit.

– So hart wollte ich es nicht sagen.

Es entstand eine lange Pause, wir tranken abwechselnd aus der Flasche. Das Schweigen war sehr angenehm.

– Jesse, wie kommt es, daß du so wenig von früher erzählst, oder wenn, dann nur unwichtige Sachen?

– Das sind die Sachen, die mich beeindruckt haben, den Rest vergesse ich einfach. Ich kann noch nicht einmal was dafür, daß ich so bin, es ist kein Kunststück.

Sie stand auf und stellte sich ans Fenster, das Zimmer hatte keine Vorhänge, ich konnte ihr Spiegelbild auf dem Glas erkennen.

– Er hat einmal ihren Namen gesagt, als wir miteinander geschlafen haben.

Darauf wußte ich nichts zu sagen. Vielleicht war da tatsächlich sehr viel Gefühl für Maria in ihm, aber wahrscheinlich waren es doch nur die Geister der Vergangenheit. Ruth setzte sich neben mich und griff sich den Wein. Sie trank das letzte Drittel auf ex und bettete dann ihren Kopf in meinen Schoß.

– Glaubst du an die Liebe, Jesse?

– Ich glaube an die Liebe. ... Aber ich glaube nicht daran, daß man irgend etwas von ihr erwarten sollte. Meistens zerbricht die Liebe an deiner Vorstellung von ihr. Sie geht an Träumen zugrunde, die man trotzdem nicht aufhören darf zu träumen.

Ich streichelte ihr über die Haare.

– Du mußt immer versuchen, etwas zu erreichen, das es nicht gibt, und die Kunst ist, daran nicht zu verzweifeln. Solange du lange Finger machst, um dir etwas zu nehmen, das dir nicht gehört, hast du ein Ziel, und wenn du es nie bekommst, wirst du immer ein Ziel haben. Diese ganzen romantischen Vorstellungen von der Liebe sind einen Dreck wert, wenn du an sie glaubst, und sie sind genauso einen Dreck wert, wenn du nicht an sie glaubst, dann bist du nämlich in Wirklichkeit schon tot. Das ist nicht nur mit der Liebe so.

Besser konnte ich es nicht ausdrücken. Man mußte schon alles wollen, aber man durfte nie vergessen, daß man es nicht bekommen konnte. Man mußte versuchen mit dem, was man hatte, glücklich zu sein. Das schien mir der Weg.

Lange Zeit sagten wir gar nichts mehr und rauchten. Ich dachte an die ersten Zigaretten, die ich zusammen mit Phillip geraucht hatte, auf der Toilette von Pauls Tankstelle. Es waren Lucky Strikes gewesen, und Phillip rauchte sie heute noch. Wir hatten versucht, das Husten zu unterdrücken. Zwei achtjährige Jungs auf dem Klo, die harter Mann spielten und nach einer Stunde einen ziemlich toten Geschmack im Mund hatten und Durchfall bekamen. Es hatte vier Jahre gedauert, bis wir es erneut ausprobierten, und seitdem hatte Phillip nicht aufgehört. Ich hatte zwischendurch zwei Jahre lang nicht geraucht, und es hatte mir noch nicht einmal etwas ausgemacht. Ich mochte diesen Geschmack von Tabak, und ich liebte dieses Ritual, mehr nicht. Packung auf, Zigarette raus, Feuer, immer wieder ein kleines Fest, immer wieder hatte man etwas in der Hand, das man gegen niemanden außer sich selbst verwenden konnte. Immer wieder die Macht über das Feuer und eine zarte Berührung an den Lippen. Ich fragte mich, wie Ruth wohl angefangen hatte zu rauchen. Ich wollte sie gerade fragen, als sie den Mund aufmachte.

– Hat Phillip viele Frauen gehabt?

– Macht das einen Unterschied?

– Ich glaube ja.

– Mehr als ich, aber er nimmt es selten ernst. Es passiert ihm eher aus Langeweile.

Ruth stand auf und trat in die Luft, sie drehte auf, ihre Stimme wurde lauter.

– Wieso langweilt sich dieser Scheißkerl immer so? Warum, kannst du mir das mal erklären?

– Er ist für Kleinigkeiten nicht zu haben. Phillip ist kein Mensch für den Alltag, er könnte noch nicht mal den Müll runterbringen. Phillip glaubt, er ist für Großes geschaffen, hauptsächlich für große Schwierigkeiten. Er liebt seine Kopfschmerzen und die Gefahr, die Qualen und den großen Schlamassel. Sonst fühlt er sich nicht lebendig.

– Mein Vater soll auch so gewesen sein.

Es klang müde. Sie stand da, die Hände in den Hüften, und rührte sich nicht mehr.

– Und?

– Er ist bei einem Motorradunfall gestorben, als ich zwei war.

– Du erzählst auch sehr wenig von früher, oder?

– Ich habe da einfach keinen Bezug zu. Das Leben ist erst mal an mir vorbeigelaufen, habe ich heute den Eindruck. Es hatte Beine und ich nicht. Ich fühlte mich nicht schlecht, aber es ist alles ziemlich blaß in meiner Erinnerung. Ich war von nichts beeindruckt. Sonst hätte ich auch nie mit Tom mitgehen können. Falls meine Mutter noch lebt, weiß sie heute noch nicht, was aus dem Mädchen geworden ist, das eines Tages nicht aus der Schule nach Hause kam.

Wir lachten beiden, obwohl es nicht wirklich zum Lachen war, vielmehr war es die Freude über die Erfüllung dieses Traumes, daß man sein Leben von einem Tag auf den anderen komplett ändern konnte.

– Und wie hast du Ellen kennengelernt?

– Tom war damals schon weg, ich zog durch's Land und eines Tages …

– Ja?

– Ich weiß nicht, ob ich dir das überhaupt erzählen darf. Laß dir nie anmerken, daß ein Wort darüber über meine Lippen gekommen ist. Wir haben uns bei einer Abtreibung kennengelernt. Sie war vor mir dran und völlig runter mit den Nerven. Für mich war das nur ein notwendiges Übel. Ich konnte nicht durch die Gegend laufen, Tom suchen und meine Triebe völlig ignorieren, also habe ich mir ab und zu jemanden geangelt. Ich war rasend vor Lust in der Nacht, in der ich empfangen habe, Verhütung war mir scheißegal und der Rest auch. Aber für Ellen brachen Welten zusammen, es stand ihr ins Gesicht geschrieben, doch sie wollte das Kind nicht. Wir kamen ins Gespräch, und ich habe versucht, sie zu trösten. Ich bin später mit zu ihr gefahren und bin acht Wochen geblieben, dann ist sie zu ihrem Vater gezogen. Sie hat sehr viel geweint. Ihr Liebhaber hat ihr noch einen Brief geschrieben, er wollte alles vergessen und von vorne anfangen. Sie war hin und her gerissen, ich habe ihr abgeraten, letztlich fand sie es dann auch richtig so. Aber die Entscheidung abzutreiben hat sie immer bereut.

Es gab immer mehr Licht im Leben, ohne daß es jemals richtig hell wurde.

– Du hast sie doch bestimmt schon mal schreien hören nachts? Das hat sie seit der Geschichte.

– Die Freiheit kostet dich manchmal deinen Kopf.

– Das sagt Phillip auch immer.

– Ich hab's von ihm.

– Ellen ist ein Findelkind. Ihr Vater hatte sie nur adoptiert. Sie hat ihn, glaube ich, sehr geliebt. Sie kam sich auch ihm gegenüber schuldig vor. Als hätte sie ihm etwas vorenthalten.

Ich dachte über Ellen nach. Sie wirkte zwar ab und an melancholisch, aber nie verbittert, es war eine sanfte, weiche Trauer, die von ihr ausging. Ich mochte das, Leute, die das Leben mit der Gewißheit betrachten, daß eh alles immer in Salzwasser enden wird, die aber keine Wut darüber empfinden, die einfach nur weiterleben, so gut es mit dieser Gewißheit geht. Im Fluß der Dinge sein, anstatt sich immer quer stellen wie Phillip.

Es gab ein herzhaftes Frühstück am nächsten Morgen, mit Spiegeleiern, Würstchen, Schinken, Toast und Kaffee. Wir aßen mit ungeheuerem Appetit, so viel auf einmal hatte Ruth bestimmt noch nie gegessen, wir aßen, als würden wir einen kleinen Ausflug machen und das Leben genießen. Kurz bevor ich fertig war, wurde Ruth auf einmal hektisch, sie stand auf und wollte sofort los. Sie wolle Phillip sehen, sagte sie.

– Wir haben Zeit, sagte ich, wir sind erst übermorgen verabredet, das schaffen wir mit links.

– Vielleicht kommt er früher, ich will los.

– Bleib mal locker, Ruth, es kommt doch nicht auf zwei Minuten an, laß mich aufessen.

Sie steckte sich eine Zigarette an und blieb abwartend stehen. Vielleicht bekam sie gerade ihre Tage. Ich stand auf, und wir gingen zum Auto. Bis zum Nachmittag sagte sie kein Wort, aber es war klar, daß ich ihr nicht schnell genug fuhr. Ich fragte mich, was los war, ich streckte den Arm zum Fenster raus und dachte einfach ein bißchen an andere Sachen. Wahrscheinlich konnte ich das eh nicht verstehen, und ich hatte keine Lust, mir Mühe zu geben. Einmal hatte meine Mutter zwei Tage lang kein einziges Wort über die Lippen gebracht, und mein Vater hatte mir erklärt, daß Frauen so sind und daß man sie am besten in Ruhe lassen soll. Dann hatte er einen Schriftsteller zitiert: Frauen sind anders als wir, sie weinen oder sie schlagen Krach. Oder so ähnlich. Damals hatte ich den Sinn überhaupt nicht verstanden, da meine Mutter ja nicht weinte oder Krach schlug, sondern grundlos verstummte.

Ruth hatte ein Lächeln für mich übrig, als sie wieder den Mund aufmachte. Sie fragte, ob wir nicht an der nächsten Tankstelle ein paar Erdnüsse kaufen sollten. Wir lachten, und ich zeigte ihr den Finger.

An der Tankstelle überkam sie ein Zittern, zuerst waren es nur die Hände, dann klapperten ihre Zähne aufeinander, und ihr ganzer Körper wurde gepackt. Ich dachte, sie hätte sich eine ganz gemeine Krankheit gefangen. Ich nahm sie in den Arm, sie glühte, sie brachte kein Wort raus. Ich wußte nicht, was ich tun sollte. Ich stand da, hielt sie und hoffte, daß es nichts Schlimmes war. Das Ganze verschwand nach vier Minuten genauso plötzlich, wie es gekommen war. Ich schlug vor, zu einem Arzt zu fahren, aber sie wollte nicht.

– Wahrscheinlich war es nur die Aufregung, sagte sie, da haben sich irgendwelche Spannungen gelöst. Ich fühle mich wunderbar, kein Grund zur Sorge.

Wir kauften uns Erdnüsse, die mit einer Zuckerglasur überzogen waren, fanden im Radio einen Sender, der Surfsongs spielte, und fuhren essend und feixend weiter, wobei wir uns die Dinger gegenseitig in den Mund schmissen, die zweite Hälfte des Tages sah ganz anders aus.

Gegen Abend setzte sich Ruth ans Steuer, sie wollte unbedingt die Nacht durchfahren, um morgens bei Jack zu sein. Ich hielt nichts von dieser Idee, fügte mich aber ohne Murren. Es war sehr unwahrscheinlich, daß Phillip vor der verabredeten Zeit da sein würde, aber heute zählte ihr Wille.

Ich versuchte, mich in Jan hineinzudenken, als ich auf dem Beifahrersitz saß. Was würde er tun? Würde er davon ausgehen, daß wir schnellstmöglich die Stadt verließen? Konnte er etwas über Jack herausgefunden haben? Konnte er Sylvie getroffen haben? Oh, Scheiße! Konnte er wirklich Sylvie getroffen haben? Wie war unsere Spur am einfachsten zu verfolgen? Er wollte uns beide fertigmachen, hatte er gesagt. Hieß das erschießen, oder hatte er sich etwas anderes ausgedacht? Warum war er sich seiner Sache so sicher? Maria hatte ihm mit Sicherheit erzählt, daß ich sie besucht hatte. Vielleicht war es tatsächlich ein Fehler gewesen, zu ihr zu fahren. Ich konnte Paul noch mal anrufen, aber ich zweifelte daran, daß mich das weiterbringen würde.

Phillip und ich hatten eigentlich die letzten Jahre immer gefährlich gelebt, wir waren jedes Risiko eingegangen, das sich bot, er bewußt, ich mehr aus Kurzsichtigkeit, und nie hatten wir mehr als nur Schrammen davongetragen. Jetzt sah alles eher böse aus, und das wegen einer Lappalie, wegen des alten Rein-, Rausspiels, von dem man nicht lassen konnte und das das Leben so weitgehend bestimmte. Bei einem Banküberfall erwischt zu werden ist eine Sache, dem Tod wegen eines Ficks ins Gesicht zu sehen eine ganz andere. Ich wollte nicht daran glauben, daß das Gerechtigkeit sein sollte und wir für alte Zeiten bezahlen mußten.

Ich versuchte mir vorzustellen, wie sie Jacks Vater wohl drangekriegt hatten. Wahrscheinlich auch in einer Situation, wo er die Hosen gerade unten hatte. Ich nahm mir vor, ihn zu fragen, sobald wir da waren. Sam Cooke war auch in einem Puff erschossen worden, glaubte ich mich zu erinnern, und die Stiere wurden in den Arenen nur getötet, weil sie Symbole der Fruchtbarkeit und Potenz und damit Sinnbild der Kraft waren. Leute wie Jan legten sich vielleicht mit dem Stärksten an, den sie finden konnten, um sich etwas zu beweisen. Da war Phillip auch nicht viel anders, obwohl das hier in meinen Augen kein Duell war. Das war eine Flucht, wobei jede Flucht die Suche nach etwas anderem ist. Man floh vor sich selbst und suchte etwas von außerhalb, das einem helfen sollte. Man floh vor sich selbst und kämpfte gegen sich selbst. Phillip hatte jahrelang geboxt, und der Kampf im Ring war für ihn immer ein Kampf gegen sich selbst gewesen, hatte ich festgestellt, ein Kampf gegen die eigene Angst, gegen die eigene Niederlage, gegen die Furcht, nicht so gut zu sein, wie man glaubt. Der Gegner war nebensächlich, Phillip floh vor der eigenen Vorstellung von Schwäche, suchte einen Ausweg aus der Nichtigkeit dieses Daseins, einen Weg, sich erheben zu können aus einer Masse, die auch nur einen fortwährenden Kampf mit sich selbst austrug und in einer Tour verlor. Es war die Suche nach einer Erlösung durch eine höhere Macht.

In meinem Leben gab es die Minute nach Mitternacht, eine Zukunft, in die ich rückwärts hineinstolperte. Es gab Warten, Liebe und Träume, die mit Sicherheit scheitern würden, aber mit denen ich meine Sehnsucht nährte. Es gab Straßen, die geradeaus führten, in eine Richtung, die ich nicht kannte. In meiner Welt gab es kleine Sorgen und Enttäuschungen, die ich dafür liebte, daß sie mir die Augen öffneten, und die ich aus demselben Grund verabscheute. Es gab Spaß, Alkohol und sehr viel Blindheit, es gab Bilder, die ich fast alle selbst gemalt hatte und die in meinem Kopf herumsprangen wie Kinder, die an einem Sommernachmittag nicht durstig werden. Es gab die Minute nach Mitternacht, die so kurz war, daß sich nichts änderte, es waren letztlich andere Minuten, die über Katastrophen und Feste entschieden.

Ich suchte nichts, das nicht in mir war, und das einzige, wovor ich floh, war der Verlust der Unschuld, der Verlust der Augen, die diese schönen Dinge sahen.

– Eine Sackgasse ist nur wirklich dann eine Sackgasse, versuchte ich Ruth zu erklären, wenn du nicht wenden kannst. Eine echte Sackgasse ist eine Einbahnstraße, aus der du rückwärts nicht mehr rausfahren kannst. Keine Rückkehr soll dir möglich sein und kein Weitergang. Erst dann bist du gefangen, und gefangen sein heißt, den Sinn des Lebens nicht erschließen können. Hörst du zum Beispiel diese Gitarre in dem Stück? Sie symbolisiert ein kleines Männchen, das auf den Saiten auf und ab hüpft. Das Schlagzeug ist ein Raucherhusten, das kann man genau hören. Das Männchen tanzt dem Raucherhusten auf der Nase herum, das kommt dem Sinn des Liedes und des Kosmos ziemlich nahe. Du brauchst nur einen Song, um die Welt zu erschließen, und nur ein Krankenbett, um Blinde sehend zu machen.

Da erst fiel mir auf, daß ich gar nicht sprach. Ich war langsam in einen Halbschlaf gedriftet, meine Gedanken hatten sich verheddert, ich hatte bereits geglaubt, den Sinn des Universums erschlossen zu haben, aber als ich mein Hirn wieder kontrollieren konnte, war alles nur wirres Zeug. Ich versuchte mich zu entspannen und fiel etwas später in einen unruhigen Schlaf. Das letzte, woran ich mich erinnere, ist, daß ich hoffte, Ruth würde nicht auch so müde werden und uns beiden ein trauriges Ende im Straßengraben bescheren.

Ich wachte im Morgengrauen auf und glaubte einige Sekunden lang, in der Vergangenheit gelandet zu sein. Ruth hatte wieder dieses ärmellose Unterhemd an und eine Zigarette zwischen den Lippen. Ich glaubte fast, Phillip hören zu können, wie er sagte: Wir sollten sie rauswerfen. Ich lächelte in mich hinein.

– Ruth, hältst du an der ersten Tanke, an der wir vorbeikommen, und weckst mich dann wieder?

Sie lachte und sagte:

– Wir bewegen uns nicht im Kreis.

– Ich will auch gar nicht mehr schlafen. Sag mal, kannst du vielleicht auch Märchen erzählen?

Ich nahm einen Schluck aus der Wasserflasche, und Ruth antwortete:

– Ich kenne nur ein einziges, das hat Tom immer erzählt.

21

Es war einmal eine Bankierstochter, die Sunny hieß. Ihre Freunde nannten sie Summy, weil sie den ganzen Tag vor sich hinsummte. Zu ihrem sechzehnten Geburtstag schenkte ihr Vater ihr ein Pferd, auf dem sie einfach auf und davon ritt. Ihr Vater hörte nie wieder etwas von ihr, und ihre Mutter erkannte einmal ihre Stimme im Radio, als Summy gerade interviewt wurde.

Sunny ritt in die große Stadt und verkaufte da das Pferd. Sie ließ sich tätowieren und kaufte sich eine Gitarre, auf der sie sich das Spielen selber beibrachte. Sie wollte Straßenmusikantin werden. Schnell stellte sie fest, daß Straßenmusikanten in der großen Stadt kein Geld verdienten, und sie fing an, Fahrräder zu klauen und zu verkaufen. Sie begann damit, kleine Schlösser aufzuknacken, und arbeitete sich dann zu schweren Ketten und aufbruchsicheren Bügelschlössern hoch. Der Handel florierte, und Sunny führte ein glückliches Leben. Nur einmal wurde sie beim Klauen erwischt, sie hatte im Supermarkt einen Block Käse eingesteckt, weil sie ihn überteuert fand. Sie kam mit einer Geldbuße davon. Es ging alles gut, bis Sunny achtzehn wurde. Da verliebte sie sich in den Inhaber eines Fahrradgeschäftes. Die beiden wurden ein Paar, und Sunny ließ das Fahrradklauen bleiben. Fortan blieb sie zu Hause, der Mann arbeitete, und sie freute sich darauf, ihn abends zu sehen. Nach drei Monaten überkam sie die Langeweile, das Nichtstun im Haus und der fehlende Nervenkitzel machten sie ganz krank. Sie verkaufte, um überhaupt etwas zu tun zu haben, Teile der Wohnungseinrichtung des Mannes. Sie fing mit Sachen an wie der Küchenwaage, dem Silberbesteck, den Eierbechern, Sachen, die sie für unwichtig hielt. Wochenlang fiel nichts auf, und Sunny trug viel Geld auf ihr neu eröffnetes Konto. Als sie dann den Fernseher, den Videorecorder und die Stereoanlage verkauft hatte, machte sie sich davon in die nächste große Stadt im Westen, sie trampte mit einer Plastiktüte in der einen und ihrer Gitarre in der anderen Hand los. Von der ersten Liebe war außer Geld und ein paar erotischen Momenten nichts übriggeblieben.

In der zweiten Stadt geriet sie in eine Band, sang und spielte Gitarre und gelangte zu einiger Berühmtheit. Sie ließ sich von einem Produzenten bumsen und bekam einen Plattenvertrag. Sechs Wochen bevor die Platte erschien, zerschmetterte sie bei einem Auftritt ihr Instrument und kehrte der Musik den Rükken. Ihr gefiel das Publikum nicht, das weder verstand, worum es in ihren Songs ging, noch Hirn genug besaß, die Beleidigungen zu verstehen, die sie ausstieß. Alle applaudierten, als die Gitarre zu Bruch ging, und Sunny fühlte sich sehr einsam.

In der nächsten Stadt wurde sie Barkeeperin und erntete dicke Trinkgelder für ihren tiefen Ausschnitt. Manchmal erkannte ein Trunkenbold die Sängerin, deren Platte sich mittlerweile gut verkaufte, und fragte sie, wie sie dazu kam, in so einer schäbigen Bar zu arbeiten. Doch Sunny mixte den Jungs immer so mörderische Drinks, daß sie für den Rest der Nacht lallten oder auf dem Tisch einschliefen. Bald konnte sie es einem schon von weitem ansehen, welches Getränk er am schlechtesten vertrug, ihre Fähigkeiten arteten in eine ganz eigene Kunst aus. Biertrinkern schüttete sie Wodka ins Bier, und schnell lagen sie unter dem Tisch, Wodkatrinker brachte sie mit einer Mischung aus Pernod und Wein zur Strecke. Sie machte den standfestesten Trinker innerhalb von einer halben Stunde besoffen, und die Gäste dankten es ihr. Sie gelangte wieder zu einiger Berühmtheit, die Bar lief besser als je zuvor, und ihr Chef erhöhte ihren Lohn großzügig. Sie scheiterte an einem britischen Schriftsteller mit Vollbart, der lange Zeit in Mexiko gelebt hatte. Der Mann wurde einfach nicht besoffen. Entnervt schmiß sie auch diesen Job, warf ihr Exemplar von *Fünfunddreißig Mescals in Cuautla* weg und zog noch eine Stadt weiter nach Westen.

In dieser Stadt arbeitete sie gar nicht, sie spezialisierte sich auf nichts mehr, sie klaute, trank und lebte von einem Tag zum nächsten. Sie schlief unter Brücken und in U-Bahnschächten und aß, was der gutmütige Koch eines großen Hotels ihr abends gab, Knoblauchcremesuppe, Lachs, Kaviar, Pasteten. Sunny glaubte, das Glück endlich gefunden zu haben, als sie sich erneut verliebte. Dieses Mal war es ein Boxer, ein großer, stiller Mann, der gerne spielte und trank und Bekanntschaften mit Nutten, Zuhältern und Totschlägern pflegte. Der Gestank der Unterwelt ist überwältigend, und er treibt mich zu einem knochenharten Training, erklärte er Sunny, als sie sich eines Nachts kennenlernten. Zunächst war Sunny angewidert und angezogen zugleich, aber sehr bald mußte sie sich eingestehen, daß sie diesen Mann liebte.

Die beiden wurden ein sehr glückliches Paar, der Mann gewann ein paar wichtige Kämpfe und schrieb einen Gedichtband, der von der Kritik hochgelobt wurde, sich allerdings sehr schlecht verkaufte. Sunny fing an, in einem Hamburgerrestaurant zu arbeiten, und klaute nichts mehr.

Sie und der Boxer stritten sich fast nie, und nach zwei Jahren liebten sie sich noch mehr als am ersten Tag. Der Boxer spielte mit dem Gedanken, ein Sportgeschäft zu eröffnen und nie wieder in den Ring zu steigen, als ein Zuhälter in der Stadt auftauchte, mit dem er noch eine Rechnung offenstehen hatte. Er hatte vor einigen Jahren monatelang mit einem der Mädchen des Zuhälters geschlafen, ohne dafür zu bezahlen. Sie hatte sich in den Boxer verliebt, und er hatte die Situation ausgenutzt. Als die Sache rauskam, saß der Zuhälter bereits in einem Gefängnis in einem anderen Teil des Landes. Doch als der nun wieder in der Stadt war, wollte er sein Geld. Der Boxer gab ihm keins.

Der Zuhälter drohte ihm, doch der Boxer ließ sich nicht einschüchtern. Sunny versuchte, ihn dazu zu bewegen, das Geld zu bezahlen, um Ruhe zu haben, aber er blieb stur.

Als Sunny eines Abends mit ihrem Mann schlief, brach der Zuhälter in ihr Haus ein und schoß auf die beiden. Sunny starb sofort, der Boxer war schwer verletzt, überlebte aber. Der Zuhälter wurde in der gleichen Nacht von einem Auto überfahren.

Hüte dich vor Schwingtüren, sie könnten dich erschlagen. Du hast eine Minute zum Beten und eine Sekunde zum Sterben, hehehe.

Das waren immer Toms letzte Sätze, sagte Ruth.

22

– Das ist doch gar kein richtiges Märchen.

– Das ist das einzige, das ich kenne. Tom hat es immer wieder erzählt.

Am Horizont tauchte der Stausee auf, und ich versuchte mir vorzustellen, wie Tom wohl diese Geschichte zusammenphantasiert hatte, und fragte mich, ob vielleicht mehr drin steckte, als ich auf den ersten Blick sah. Verrückte können manchmal in die Zukunft sehen.

– Glaubst du, unser Leben wird mal so eine zusammenhängende Geschichte, fragte Ruth, oder wird das nur eine Aneinanderreihung von ein paar guten und ein paar schlechten Momenten?

– Ich glaube, es gibt da eine Richtung, in die du dich bewegst, etwas Kontinuierliches. Aber nur du selbst kannst ein Gefühl für deine Geschichte kriegen. Ich sehe mich als Brücke zwischen den großen Augenblicken, die kommen und gehen, wie sie Lust haben. Du lebst genau dazwischen, und du mußt auch wirklich leben, man kann nicht einfach warten.

– Wenn Phillip stirbt ...

– Wenn Phillip stirbt, dann gibt es eine Menge Anekdoten, die man erzählen könnte, aber viel wichtiger ist, daß er die Dinge auf eine Art und Weise gesehen hat, die zu erzählen sich lohnt. Aber Phillip stirbt nicht, mach dir keine Sorgen. Ich hab das im Blut, seine Stunde ist noch nicht gekommen.

– Wenn alles nur eine Geschichte wäre, murmelte Ruth, wenn das alles nur eine Geschichte wäre ... Ich habe mich zweimal verliebt in diesem Leben. Wenn es nur eine Scheißgeschichte wäre, würde ich den Gott der Geschichten bitten, mich und Phillip da rauszulassen.

Sie parkte nicht weit von Jacks Laden, wir stiegen aus und gingen hinein.

– Hallo, Jesse, wen hast du mitgebracht?

– Ruth, ich habe dir von ihr erzählt.

Die beiden sagten Hallo, und Jack bat uns, es uns bequem zu machen.

– Schwierigkeiten? fragte er.

Ich erzählte ihm, was los war, und er brummte vor sich hin, er schien ziemlich gealtert zu sein seit dem letzten Mal.

– Ihr könnt bleiben, solange ihr wollt, sagte er, und ich würde mich freuen, wenn ihr mir hier ein wenig zur Hand geht. Die Arbeit wird zuviel für mich in den letzten Tagen.

Ruth legte sich in eins der hinteren Zimmer, in denen Jack wohnte, sie war müde. Jack und ich saßen hinter der Kasse, und er erzählte von dem Versicherungsvertreter, der vorgestern vorbeigekommen war.

– Sie sind die modernen Zauberer, diese Versicherungen, sie verkaufen dir nichts als Illusionen. Da will dieser Kerl mir eine Feuerversicherung, eine Einbruchsversicherung und eine Lebensversicherung verkaufen. Was will ich denn mit Geld, wenn der Laden abbrennt? Wenn alles Schutt und Asche ist, dann ist es eben so, dagegen kann man sich nicht versichern. Bis die hier etwas Neues hochgezogen haben, bin ich lange tot. Ich kann mich doch nicht in Sicherheit fühlen, weil ich jeden Scheiß gegen Geld tauschen kann. Das ist eine seltsame Welt geworden, ich fühle mich hier gar nicht mehr richtig zu Hause. Sie rechnen in Prozenten, Dividenden, Rabatten und Besitz, die Menschen haben keine Seele mehr, Jesse. Bist du gegen irgend etwas versichert?

– Ja, gegen Langeweile. Immer wenn mir langweilig wird, rufe ich meine Versicherung an, und die schicken mir einen Haufen Geld.

Er setzte noch mal an, wollte noch mehr dazu sagen, aber er brach sofort ab. Es war weg, wieder eine Fehlschaltung in seinem Hirn.

– Jack, was ich Sie fragen wollte, es ist mir auf dem Weg hierhin eingefallen: Wie hat man Ihren Vater erwischt? wechselte ich das Thema.

– Er hat versucht, die Frau eines Staatsanwalts zu verführen. Er hat es auch geschafft, aber sie hat es ihm nicht gedankt.

– Wahrscheinlich war sie frigide, sagte ich.

– Sie hatte nur keinen Geist, sagte er.

– Ihr Vater war doch schon ziemlich alt, oder?

– Ja, aber die Frauen standen auf ihn, und er hat nichts anbrennen lassen.

– Was hat Ihre Mutter dazu gesagt?

– Mein Vater war selten zu Hause, ich hab ihn nicht oft zu Gesicht bekommen, er war immer auf der Durchreise. Meine Mutter hatte auch ihre Liebhaber, das tat nichts zur Sache, sie haben sich geliebt. What happened on the road should stay on the road, hat mein Vater gesagt. Er war vernarrt in meine Mutter, sie war eine wundervolle Frau. Daß er sie nicht oft sah, hat sie noch mehr miteinander verbunden.

Am nächsten Tag machte Ruth es sich zur Aufgabe, die Kundschaft zu bedienen, um ein wenig Ablenkung zu haben, während Jack und ich hinter dem Laden in der Sonne saßen. Es war ziemlich viel los, der nächste Laden, der fast sechzig Kilometer entfernt lag, war einer Brandstiftung zum Opfer gefallen. Ruth kam kaum dazu, eine Zigarette zu rauchen, doch es war ihr ganz recht so.

Ich war überzeugt davon, daß Phillip im Laufe des Tages auftauchen würde. In aller Seelenruhe hörte ich mir Jacks Geschichten an, auch wenn er immer wieder den Faden verlor und vieles unvollendet in der Luft hing.

Gegen Mittag nahm die Hitze zu, und Jack meinte, er könne mal sein Hemd ausziehen, weil er heute nicht dazu verdammt war, Kunden zu bedienen. Er hatte eine eingefallene, ledrig aussehende Haut und einen Brustkorb, der verriet, daß er lange Zeit sehr muskulös gewesen sein mußte. Auf seinem linken Oberarm prangte eine Tätowierung, drei schwarze Punkte.

– Ich wußte gar nicht, daß Blinde sich tätowieren lassen, sagte ich.

– Es ist ja auch völlig unsinnig, sagte er, aber ich hielt es damals für eine gute Idee. Es war zu einer Zeit, in der die Fliegen in meiner Wohnung starben, weil sie nichts zu essen fanden. Ich habe mein Augenlicht im Alter von sieben Jahren verloren, und ich wollte, daß jeder sieht, was mit mir los ist. Ich habe in der Zeit in so einem Elend gelebt, daß ich wollte, daß es die ganze Welt weiß. Am liebsten hätte ich eine Platte aufgenommen. Aber das war nur ein Traum. Ein Traum, den jeder träumt, wenn die Liebe ihn verläßt. Eine Platte, ein Buch, ein Bild, irgend etwas, das der ganzen Welt zeigt, was passiert ist. Bist du auch tätowiert, Jesse?

– Nein, aber Ruth.

– Was denn?

– Eine Sonne.

– Das paßt zu ihr, sagte er, und es klang zufrieden.

Mir ging auf einmal auf, was Jack alles abging. Mir ging auf, daß er nie Toms Tätowierungen hätte sehen können, mir ging auf, daß ich unglaubliche Schwierigkeiten beim Sex haben würde, wenn ich erblinden sollte, daß ich die Schönheit der Wüste nie wieder würde bewundern können. Ich kannte eigentlich nur das, was ich sah. Nie wieder lange Beine, schöne Busen und Bäuche erblicken zu können, würde mich viele wichtige Vergnügen kosten, deren Ersatz ich mir im Moment sehr unbefriedigend vorstellte.

– Ich habe damals sogar eine Ballade für die Platte geschrieben, sagte Jack und holte eine Mundharmonika raus, sie heißt Sieben Krähen auf dem Kopf meiner Mutter.

Es war wirklich eine Ballade und nicht eins von diesen Fünfminuten Popdingern, und Jack sang sie mit seiner knarzigen Stimme und spielte zwischen den Strophen einen Blues auf der Harmonika. Es ging um einen Jungen, der geboren wurde, während sieben Krähen auf dem Kopf seiner Mutter hockten. Nach der Geburt hackten die Krähen die Mutter in tausend kleine Stücke. Der Junge wuchs in Armut auf und fühlte sich Zeit seiner Kindheit sehr unglücklich, er bezog Prügel von seinem Vater, ohne zu murren, bekam von niemandem Zuwendung. Er begann vor lauter Unglück zu morden, als er älter wurde, und sein Schutzengel bewahrte ihn davor, erwischt zu werden, weil er wußte, daß nur wenige Menschen so gelitten hatten.

Der Junge kämpfte einen einsamen Kampf gegen die ganze Welt, er hatte nie einen Freund. Der Teufel meldete seinen Anspruch auf seine Seele an, doch der Junge lachte ihn aus. Eines Tages betrank er sich wie zwölf russische Zaren und erschoß seinen Schutzengel, die einzige Kraft, die ihm je wohlgesonnen war. Er floh nach Mexiko, wo der Teufel ihn holte und ihm größere Qualen zufügte, als der Junge es auf Erden für möglich gehalten hätte.

Jack war kein begnadeter Sänger, aber es lag sehr viel Gefühl in seiner Stimme. Es lag eine unglaubliche Trauer in dieser Ballade, ein Geruch nach Verwesung und Tod ging von ihr aus, Jack zog mich so sehr in seinen Bann, daß mir am Ende die Tränen kamen. Allein diese immer wiederkehrenden Zeilen: Einsamkeit, die du nicht kennst, sprich nicht mit mir, sonst zeige ich sie dir, sang Jack so, als hinge sein Leben dran, als müsse er sterben, wenn der das jetzt nicht hier singen dürfe.

Als sich der Sonnenuntergang über uns ergoß, wunderten wir uns, wie schnell die Zeit vergangen war, die Kundschaft wurde spärlich, und Ruth kam zu uns nach hinten mit einer Dose Cola in der einen und einer Zigarette in der anderen Hand. Sie sah geschafft aus.

– Wo bleibt Phillip?

– Laß mal dein Haar runter, es steht dir ja zu Berge, er kommt noch.

– Tut er nicht.

Wir wußten alle drei, daß er an dem Tag nicht mehr kommen würde, man konnte es einfach an der Luft riechen. Er würde vielleicht auch am nächsten oder am übernächsten Tag nicht aufkreuzen, das tat eigentlich nichts zur Sache, er würde hier eintreffen, davon war ich überzeugt.

– Wenn so viele Leute im Laden sind, wird dann nicht sehr viel geklaut? fragte Ruth den blinden Jack.

– Ich habe einen Sinn dafür entwickelt, ich fühle es in meinen Knochen, wenn jemand etwas klaut. Unter der Kasse liegt ein Revolver, ich hole ihn hervor und ziele Richtung Dieb. Das beeindruckt ihn immer ungemein.

– Haben Sie auch schon mal geschossen?

– Ja, das war vor zehn Jahren. Zwei Jungs, die sich für harte Kerle hielten, kamen abends bewaffnet in den Laden. Der eine ist jetzt tot, der andere querschnittsgelähmt. Ich konnte einfach drauflosballern, es war sonst niemand da. Sie tun mir leid, sie waren so dumm, sie wußten gar nicht, worauf sie sich einließen, und sie haben einen hohen Preis für ihre Dummheit gezahlt. Immer wenn du glaubst, du hast ein leichtes Spiel …

Der Rest des Satzes versank im Treibsand, der sich in Jacks Kopf langsam ausbreitete.

– Es ist weg, sagte er mit einer Stimme, die jeden, der bei der Telefonseelsorge arbeitete, in den Selbstmord getrieben hätte.

Ich ging auf Toilette und stöberte dann nach Tranquilizern rum. Ich fand ein paar Lexotanil, ich zerstieß sie in der Küche und mischte das Pulver in einen Wodka-Kirsch. Es war schwer, sich in diesem Halbdunkel zurechtzufinden, und es war ungewohnt, keine Lichtschalter vorzufinden. Es faszinierte mich jedesmal, daß Jack im Stockdunkeln mit dem Rasiermesser hantieren konnte, ohne sich zu schneiden. Ich ging wieder raus und gab Ruth den Wodka-Kirsch, sie konnte ein wenig Entspannung gebrauchen. Ich war überzeugt davon, daß ich ihr damit einen Gefallen tat. Sie sprach für den Rest des Abends nicht mehr viel, alles lief an ihr vorbei wie ein Film, der einen nicht interessiert, und ich freute mich, ihr ein paar Stunden Ruhe geschenkt zu haben.

Im Radio kamen die Ramones. Somebody put something in my Drink. Gerade jetzt. Ich möchte das Wort Zufall nie mehr hören. Zufälle gibt es nicht.

Ich überlegte, ob Ruth selber mitbekam, was mit ihr los war, oder ob sie sogar genau wußte, was ich getan hatte.

Auf einmal kam ich mir entsetzlich gemein vor, sie so hintergangen zu haben, ich glaube, ich wurde sogar rot. Doch ich traute mich nicht, die Sache zu klären, wir saßen alle drei schweigend da, und ich versuchte, mein schlechtes Gewissen zu beruhigen. Nach einer halben Stunde ohne ein Geräusch, außer dem Zirpen einer einsamen Grille, hielt ich es nicht mehr aus.

– Ruth …

– Ist schon in Ordnung, Jesse. Das war eine gute Idee, es ist wie ein Weihnachtsgeschenk im Februar.

Ich atmete tief aus, erleichtert. Man konnte sich selber Eisenkugeln ans Bein binden und damit herumlaufen. Wenn man sie dann ablegte, erschien der Normalzustand wie eine einzige Glückseligkeit.

Jack schien alles verstanden zu haben, er sagte:

– Den armen Cowboy erfreut Gott, indem er ihn sein Pferd verlieren und am nächsten Tag wiederfinden läßt.

Ich hatte einen Traum in jener Nacht. Ich sah Ellen noch einmal mit Tom schlafen. Ich stand mitten im Zimmer, beobachtete die beiden und fühlte den gleichen Schmerz wie in der Realität, wahrscheinlich sogar noch heftiger. Tom hatte einen langen, dicken Schwanz, und das ganze Zimmer roch nach Sex. Die beiden bemerkten meine Anwesenheit nicht, ich schien unsichtbar zu sein. Ellen war sehr schön. Sie hatte die Beine angezogen, damit Tom tiefer eindringen konnte. Dann kam Jan ins Zimmer, und auch ihn bemerkten die beiden nicht. Er stellte sich neben mich und grinste selbstzufrieden.

– Phillip hat mit Maria geschlafen, sagte er, und ich nickte nur. Jack kam durch die Tür und stellte sich zu uns. Er sah traurig aus. Tom und Ellen wechselten die Stellung, und dann kam meine Mutter rein.

– Du hast einen Fehler gemacht, Jesse, sagte sie.

Die beiden auf dem Bett machten einfach weiter, sie waren sehr leidenschaftlich und nahmen immer noch nicht wahr, daß wir da waren. Paul gesellte sich als nächstes zu uns, er war ölverschmiert und hatte einen Schraubenschlüssel in der Hand. Er sagte, mein Vater habe gekotzt. Ich hatte das Gefühl, einen Flug verpaßt zu haben, irgendwo in der Wildnis, wo nur alle drei Monate ein Flieger abhebt. Ich war gefangen an einem Ort, an dem ich nicht sein wollte, nur aufgrund meiner Schusseligkeit, und ich wußte nichts mit mir anzufangen. Sylvie stand auf einmal auch bei uns und sah mich an mit einem Blick wie ein Diktator, der auf sein Volk herabsieht.

– Ich habe dich verraten, sagte sie.

Ich fühlte mich klein und machtlos. Ich behielt die Tür im Auge und war gespannt, wer wohl als nächstes käme. Es war Brenda. Sie war nackt, und sie setzte sich auf die Bettkante, um besser sehen zu können. Sie masturbierte dabei und sprach zu niemand Bestimmtem die Worte: Du sollst dich nicht erwischen lassen.

Ruth und Phillip tauchten nicht auf, und Jack war auf einmal verschwunden. Mir fiel auf, daß ich träumte, und ich fragte mich, was das alles bedeuten sollte, und nahm mir vor, mir alles genau zu merken, sobald ich aufwachte. Tom gelangte zu seinem Höhepunkt, Ellen war augenscheinlich kurz davor, aber Tom blieb nach seinem letzten Stoß einfach auf ihr liegen und machte keine Anstalten, auch sie zum Orgasmus zu bringen. Ich war erleichtert. Eine Stimme sagte:

– Man kann keinen Schatten an den Haaren herbeiziehen.

Ellen brach in Tränen aus, ich wurde traurig und wollte sie trösten, aber ich konnte mich nicht bewegen. Tom stand auf und seufzte:

– Das waren noch Zeiten, als die Mädchen beim ersten Mal Jungfrau waren. Ich spiele lieber Gitarre.

Brenda stöhnte laut auf und kam. Man hörte einen Schuß, und Phillip stürmte ins Zimmer.

Ich wachte auf, meine Arme waren eingeschlafen, ich konnte sie nicht bewegen. Still lag ich mit schweißverklebten Haaren im Bett und sah die Morgendämmerung. Ich ging den Traum Schritt für Schritt durch, um ihn in mein Gedächtnis zu kriegen, und suchte verzweifelt nach einer Bedeutung. Ich fühlte mich wie jemand, der in einem Sportwagen dahinrast, während das Schicksal mit einem festen Ziel vor Augen am Steuer sitzt und weder erklären will, wo es hingeht, noch die Richtung ändern. Nichts ist erschreckender als die Aussicht auf nur eine einzige mögliche Zukunft.

Als ich langsam etwas Gefühl in den Armen bekam, stand ich auf und ging raus. Es herrschte eine wunderbare Stille, die nahezu unglaublich war, wenn man sich vorstellte, wieviele kreischende Kinder, gehirnamputierte Familienväter, fotoapparatbehangene Touristen und Frauen mit verkniffenen, dünnen Lippen in ein paar Stunden hier sein würden. Ich ging zu der häßlichen Aussichtsplattform aus grauem Beton und blickte auf die Wassermassen. Hier kamen die Leute hin, um zu sehen, was man getan hatte, um ihre Warmwasserklospülungen, ihre Waschmaschinen,

Gartensprenganlagen und ihre Swimmingpools mit Leben zu versorgen. Sie kamen zu dieser idiotischen Machtdemonstration, um sich die Illusion zu erhalten, der Mensch könne die Natur besiegen. Ich wünschte ihnen die Pest an den Hals. Aber sofort nahm ich diese Verwünschung zurück und wünschte ihnen Probleme und zwar andere als Ehekrisen, Arbeitslosigkeit und mangelnde Kreditwürdigkeit. Ich wünschte ihnen Verzweiflung, ein chaotisches Gefühlsleben mit Hang zu Depressionen und lebensbedrohliche Umstände. Vielleicht würde ihnen das die Augen öffnen.

Die Augen öffnen, ich zündete mir eine Zigarette an und lächelte vor mich hin. Jemand wie ich, der am liebsten unwissend durch die Gegend lief und versuchte, sich ein bißchen Unschuld zu bewahren, von der er wußte, daß sie von Tag zu Tag kleiner wurde, jemand, der einen blinden, alten Mann verehrte, jemand, der aber immer noch verzweifelt versuchte, diesen Traum zu deuten, weil er glaubte, er sage etwas über die Zukunft aus.

Ich drehte mich um und sah auf die Zufahrtsstraße, es kam kein Auto, Phillip ließ sich wirklich Zeit.

Als wir neunzehn, zwanzig waren, hatten wir uns mal erzählt, wie wir am liebsten sterben würden. Ich hatte mir ausgemalt, an einem wunderbaren Frühlingsmorgen auf dem Weg zu einer Verabredung mit meiner Geliebten vor lauter Freudentaumel eine Baugrube zu übersehen, hineinzufallen und mir das Genick zu brechen.

Phillip hatte sich vorgestellt, von der Polizei verfolgt zu werden, weil er mit einem Massenmörder verwechselt wurde. Man gab den Befehl, auf ihn zu schießen, wenn man ihn sähe, und so floh er quer durchs Land. Er war zu schlau, er entwischte den Bullen immer wieder. Es wurde ihm zum Verhängnis, daß er sich in eine Schlägerei einmischte. Drei Matrosen verprügelten einen sechzehnjährigen Jungen, Phillip ging dazwischen und brach einem Matrosen den Arm und einem anderen das Nasenbein.

Vorher hatte aber schon jemand die Polizei verständigt, die in dem Augenblick auftauchte, als Phillip dabeiwar, den dritten Matrosen bis zur Bewußtlosigkeit zu würgen. Einer der Beamten erkannte Phillip, und die Kugel traf ihn genau zwischen die Augen.

Phillip hatte natürlich die ausführlichere und heroischere Version, das gab so ziemlich genau wieder, auf welche Weise wir jeweils mit dem Leben befreundet waren. Damals hatten wir gelacht über unsere Geschichten und uns feierlich geschworen, alles zu tun, um niemals so zu sterben, weil der Tod zu jener Zeit für uns beide eine Versuchung darstellte.

Phillip lebte noch, da war ich mir sicher. Irgend etwas anderes ließ mich unbehaglich fühlen. Vielleicht war es an der Zeit, sich neue Visionen vom Tod auszudenken.

23

Ich kochte Kaffee und stellte einen Tisch hinter den Laden, auf dem ich eine Wurstplatte und eine Käseplatte, hübsch mit Petersilie garniert, bereitstellte, dazu einige Salate und für jeden ein Glas mit Multivitaminsaft. Es gab fast alles in Jacks Laden, angefangen von diesen Brötchen zum Aufbacken, Schuhcreme, Babynahrung, Nähzeug bis hin zu Kontaktmagazinen, Kondomen und Kinderspielsachen. Ich bediente mich reichlich an den Sachen, die für so ein Essen geeignet waren, und der Tisch sah so feierlich aus, wie man es sich bei einer Silberhochzeit vorstellen würde, der Tisch sah aus, als wäre die Situation bereits entschärft und als könnten wir es uns erlauben, nun in Ruhe zu genießen. Ich war zufrieden mit meinem Werk. Ich wollte mit Ruth und Jack frühstücken, als würden wir ins Kino gehen, zwei Stunden seichte Unterhaltung ohne den geringsten Bezug zur Realität. Dieser Traum machte keinen Sinn, ich wollte ihn vergessen.

Jack aß nicht viel, er sprach auch kaum, Ruth war zu aufgekratzt, um ruhig auf ihrem Stuhl zu sitzen, und sprang immer wieder auf, weil bereits die ersten Kunden kamen. Das funktionierte alles nicht so gut, wie ich es mir vorgestellt hatte, aber das störte mich nicht sonderlich. Jack wirkte etwas apathisch, das bereitete mir viel mehr Sorgen, lenkte mich aber auch gleichzeitig etwas ab. Ich fragte, was mit ihm los sei.

– Jesse, mein Sohn, sagte er, ich hab's heute Nacht nicht mehr bis zur Toilette geschafft. Ich vergesse andauernd, was ich noch vor einigen Minuten gedacht habe. Ich bin ein wenig lustlos dem Leben gegenüber.

Als er so sprach, fielen mir die alten Männer in Filmen ein, die, kurz bevor sie ihr Leben aushauchen, ein Resümee ziehen und einen Brocken Weisheit von sich geben. Meistens etwas entsetzlich Banales, verbunden damit, daß eine Uhr oder ein Amulett, das eine besondere Bedeutung hat, an einen Vertrauten weitergegeben wird, mit der Bitte, es in Ehren zu halten. Ich hatte das Bedürfnis, noch etwas von Jack zu lernen, und das verführte mich zu dieser idiotischen Frage.

– Jack, was ist das Wertvollste, daß Sie besitzen oder besessen haben?

– Eine Zeitlang war es meine Geige, doch dann habe ich sie aus Schusseligkeit verloren. Das war einer der schönsten Momente in meinem Leben.

– Wieso?

Er brachte keine Antwort zustande, die Worte spielten Verstecken mit ihm, und es kam nur ein Gestotter und dann gar nichts mehr, aber ich glaubte, ihn verstanden zu haben. Nach ein paar Minuten Stille zitierte Jack eine Zeile aus einem Gedicht, zumindest hörte es sich so an. Even if it is sunday may I be wrong, for whenever man are right they are not young. Ich wußte nicht, wie das gemeint war, aber Jack lächelte sehr breit.

– Kennst du dieses Gedicht von W.H. Auden mein Junge? Time will tell nothing, but I told you so.

– Ich lese kaum, anwortete ich.

– Ich lese auch kaum, sagte Jack, und ich kam mir ganz schön dumm vor.

– Früher habe ich Nutten mit schönen Stimmen dafür bezahlt, daß sie mir Gedichte vorlasen. Ich wünschte, es wäre damals eine dabei gewesen, die so eine rauchige Stimme gehabt hätte wie Ruth.

Erneut verlor Jack den Faden, und ich machte mich daran, den Tisch abzuräumen. Einerseits tat der alte Mann mir leid, aber andererseits ruhte er die meiste Zeit so sehr in sich selbst und schien den Tod so sehr zu akzeptieren, daß man seine Haltung nur noch bewundern konnte. Er hatte gelebt, viele Tausende von Leben in sechsundachtzig Jahren, er schien bereit zu sein loszulassen.

Ich beschloß, Paul anzurufen, es konnte sein, daß Phillip sich bei ihm gemeldet hatte, weil es Schwierigkeiten gab. Ich glaubte nicht daran, aber der Entschluß gab mir das Gefühl, nicht tatenlos herumzusitzen.

– Nachricht von Phillip?

– Nein, Jesse, aber … Jesse, dein Vater ist letzte Nacht gestorben, ich war heute früh da, um nach dem Rechten zu sehen und …

Eine Hitzewelle lief durch meinen Körper, und die Haare in meinem Nacken stellten sich auf. Mein Herz pochte mit übernatürlicher Kraft. Eigentlich hatte ich ihn schon lange abgeschrieben, es war glasklar abzusehen gewesen, daß es so kommen würde. Aber gerade jetzt? Hatte ich deshalb so merkwürdig geträumt? Was bedeutete mir das, wenn ein Mann, der schon länger tot war, aus dem Leben schied? Ein Mann, dessen Gene ich trug und mit dem ich jahrelang über einen holprigen Smalltalk nicht hinausgekommen war?

– Tut mir leid, Jesse. Du wußtest … Er scheint nicht gelitten zu haben. Jesse, hörst du mich?

– Ja. Verkauf das Haus!

– Willst du das nicht selber erledigen?

– Er ist tot, was soll ich da in die Stadt kommen?

Ich legte auf, und Tränen liefen meine Wangen herunter. Er war doch früher so ein guter Vater gewesen, ich hatte von ihm gelernt, und ich hatte mich nie bedankt. Es war sein freier Entschluß gewesen, so zu sterben, kein Selbstmord als Kurzschlußreaktion, sondern einer, der auf Raten teuer erkauft wurde. Das tröstete mich im Moment kaum.

Ich ging zu Ruth, sie legte den Arm um meine Schulter, schickte die Kunden aus dem Laden und schloß die Tür ab.

– Wo sind die Beruhigungsmittel? fragte sie mich, während mir abwechselnd heiß und kalt wurde. Ich war zu keiner Antwort fähig und schüttelte nur den Kopf. Ich wollte keine Tranquilizer. Jack kam rein, setzte sich neben mich auf den Boden, ergriff meine Hand. Ich kann mich noch genau daran erinnern, wie erstaunt ich über seine weiche, glatte Haut war. Das war mir vorher nie aufgefallen.

– Der Verstand ist ein schreckliches Ding, sagte er, ein eiskaltes, schreckliches Ding. Wir müssen alle sterben, das ist der Fluß der Sachen, und dein Verstand kann sich damit abfinden, aber deine Gefühle haben ein Eigenleben. Dein Vater hat schon früher aufgegeben, du hattest Zeit, dich damit auseinanderzusetzen. Das ist kein Vorwurf, nur manchmal willst du nicht sehen, was vor deiner Nase abläuft. Du hättest nichts für …

Der Rest des Satzes verschwand, und Jack klopfte mir auf die Schulter.

Ich kann mich nicht erinnern, wie die nächsten Stunden vergingen, ich taumelte mit viel zu viel Blut im Kopf in einem Vakuum umher und wünschte mir einen Aderlaß, der mich ermatten und schlafen lassen würde.

Es muß später Nachmittag gewesen sein, als die Bullen kamen. Sobald ich ihren Wagen sah, sprang mein Hirn an und vibrierte wie ein alter Kühlschrank. Sie parkten genau vor dem Laden und kamen mit wichtiger Miene reinspaziert. Ich sah, wie Ruth ihre Hände auf die Kasse legte, um das Zittern zu kaschieren. Es war eindeutig, daß die beiden keine Cola oder so was wollten. Bleib ruhig, Jesse, sagte ich mir, bleib ruhig, das Größte, weswegen sie dich drankriegen können, ist Ladendiebstahl an einer Raststätte auf dem Weg hierhin, bleib locker. Sylvies Gesicht tauchte in meinem Kopf auf, aber ich verscheuchte es.

Der eine war ein fettes Schwein mit Halbglatze und der andere ein Sunnyboy mit Bartstoppeln, kurz geschnittenen Haaren und Schnäuzer. Alle Männer mit Schnäuzer haben Probleme mit ihrer

Männlichkeit, hatte mein Vater immer gesagt, mein verstorbener Vater.

– Guten Tag, sagte der mit dem Schnurrbart, wir haben da eine Frage.

– Ja bitte, sagte Ruth, und sie hatte dabei Blumen in der Sprechblase.

– Wissen Sie, wem die schwarze Ente auf dem Parkplatz gehört?

– Leider nicht, antwortete Ruth, ich nehme an, einem von diesen Touristen hier.

– Ist Ihnen nicht aufgefallen, daß die Ente schon länger da steht?

– Nein, ich interessiere mich nicht für Autos.

Ich verfluchte mich, ich konnte meine Dummheit nicht glauben, und ich überlegte fieberhaft, ob noch irgendwelche persönlichen Sachen im Wagen waren, aber mir fiel nichts ein. Wie konnte man nur so gottverdammt dämlich sein? Wie konnte man ein gestohlenes Auto so herumstehen lassen?

– Sind Ihnen in letzter Zeit irgendwelche verdächtigen Personen aufgefallen?

– Nein.

Der Dicke ergriff das Wort, wobei er auf mich deutete.

– Wer ist das?

– Ein Freund von mir. Er ist ein wenig runter mit den Nerven, er hat gerade die Nachricht vom Tod seines Vaters erhalten.

Ich nickte stumm.

– Wo ist Jack? wollte der andere nun wieder wissen, und mir fiel auf, daß sein Kollege ein total verschwitztes Hemd trug, und ich fragte mich, ob Polizisten ihre Uniformen selber waschen mußten.

– Hinten, antwortete Ruth und zeigt auf die Tür.

Die beiden gingen zu Jack, und ich blickte Ruth mit einem Dackelblick an, sie lächelte nur und schüttelte den Kopf. Nach drei Minuten kamen die Bullen zurück, verabschiedeten sich und wünschten uns noch einen schönen Tag. Ich machte mir eine Zigarette an. Jack kam rein, er grinste.

– Das war dumm von dir, Jesse.

– Tut mir leid, Jack.

– Sie nehmen das Auto mit, und morgen ist die ganze Sache vergessen.

– Ich habe noch nie so gepennt, Jack, glauben Sie mir.

– Die beiden sind einfach nur faul, wenn sie euch ausgefragt hätten, woher ihr kommt, seit wann ihr hier seid und so, das hätte echte Probleme gegeben.

– Ich wollte Ihnen keine Probleme machen.

– Es geht nicht um mich, Jesse, es geht um dich. Ich wünsche dir, daß du nie erwischt wirst, ich ...

Das alte Spiel, Jack schüttelte den Kopf.

Abends saßen wir zusammen draußen und schwiegen. Es war ein seltsamer Tag gewesen, einer, an dem man sich am Kaffee verbrüht, weil man sekundenlang davon überzeugt war, einen Gin-Tonic in der Hand zu halten. Ein Tag, der einen mit Überraschungen überfiel und mal wieder auf die lang ersehnten Neuigkeiten warten ließ. Ruth erwähnte Phillip kein einziges Mal, vielleicht aus Rücksicht auf mich, vielleicht, weil das Reden die Macht der Worte nie ausschöpfen kann. Wir schwiegen uns Stunde um Stunde in die Nacht hinein, mein Kopf war weitgehend leer, ich vergaß sogar zu rauchen.

– Eine Sternschnuppe, brüllte Ruth plötzlich, dann war wieder Stille, ich konnte ihren Wunsch fast mit den Händen anfassen.

Ich kam mir klein vor unter diesem riesigen Himmel mit dem kürbisfarbenen Mond, allein, stolz, traurig und vollkommen unwichtig. Stolz tut meistens nur weh, hatte mein Vater gesagt, aber wenn du versuchst, ohne Stolz zu leben, muß sich jeder vor dir fürchten. Ich hatte eine Menge von dem behalten, was mein Vater früher gesagt hatte, aber ich hatte das meiste erst Jahre später verstanden.

Es roch auf einmal nach Pisse, und ich wußte zuerst nicht, ob ich mir das nur einbildete oder ob der Wind diesen Geruch von irgendwoher zu uns getragen hatte. Jack stand wortlos auf und ging rein, ich sah die Pfütze da, wo er gesessen hatte. Er tat mir leid, obwohl es etwas sehr Würdevolles hatte, wie er sich erhob und verschwand. Das beherrschen nur wenige Menschen, ein würdevolles Auftreten in allen Situationen zu bewahren. Ich hatte mal einen Boxer gesehen, der, nachdem Phillip ihn ausgeknockt hatte, aufstand wie ein Sieger, wie jemand, der nach zehn Sekunden auf den Brettern noch lange nicht verloren hat. Er zeigte einfach keinerlei Anzeichen, daß er eine Niederlage eingesteckt hatte. Phillip war an dem Abend volltrunken ins Bett gefallen.

Jack kam nicht mehr wieder, und Ruth und ich saßen noch lange Zeit draußen und starrten ins Dunkel. Ich hatte keine Lust, ins Bett zu gehen, und Ruth hätte bis an ihr Lebensende gewartet.

Nachts herrschen andere Gesetze, nachts fühlt sich die Zeit endlos an, nachts nimmt die Wahrnehmungsfähigkeit ab, und man konzentriert seine Gedanken auf einen Punkt. Es ist erstaunlich, wieviel einem manchmal aufgeht, bevor die Sonne am Horizont erscheint. Doch diese Nacht brachte nichts Neues, sie war nur ein Loch, das zu klein ist, um einen zu verschlucken.

– Kennst du das Stück Adversary von Crime&the City Solution? fragte Ruth. Es geht mir gerade nicht aus dem Kopf.

– Ja, sagte ich, Paul hat es mir öfter vorgespielt.

– Wo er singt: You try to hide but I'm by your side. Ich weiß gar nicht, wovon das Stück eigentlich handelt. I am your foe, I know where you go. Du hast keine Chance zu entkommen, es gibt immer etwas, das schneller ist als du. Wenn es nicht Jan wäre, wäre es etwas anderes.

– Es geht um eine Frau in dem Lied, glaube ich zumindest. To her I'm just an unknown, singt er. Die Frau verfolgt ihn, obwohl sie ihn gar nicht kennt. Es ist etwas Größeres, es geht nicht um einzelne Personen. Du hast meistens einen Anker geworfen in der Vergangenheit, der dich daran hindert, eine neue Richtung einzuschlagen. Es hat keinen Sinn, die Orte zu wechseln, es funktioniert irgendwie anders.

– Und wo hängt dein Anker fest?

– Ich weiß es nicht.

– Ich denke, du bist viel verletzlicher, als du selber glaubst.

– Kann schon sein.

Irgend etwas schien ihr im Kopf rumzuspuken, sie sprach einfach, ohne daß ich erkennen konnte, was das mit dem Song zu tun haben sollte.

– Ich habe gelebt, Jesse. Seit ich Tom kennengelernt habe, habe ich gelebt. Außer Phillip hält mich heute nichts mehr hier. Ich habe so verdammt gut gelebt, und dann habe ich mich verliebt. Soll ich etwa nach mehr schreien?

Ich nahm mir eine von Ruths Zigaretten und wunderte mich, wie sehr man sein Leben an einen Punkt binden konnte. Meine Mutter, mein Vater, Phillip, Ellen und Ruth in gewissem Sinne auch. Diese Wendepunkte, an denen sich von einem Tag auf den anderen alles veränderte, schienen tatsächlich zu existieren, nur merkte man das erst hinterher. Man sollte diese Wendepunkte niemandem wünschen, mit der Spannung kam immer noch etwas anderes. Aber man kann auch niemandem ein gleichförmiges Leben wünschen, das aussieht wie die Frisur eines Zwölfjährigen bei der Kommunion.

Wir schwiegen eine weitere halbe Stunde, und ich überlegte, daß sich für mich alles an dem Tag verändert hatte, an dem meine Mutter verschwand. Eines Morgens duftete es in der Küche nicht nach Schinken, und seitdem liebte ich diesen Geruch. Kein einziges Mal hatte meine Mutter in den letzten Wochen Schinken in der Pfanne gebrutzelt, und kein einziges Mal in meinem Leben hatte ich das selber gemacht. Wenn wir in diesen schäbigen Restaurants frühstückten, bestellte ich immer Schinken mit Spiegelei, aber das war nicht zu vergleichen mit dem Gefühl, das ich früher hatte, wenn ich morgens die Küche betrat.

– Du klaust in letzter Zeit weniger, oder? fragte Ruth und riß mich damit von diesen Gedanken weg.

– Ja, sagte ich, ich lasse mich so leicht ablenken. Für ein schönes Gesicht, für einen wunderbaren Traum, für einen Sonnenuntergang lasse ich alles stehen und liegen. Fast alles kann mich vom Stehlen abbringen. Ich nehme mir Sachen aus dem Bedürfnis, etwas zu tun, ich stecke alles ein. Es ist wie eine Arbeit, der man nachgeht. Ich bin faul, ich greife nach jeder Ausrede, die sich bietet, um nichts tun zu müssen. Wir haben ja Geld, wir haben Aufregung, wir haben Spaß, ich brauche nicht zu klauen. Klauen hat auch etwas mit Langeweile zu tun.

Ich konnte Ruths Gesicht in der Dunkelheit schlecht erkennen, aber ich konnte mir genau diesen skeptischen Blick vorstellen. Wenn ich Phillip so etwas erzählte, sagte er immer, ich sei kindisch und ein Träumer, ich solle mir mal einen richtigen Job suchen.

– Als ich klein war, träumte ich weiter, wollte ich immer eine Art Künstler werden, aber dann wurde ich älter und merkte, daß ich nicht originell genug war und auch keinerlei Talent besaß, um Bilder zu malen oder Filme zu drehen oder so. Ich wollte nicht anderen Leuten die Ideen klauen, wenn ich schon klaute, sollten es echte Gegenstände sein. Da war ich originell. Wie mit dem Videorecorder. Oder der Trick mit dem Wechselgeld. Du kaufst in einem Laden etwas Kleines und suchst in deinen Taschen nach Münzen, du findest keine und gibst dem Kassierer einen größeren Schein. Du läßt dir rausgeben, und dann findest du es doch noch passend. Du gibst dem Kassierer das Kleingeld, bekommst deinen Schein zurück und verpißt dich, bevor er merkt, daß du das ganze Wechselgeld noch hast.

Ich bildete mir ein, daß Ruth lächelte, sehen konnte man es nicht.

– Aber das war doch keine bewußte Entscheidung, Dieb zu werden, oder? Du hast doch schon als Kind geklaut, hast du erzählt.

– Ja, ich habe das nur im nachhinein anders geordnet. Ich glorifiziere nur, was passiert ist, ich versuche mein Leben auf einzelne Punkte zu konzentrieren. Das ist eine Lüge, aber eine sehr schöne. Eine Lüge baut man aus dem Nichts auf, und solange es originell und geschickt ist, gibt es nichts dagegen einzuwenden. Die Lügen, die du erfindest, sagen manchmal genausoviel über dich aus wie die Wahrheit. Oder mehr.

– Du bist ein seltsamer Typ, Jesse, ich werde dich nie verstehen. Ich würde gerne mal die Frau kennenlernen, mit der du später zusammen bist.

Ich hielt mich für sehr einfach, aber ich sagte es nicht. Wahrscheinlich versteht sich jeder selbst am besten. Ich zumindest fand Phillip tausendmal komplizierter als mich, weil er mehr versteckte und runterschluckte. Ich versuchte meistens, echt zu sein, meinen Gefühlen die Kontrolle zu überlassen, anstatt eine Rolle zu spielen, die mein Verstand mir auferlegte. Wie hatte Jack gesagt? Der Verstand ist ein eiskaltes Ding.

Es mochte mittlerweile drei, vier Uhr sein, ich stand auf, suchte mir einen hellen Stern am Himmel, und wünschte, es möge irgendwo da oben einen Planeten geben, auf dem sich die Bevölkerung nur aus Kleptomanen zusammensetzte, irgendeine anarchistische Gesellschaftsstruktur. Ruth erhob sich auch, und wir gingen wortlos zu Bett. Ich träumte schon wieder schlecht, aber als ich aufwachte, hatte ich alles vergessen. Ich drehte mich um und schlief weiter.

Ruth weckte mich unsanft, es war ziemlich warm, es mußte so

gegen elf Uhr sein, und ich brummte böse, ich fand einfach keine Kraft für Worte.

– Wach auf, Jack ist verschwunden.

Ich setzte mich langsam auf und rieb mir die Augen. Ich atmete tief ein, Atmen bedeutet Leben, und wenn du tief einatmest, hast du mehr Energie, hatte Phillip mir mal erklärt.

– Seit wann?

– Ich bin um acht aufgestanden und habe den Laden aufgemacht. Er war nicht da, ich dachte, er ist vielleicht nur spazieren und kommt bald wieder, aber das ist jetzt über drei Stunden her. Ich habe ihn die letzte halbe Stunde gesucht, aber keine Spur. Er hat sein Bett gemacht und ist weg.

Ich stand auf und taperte in Unterhosen in den Laden und sah nach dem Revolver unter der Theke. Er war noch da. Ich stand da und sah einer entsetzten Mittvierzigerin in die Augen, der meine Aufmachung wohl nicht gefiel. Ich zog den Revolver hervor und zielte auf sie. Sie brach Sprintrekorde.

– Hast du einen Abschiedsbrief oder so gefunden? fragte ich Ruth, die mir gefolgt war.

– Jesse, der Mann kann doch nicht schreiben.

Ich war gerade erst aufgewacht, da war das zu entschuldigen. Ich ging an den Kassettenrecorder und drückte auf Start. Jacks Stimme kam aus den Boxen.

– Hallo Ruth, hallo Jesse. Ich bin weg. Ich wünsche euch alles Gute, laßt euch nicht erwischen. Ich möchte nicht, daß ihr traurig seid.

Dann kamen ein paar wirre, zusammenhanglose Sätze, die wir selbst nach mehrmaligem Hören nicht verstanden. Die letzten Worte waren: Es war schön, lebt wohl.

Wir spulten wieder und wieder zurück, der Mittelteil war nicht zu verstehen, ich hätte gerne geweint, aber ich konnte nicht.

– Wie hat er's wohl gemacht? fragte Ruth.

– Ich weiß nicht, sagte ich, aber es spielte sowieso keine Rolle.

24

Wir hätten fünfhundertvierzig Arten, den Blues zu singen, gelernt, wenn er nicht endlich aufgetaucht wäre. Die nächsten beiden Tage schwiegen wir uns an, es gab nichts zu sagen. Ruth machte den Laden morgens auf und abends wieder zu, aber eher mechanisch, sie ließ sich nicht stressen, sie bediente die Kunden mit einer Trägheit, daß sie ihr am liebsten ins Gesicht gesprungen wären. Jacks Geist wohnte in diesen Räumen, und ich begnügte mich damit, die Wände anzustarren. Es war keine richtige Trauer, die wir empfanden, es war mehr ein Loch, in das wir fielen. Wir hatten nichts zu tun, wir konnten nur auf unseren Händen sitzen, um nicht an den Nägeln zu knabbern, wir konnten nur warten, und dieses Warten schien unter einem bösen Zeichen zu stehen, es forderte Tote. Wir verfielen in diese Lethargie, jeder von uns beiden schrieb im Geiste einen Blues nach dem anderen. Ich bekam Jacks Ballade nicht mehr aus dem Kopf und dichtete düstere Gedanken aneinander und trank Tee. Die Situation schien mir mit einem Mal ausweglos, obwohl sich durch Jacks Tod nichts geändert hatte. Wir konnten nicht jahrelang hier sitzen und auf Phillip warten. Wenn er nicht kam, und ich zog diese Möglichkeit mittlerweile ernsthaft in Betracht, warum auch immer, wenn er nicht kam, mußten wir uns etwas anderes überlegen, nur waren unsere Hirne langsamer als diese modernen Zeitlupen.

Mit Jack war jegliches Leben verschwunden. Es war, als hätte er uns Kraft gegeben, als wären wir erst durch seine Anwesenheit beseelt worden. Das Feuer seines Lebens hatte nicht geglimmt, bevor es erlöschte, es hatte gelodert, auch wenn uns das nicht so aufgefallen war. Der Ort wirkte noch trostloser als je zuvor, er wurde zu einem Quell der unendlichen Langeweile. Ich war zwei Tage lang völlig unfähig, mir Gedanken über den Gang der Dinge zu machen, ich halluzinierte ständig modrigen Geruch und dachte an Verwesung, Tod, Sümpfe, Leberzirrhosen, Krebsgeschwüre und solche Sachen. Ich fühlte mich so klein, so schwach, so unerfahren. Ich vergaß völlig, daß auch dieser Schlamassel irgendwann vorbei sein würde, wie fast alles irgendwann vergeht und dann nicht mehr weh tut. Ich dachte wirklich schon, das sei das Ende.

Phillip kam am Morgen des dritten Tages, lange Stoppeln zierten sein Gesicht, er hatte abgenommen, seine Hose war zerschlissen, und er hatte einen Blick drauf, der Jack Nicholson wie einen verschüchterten Erstkläßler hätte aussehen lassen. Ruth sprang hoch, lief zu ihm und warf sich ihm an den Hals. Ein Lächeln machte sich in meinem Gesicht breit, das erste seit vier Tagen, und es dauerte keine zwanzig Sekunden, da war ich wieder ganz der alte Jesse, als den ich mich selber kannte, und ich hätte niemandem auf der Welt erklären können, warum ich in solche Trübsal verfallen war. Ich verstand selber nicht, wo mein Optimismus sich versteckt hatte.

Phillip lächelte auch, das Lächeln eines Heiligen, ein Lächeln, das zeigt, daß die Menschheit einem nichts mehr anhaben kann. Er sah fertig aus.

– Ich bin müde, sagte er, als verkünde er eine freudige Nachricht.

– Wo bist du gewesen? fragte Ruth.

– Ich bin das Sackgesicht nicht losgeworden, ich weiß nicht, wie er's gemacht hat, aber er war immer auf meiner Spur. Ein paar Mal bin ich in großem Bogen zurück in das Dorf gefahren, das ich gerade verlassen hatte, und habe festgestellt, daß Jan immer zwei, drei Stunden nach mir ankam. Ich konnte ihn verdammt noch mal nicht abhängen, egal was für Abzweigungen und Feldwege ich mir ausgesucht habe. Ich wollte ihn nicht hierherführen. Das Schwein arbeitet bestimmt mit jemand zusammen, er hat noch irgendeinen angestellt, oder zwei. Ich bin wahnsinnig geworden, er war mir die ganze Zeit auf den Fersen.

Er hatte sich hingesetzt und machte sich eine Zigarette an. Ruth schickte barsch einen Kunden aus dem Laden und streichelte dann Phillips Knie.

– Dann habe ich mir gedacht, ich schlafe einfach nicht mehr, dann gewinne ich Zeit. Ich bin zur Ostküste und zurück gefahren, kreuz und quer, ich habe nur noch zum Tanken angehalten. Ich hab dann mit dem Mut der Müdigkeit eine Apotheke überfallen und mir alles an Weckaminen geben lassen, was sie dahatten. Scheiße, Mann, ich habe seit über siebzig Stunden nicht mehr geschlafen. Ich habe angefangen, Kinderwagen mitten auf der Straße zu sehen. Gut zwanzig Kilometer von hier habe ich den Wagen in den Graben gesetzt. Irgendwas kam über mich, und ich habe ihn angezündet. Das war eine Explosion. Ich dachte, alle Bullen des Landes hätten das gesehen. Den Rest bin ich zu Fuß.

Er küßte Ruth, und ich konnte erkennen, daß er eine dieser gewaltigen Erektionen hatte, die einem die Müdigkeit ab und an beschert. Seine Hose war ganz ausgebeult, als die beiden aufstanden und sich nach hinten verzogen. Ich freute mich und war ausgesprochen nett zu den Leuten, die reinkamen und sich nicht zwischen Cola und Pepsi entscheiden konnten, während die beiden wahrscheinlich eine himmlische Glückseligkeit erlebten.

Eine halbe Stunde später kam Ruth wieder nach vorne, ich wußte nicht, ob Phillip in seinem Zustand in der Lage gewesen war zu genießen, was sie erlebt hatten, aber bei Ruth bestanden da keinerlei Zweifel. Sie brannte vor Glück, ihre Wangen waren rosig, sie umarmte mich immer wieder und sang die Liebeslieder aus dem Radio mit. Es hielt sie nicht auf ihrem Platz, sie rotierte, sie bediente die fiesesten Ärsche mit einem unglaublichen

Charme, verschenkte wahllos ein Lächeln nach dem anderen und gewährte Preisnachlässe, bei denen jeder Geschäftsmann in Ohnmacht gefallen wäre.

– Alles wird gut, Jesse, sagte sie, wir verkaufen noch ein paar Tage lang den Schund in diesem Laden, krallen uns dann die Kasse und verduften an irgendeinen einsamen Strand. Wir lassen uns die Sonne auf den Bauch scheinen und feiern die Feste unseres Lebens. Wir nehmen Ellen mit, und wenn du willst, deine Mutter noch dazu. Mein Gott, er lebt, kannst du dir etwas Schöneres vorstellen? Ich werde nie wieder von seiner Seite weichen.

– Wir haben Glück, sagte ich, und ich sehe keinen Grund, warum diese Strähne abreißen sollte. Die Götter sind uns ab jetzt gnädig gestimmt, wir haben genug durchgemacht, jetzt kommen die fetten Jahre.

Ruth faßte mich an den Schultern und schüttelte mich.

– Wenn wir am Strand liegen und an exotischen Drinks nippen, werde ich mich trauen lassen von einem heidnischen Priester mit Tätowierungen an den Händen.

Der Tag verging wie ein Wirbelwind, und am Abend wachte Phillip auf und bereitete uns Hähnchenschenkel mit Aprikosen zu. Wir tranken den besten Wein und beratschlagten, welche Orte für unser zukünftiges Leben in Frage kamen. Wir erlebten eine dieser Sternstunden, in denen man vor lauter Glück über jeden Scheiß lacht und sich nicht mehr einkriegt. Phillip fragte nur, ob es uns geschmeckt habe, und wir lagen unter dem Tisch und hielten uns die Bäuche. Ruth sagte, sie hätte lieber Affenhirnauflauf mit Elefantenhodensoße gehabt. Phillip prustete den Rotwein quer über den Tisch und beugte sich zu Ruth herunter, um sie zu küssen.

Gegen Mitternacht gingen wir zu Bett, und ich lag noch eine Weile wach, den Blick an die Decke geheftet, die Mundwinkel fast bei den Ohren, und lauschte auf das Quietschen der Federn im Nebenzimmer. Es wäre noch schöner, wenn Ellen hier wäre, dachte ich, aber das tat meiner Stimmung keinen Abbruch. Ich lag auf einer Wolke, deckte mich mit Sonnenschein zu und wühlte meinen Kopf in einen Regenbogen. So völlig gelassen und heiter, so wenig auf eine gewisse Selbstkontrolle aus wie heute abend, hatte ich Phillip noch nie gesehen. Vielleicht lag es nur an der Anspannung, die er durchgemacht haben mußte, vielleicht an der Müdigkeit, aber es schien mir eher, daß da irgendein Damm gebrochen war, daß er sich in diesen endlosen Stunden der Fahrerei einiges an Gedanken gemacht hatte über sich und Ruth. Man muß oft durch die Hölle gehen, um in den Himmel zu gelangen, hatte mein Vater gesagt. Das war keine allgemeingültige Wahrheit, das war etwas, das eben manchmal zutraf.

Drei Tage, beschlossen wir, drei Tage wollten wir bleiben und die Tageseinnahmen auf ein Maximum hochschrauben, bevor wir losfuhren, um Ellen, die im Moment leider nicht zu erreichen war, abzuholen und die Flüge zu buchen. Die Entscheidung, das Land zu verlassen, war uns auf einmal gar nicht schwergefallen. Jan würde es schwer haben, uns im Ausland ausfindig zu machen, außerdem rechneten wir damit, daß ihm langsam die Puste ausging. Er konnte so besessen sein, wie er wollte, irgendwann mußte er die Sinnlosigkeit seines Unterfangens erkennen. Kann sein, daß wir uns in die eigene Tasche logen, aber wir waren überzeugt, daß der Gang der Dinge sich gewendet hatte. Er war seiner Sache sicher gewesen, er hatte uns quasi schon den Strick um den Hals gelegt, und wir waren entwischt. Das mußte doch auch dem größten Hohlkopf zu denken geben, er mußte so von Selbstzweifeln zerrüttet sein, daß er zurück in die Arme seiner idiotischen Frau kroch. Wir hatten nicht nur eine Runde, sondern das ganze Spiel gewonnen.

Wir reduzierten die Preise, nach uns die Sintflut, wir lagen streckenweise weit unter den Einkaufspreisen, am ersten Tag schon gingen uns die Getränke aus, und die Leute machten lange Gesichter, es war eine warme Gegend hier.

Aber das änderte nichts an den gigantischen Einnahmen, die wir hatten, die Menschheit war gewohnt, bei Sonderangeboten zuzuschlagen. Da wurden Karten gekauft von Gegenden, in die man nie fahren würde, Thermoskannen als Geschenk für die nächsten vierzehn Geburtstage, die anstanden, Diabetiker kauften sich Schokoriegel und Familien, die in Hotels übernachteten und den Luxus genossen, im Urlaub immer auswärts zu essen, deckten sich mit Konservendosen ein. Es wurde gekauft, als stünde eine Lebensmittelknappheit bevor.

– Ich hab's gewußt, sagte ich zu Phillip, ich hab's gewußt, daß dieser Konsumzwang, diese ganze verkorkste Gesellschaft zu irgend etwas gut sein muß, ich wußte nur nicht zu was. Da haben wir's jetzt, sie leben, um unsere Taschen zu füllen. Ist das nicht großartig?

Er und Ruth verschwanden drei-, viermal am Tag nach hinten, ich fragte mich, wie Phillip das verkraftete, doch es schien ihm nicht zuviel zu werden, er ging mit einem lüsternen Lächeln und kam mit einem satten zurück.

Mit jedem Tag steigerte sich unsere Stimmung, jede Nacht brachte uns der Erlösung näher, und wir rannten fiebrig durch die Gegend, es gab keine Erschöpfung mehr, bis lange nach Mitternacht blieben wir wach und schmiedeten Pläne und träumten. Ruth übertraf Phillip und mich, was die Energie, die sie ausschüttete, anging. Sie hatte es übernommen zu kochen, die Regale aufzufüllen mit dem, was noch im Lager war, abends das Geld zu zählen, eben all den Kleinkram zu erledigen, den man so gerne vor sich her schob. Sie stand nicht eine Sekunde still, sie leierte den Kunden die neuesten Angebote herunter und kassierte mit einer Geschwindigkeit, als habe sie jahrelang nichts anderes getan.

Einer der jüngeren Typen, die in den Laden kamen, fragte sie, ob jetzt eine neue Sorte Speed auf dem Markt sei und ob man die hier kaufen könne. Ruth lachte, schenkte ihm das letzte Paket Kaffee und riet ihm, mindestens dreimal am Tag zu bumsen.

– Dann gerät dein Blut ihn Wallung, erklärte sie ihm, und du fragst dich, warum Gott dir einen Hintern gegeben hat, weil du sowieso nie sitzt. Noch besser aber ist es, wenn du dich verliebst.

Sie boxte ihm leicht gegen die Schulter. Ich mochte, wie das aussah, es kam nicht allzu feste, aber es sah aus, als könne sie es in puncto Technik mit Phillip aufnehmen.

Die Zeit verging in so einem Rausch, daß ich mich an die einzelnen Tage kaum noch erinnern kann, einzig der Auftritt von Robert Helt ist mir im Gedächtnis geblieben. Er kam mit einer häßlichen Frau im Arm durch die Tür und versuchte sich an einem amüsierten Gesichtsausdruck, als er mich erkannte.

– Na, Jesse, hat es dich jetzt auch hinter die Ladentheke verschlagen?

– Fast, sagte ich.

– Wieso fast?

– Ich habe schon wieder in der Lotterie gewonnen, da habe ich den ganzen Laden gekauft und verschenke jetzt alles, was ich nicht brauchen kann. Brauchst du vielleicht bald einen Schnuller? fragte ich mit Seitenblick auf die Frau mit den vorstehenden Zähnen und den Pockennarben.

Phillip stand daneben und klopfte sich auf die Schenkel. Robert Helt hatten alle eine blendende Zukunft prophezeit, und nun stand er einem Versager gegenüber, der sich in ein paar Tagen in einen Flieger setzen würde, um die ganz große Sause zu machen. Ich war ein König. Ich schenkte ihm auch gleich noch eine Großpackung Kinderbrei, um zu erfahren, ob ein noch dunkleres Rot Platz auf dem Gesicht eines Menschen hatte. Das Leben liebte mich und meinesgleichen, da war ich mir sicher.

Die Ereignisse haben von dem Zeitpunkt ab wieder eine feste Reihenfolge in meiner Erinnerung, als ich frühmorgens auf dem

Klo saß und mir dachte: Nur noch einmal schlafen, dann ist es soweit. Das war so aufregend wie früher der letzte Schultag vor den Ferien. Ich fühlte mich wunderbar, meine Verdauung funktionierte prächtig, und ich wäre der letzte Mensch, der sich nicht darüber freut, einen großen Haufen in die Schüssel gesetzt zu haben.

Da hörte ich die Schüsse. Zwei kurz hintereinander. Ich sprang auf und zog meine Hose hoch. Noch vier oder fünf weitere Schüsse, ich stolperte in den Laden rein.

Phillip stand vor der Theke, Jacks Revolver in der Hand, und ihm zu Füßen lag ein Männerkörper. Die letzten Schüsse hatte Phillip offensichtlich auf den Kopf abgegeben, viel war davon jedenfalls nicht übrig. Ein einziger Matsch, und das Blut war bis zu Decke gespritzt. Phillip setzte einen Fuß auf die Brust des Leichnams, zielte auf die Eier und drückte ab. Es kam nur noch ein Klick, er ließ die Waffe fallen.

Ich stand hinter der Theke und fühlte mich, als habe man mich mit flüssigem Blei übergossen und ins Wasser geworfen. Mein Herz schlug, als wolle es sich mit einem Kolibriherzen messen.

Phillip stürmte auf einmal hinter die Theke und kniete sich neben Ruth. Sie lag etwa einen halben Meter von mir entfernt auf dem Boden und blutete aus der Brust. Ich hatte sie gar nicht bemerkt. Meine Knie wurden weich, während der Rest steif blieb. Ich glaubte für Sekunden, in Ohnmacht zu fallen, das Bild verschwamm, doch irgendwie blieb ich auf den Beinen.

– Ruth, mach keinen Scheiß, brüllte Phillip, während ihr jetzt das Blut auch aus dem Mund floß. Ich versuchte einen Zustand zu erreichen, in dem ich so handeln konnte, daß man später sagen würde, es sei geistesgegenwärtig gewesen. Die Gedanken waren schlüpfrig wie Fische. Ganz ruhig, Jesse, sagte ich mir, ganz ruhig, wenn du ruhig bleibst, fallen dir die richtigen Sachen ein.

– Ruth du darfst nicht sterben, er hat auf mich gezielt, Ruth, sag doch was!

Ihr Brustkorb hob und senkte sich unregelmäßig, ihre Augen waren geschlossen, ihr Körper verkrampfte sich immer wieder.

Wir standen mittlerweile in einer riesigen Pfütze von Blut, und mein erster klarer Gedanke war, daß bald die Bullen hiersein mußten. Phillip legte eine Hand hinter Ruths Kopf und hob ihn ein wenig an, es floß noch mehr Blut aus ihrem Mund.

– Es tut nur dann weh, wenn ich atme, sagte sie, dann erschlaffte ihr Körper.

Ich fühlte nach ihrem Puls. Dann riß ich Phillip von ihr los, schnappte mir die gesammelte Kohle und die Knarre und zerrte Phillip raus. Er brüllte wie von Sinnen, ließ sich aber mitschleifen. Ich bedrohte auf dem Parkplatz einen braungebrannten Playboy mit dem Revolver und ließ mir die Schlüssel seines Jaguars geben. Ich setzte Phillip auf die Beifahrerseite und fuhr los.

– Wir müssen sie mitnehmen, sagte Phillip, vielleicht können die im Krankenhaus …

– Sie ist tot, Phillip, Scheiße, niemand kann das.

– Sie hat sich dazwischengeschmissen.

Er heulte ohne Hemmungen.

25

Ich fuhr, und nach einer Weile hörte Phillip auf zu weinen. Wir sprachen kein Wort. Ich überschritt das Tempolimit nicht, um Ärger mit den Bullen zu vermeiden. Ich steuerte den Wagen einfach diese Straße lang und nahm Abzweigungen auf gut Glück. Ich machte alles wie im Halbschlaf, ich registrierte gar nichts, ich hätte beim besten Willen nicht sagen können, in welche Richtung wir uns bewegten. Phillip schlug sich die Fäuste an der Ablage über dem Handschuhfach blutig, das Holz splitterte, und mit dem letzten Schlag verschwand seine Hand in irgendeinem Hohlraum. Er zog sie raus und beobachtete, wie das Blut auf die weißen Ledersitze und in den Fußraum tropfte. Jegliches Zeitgefühl verließ mich, ich war noch nicht mal wach genug, um mich am Sonnenstand zu orientieren. Ich merkte nur, daß Phillip sich langsam wieder in Gewalt hatte, die Gewohnheit half ihm wohl dabei.

– Hühnerkacke, sagte er, so ein riesiger Haufen Hühnerkacke, und beim zweiten Hühnerkacke gab der Motor seltsame Geräusche von sich und ging aus. Der Sprit war alle. Ich zerquetschte das Lenkrad zwischen den Händen, kein einziges Mal hatte ich auf die Tankanzeige gesehen. Ich kuppelte aus, der Wagen rollte noch ein ganzes Stück, und ich steuerte ihn in einen Zaun am Straßenrand. Wir stiegen aus.

– Die Richtung, entschied Phillip, und wir kletterten über den Zaun und marschierten in ein Maisfeld hinein. Er ging vor, und ich trottete hinter ihm her. Ich hätte gerne etwas gesagt, aber Worte schienen mir zu kraftlos. Am liebsten hätte ich eine Sonnenfinsternis hervorgerufen, die Flüsse rückwärts fließen lassen und den Mais rot gefärbt, um ihm zu zeigen, was ich empfand.

Auf einmal blieb er stehen, und ich stieß mit meiner Nase gegen seinen Rücken. Er drehte sich zu mir um und sah mich an. Seine Wangenknochen schienen noch mehr hervorzustehen als sonst, seine Augen glühten wie im Fieber.

– Glaubst du an die Liebe?

Ich nickte.

– Ich hab's gewußt, murmelte er, und ich wußte nicht, was er meinte.

Er drehte sich um und ging weiter, wir schlugen uns durch Felder, bis es dunkel wurde, doch Phillip kannte keine Erschöpfung. Ich hatte Durst, aber ich hielt meinen Mund. Mit Einbruch der Nacht wurde es kalt, und ich fröstelte, doch ich folgte Phillip ohne Murren. Wir kamen langsam aus der bewässerten Zone raus, die Felder wurden spärlicher, und im Morgengrauen hatte das trockene Land uns wieder. Meine Beine fühlten sich an wie Gelee. Links von uns ging die Sonne auf, und Phillip blieb zum zweiten Mal stehen und betrachtete sie. Ich setzte mich auf den Boden und schloß die Augen.

Phillip rüttelte mich wach. Ich hätte geschworen nur ein, zwei Sekunden weggeknickt zu sein, aber es sah nach mehreren Stunden aus. Es war schon wieder wärmer, und ich merkte, daß meine Waden schmerzten. Ich fühlte mich kein bißchen erholt.

– Jesse, hast du gesehen, wie die Sonne aufgegangen ist?

– Nicht richtig.

– Diese verkackte Sonne, geht sie jeden Tag so schön auf? Riecht diese Erde jeden Tag so? Haben die Wolken immer diese wunderbaren Formen? Oder hat die Welt sich gegen mich verschworen und will mich quälen? Ich will, daß der Himmel schwarz wird, diese Scheißsonne soll sich nicht blicken lassen.

Ich zuckte hilflos mit den Schultern. Er setzte sich neben mich, und ich legte einen Arm um ihn. Ich wußte, daß er das im normalen Leben nicht ausstehen konnte, aber das hier, das war etwas anderes.

– Wir hätten sie rausschmeißen sollen, ganz am Anfang.

– Glaubst du an die Liebe Phillip?

– Ja, aber …

Phillip stand wieder auf, kramte eine Münze aus seiner Tasche und schleuderte sie Richtung Süden. Dann deutete er mit dem Kopf dorthin.

– Wir gehen dort lang weiter, da liegt das Geld auf der Straße. So einer bin ich, ich lüge zu oft.

Ich erhob mich auch und blickte ihn fragend an.

– Jesse, ich gehe im Süden über die Grenze, ich kann nicht hierbleiben. Ich suche mir ein kleines Dorf und repariere da alte Autos. Ich werde mich in den nächsten Jahren in keine Schwierigkeiten mehr stürzen, ich habe genug. Ich glaube, ich will Ruhe und eine Arbeit, die man mit den Händen macht. Ich will einfache Sachen lernen.

– Ich komme nicht mit.

Er sah mich an, ein wenig erstaunt, aber kein bißchen vorwurfsvoll, es war eher eine Mischung aus Verwunderung und Neugier. Wir waren noch nie länger als vier Monate getrennte Wege gegangen.

– Ich will zu Ellen.

Ich zog das Geld hervor und gab es ihm.

– Als Startkapital.

Er nahm es und gab mir zwei große Scheine zurück. Ich steckte sie in meinen Stiefel. Dann zauberte ich zwei Kuemmerlinge hervor und reichte Phillip einen. Wir tranken, das Zeug schmeckte, als habe man haufenweise Chinin hineingemischt.

Ich knallte mein Fläschen auf den Boden, und es zersprang an einem Stein, die Scherben glitzerten in der Sonne. Phillip warf seins hoch und kickte es beim Runterkommen gut sechzig Meter weit weg. Es war eigentlich ein Fall für das Guinnessbuch der Rekorde, aber wir hatten keine Zeugen.

– Wir haben's nicht hinter die linke Schulter geworfen, Jesse.

– Das bedeutet, daß wir uns wiedersehen.

Zwei Tage später war ich in der Stadt, in der Ellen gelebt hatte. Zwei Tage, von denen ich nicht mehr viel weiß. Ich lief herum wie im Tran, kaufte Busfahrkarten, trampte, aß einen Hamburger und beobachtete irgendwann, am Straßenrand sitzend, eine Eidechse, irgendwie spürend, daß sie glücklicher sein mußte als ich.

Ellens Haus war bereits verkauft, und ich irrte noch einige Stunden ziellos umher. Ich rief in allen Hotels an, aber nirgendwo war eine Ellen Astbury abgestiegen. Ich meldete ein R-Gespräch an und wählte die Nummer meiner Mutter. Keiner hob ab. Mit der Welt konfrontiert, kamen auch langsam meine Gedanken in Gang.

Ich setzte mich auf den Rinnstein und dachte nach. Mir kam keine vernünftige Idee. Ich beschloß, mir ein Zimmer zu nehmen und am nächsten Morgen mit dem Bus zu meiner Mutter zu fahren. Ellen konnte nichts passiert sein und meiner Mutter auch nicht, das widersprach den Gesetzen der Wahrscheinlichkeit, und ich versuchte zu vergessen, daß ich an diese Gesetze sowieso nicht glaubte.

Ich leistete mir, nachdem ich mir eine Fahrkarte gekauft hatte, mit dem letzten großen Schein ein ziemlich luxuriöses Hotel. Ich legte mich aufs Bett, ließ mir etwas zu essen kommen, obwohl ich immer noch keinen Hunger verspürte, reihte die Flaschen aus der Minibar neben mir auf und sah fern. Ich erfuhr, daß ein paar Kriege tobten, mit welchen Tampons man reiten, schwimmen und Tennis spielen konnte und wer als erster den Nordpol erreicht hatte. Nichts davon interessierte mich. Es lief leider kein Film mit Bette Davis oder ein Western mit Marlon Brando. Ich schlief bei einer Komödie ein.

Der Weckdienst brachte mich um, dieser Bus fuhr nicht im Morgengrauen, er fuhr mitten in der Nacht. In dem Moment, in dem ich die Augen aufschlug, wurde mir meine Lage wieder bewußt. Ich fühlte mich unglücklich, noch bevor ich richtig wach wurde. Ich fühlte mich schwach. Fast wäre ich liegengeblieben und hätte das Unternehmen um einen Tag verschoben, aber der Gedanke an das fehlende Geld brachte mich auf die Beine. Ich ließ das Frühstück ausfallen, ich hätte eh keinen Bissen runterbekommen, ich ging zu Fuß zum Busbahnhof.

Es war ein kalter Morgen, ich steckte die Hände in die Taschen, und es machte mir Mühe, an etwas Bestimmtes zu denken.

Mein Kopf war voll, voller Wahrscheinlichkeiten und Leben, und ich verfluchte diese Welt, weil sie so groß war, so unendlich groß. Wie sollte man sich da zurechtfinden? Egal wieviel Leute es auf der Welt gab, die man liebte, sie konnten so verdammt weit weg sein.

Ich bereute fast schon, mich von Phillip getrennt zu haben. Einfach so, wie in einem schlechten Film. Der zweite Teil würde wahrscheinlich erst Jahre später spielen, wenn wir uns zufällig in einer alten Stammkneipe wiedertrafen. Ich frisch aus dem Gefängnis, er gerade aus der Karibik, wo er Probleme bekommen hatte.

Ich erkannte sie sofort, auch wenn ich auf dem Weg sonst nichts wahrgenommen hatte. Sie hatte ihre Haare wieder blond gefärbt und gab gerade ihr Gepäck ab.

– Ellen!

Sie drehte sich um, sie sah wunderschön aus, ich fühlte mich schlagartig besser. Ich nahm die Hände aus den Taschen, während sie auf mich zulief. Wir umarmten uns. Sie stellte keine Fragen, kein Wort kam über ihre Lippen. Alles war so einfach, so klar. Wir küßten uns, sie roch großartig. Sie nahm meine Hand, und wir stiegen gemeinsam in den Bus. Wunderbar.

Nachsatz

Die Zukunft ist eine alternde Hure mit Goldzähnen, die dich bestiehlt, während du schläfst.